THOMAS KASTURA

DARK HOUSE

DROEMER

THOMAS KASTURA

DARK HOUSE

ROMAN

DROEMER

FSC
www.fsc.org
MIX
Papier aus verantwortungsvollen Quellen
FSC® C083411

Redaktion: Regine Weisbrod
Umschlaggestaltung: Network! Werbeagentur GmbH
Umschlagabbildung: Jonathon Olenick
Satz: Adobe InDesign im Verlag
Druck und Bindung: CPI book GmbH, Leck
ISBN 978-3-426-19931-2

2 4 5 3 1

Freunde,
wir wissen nicht, wo das Dunkel ist oder der Morgen,
noch wo die Sonne sich unter die Erde senkt,
oder wo sie aufgeht.
Drum lasst uns nachsinnen, ob es einen Ausweg gibt.
Ich jedoch glaube: Es gibt keinen.

Homer, Die Odyssee, Zehnter Gesang

TAG EINS

1

Die Maus lebte noch. Der Drahtbügel hatte sie nur am Bein erwischt. Unter einem Regal mit eingeschweißtem Schinken und Edelsalami zappelte sie panisch und versuchte, die Falle abzuschütteln.

Wie lange ging das schon so? Roddy kratzte sich an einer Stelle am Oberarm, manchmal juckte es dort.

Dann streifte er Arbeitshandschuhe über. Als Kind hatte er Wüstenrennmäuse gehalten. Sie waren aus reiner Lust an der Bewegung durch die Röhren des Terrariums gerannt. Stundenlang hatte er sie beobachtet und dabei die Zeit vergessen.

Er hielt die Maus fest und hob den Bügel der Falle leicht an. Sie kam frei und strampelte um ihr Leben. Durch den Handschuhstoff fühlte er die Wärme des kleinen Körpers. So viel Energie.

Schwer zu sagen, ob die Maus Glück gehabt hatte. Das Bein sah nicht gut aus, es war deformiert, unbrauchbar. Mit einer solchen Verletzung würde sie beim Kampf um Nahrung den Kürzeren ziehen gegenüber ihren Artgenossen. Von denen wimmelte es in der Lagerhalle nur so in diesem Herbst. Ein Genickbruch wäre gnädiger gewesen. Sauberer.

Er umschloss die Maus mit beiden Händen und brachte sie nach draußen. Die schwarzen Knopfaugen traten hervor und fixierten ihn. Ein seelenloser Blick. Roddy musste an seinen Kreditberater bei der Bank denken. *Leider können wir Ihnen keine weiteren Darle-*

hen gewähren, Mr. Lockwood. Aber wir sind Ihnen gerne beim Insolvenzverfahren behilflich.

Der Finanzplan, mit dem er den Supermarkt seiner Eltern in ein Feinkostparadies hatte verwandeln wollen, war gescheitert. Je früher er die Lagerhalle verkaufte, desto besser. Mitsamt dem Schinken und dem Ungeziefer.

Die Einladung nach Culls Cove lag im Kofferraum seines BMW, auf einem Haufen ungeöffneter Rechnungen. Eine Wiedersehensfeier mit den alten Freunden. Einige schienen ihre Pläne verwirklicht zu haben, beruflich wie privat, vor allem John, der Gastgeber. Herzchirurg, Teilhaber einer Klinik in Berkshire, der stank vor Geld. Vielleicht half er ihm aus der Klemme, dem guten, zuverlässigen Roddy, der bei den Partys immer für genug Trinkbares gesorgt hatte, früher. Ein paar Tage hatte er Zeit, John zu überreden. Da konnte sich was ergeben.

Die Maus wand sich in Roddys behutsamem Griff. Der Lieferantenparkplatz grenzte an eine dichte Hecke, zum Aussetzen ideal.

Er überlegte es sich anders. Das tat er oft.

Roddy ging weiter zu den Müllcontainern. Da strichen immer viele Katzen herum. Eine weiß-schwarz gescheckte duckte sich gerade hinter einen Weinkarton.

»Deine Chance.« Er ließ die Maus frei.

Sie rannte los. Fast hätte sie es unter den Müllcontainer geschafft, trotz des kaputten Beins.

Die Katze machte einen Satz und erwischte ihre Beute mit einem gezielten Pfotenhieb.

Die Maus wurde durch die Luft geschleudert. Einmal, zweimal.

Offenbar wollte die Katze noch spielen.

Roddy streifte die Handschuhe ab und sah zu.

2

Bye!« Lewis und Bell winkten dem klapprigen Fiat hinterher. Halb erwarteten sie, dass ihre beiden Söhne in der Heckscheibe auftauchten und den Abschiedsgruß erwiderten. Nach dem üblichen Gejammer hatten sie ihre Ohrstöpsel aufgesetzt und es sich auf der Rückbank bequem gemacht. Grandmas Fahrkünste waren nur mit Videospielen zu ertragen.

»Keine Sorge, die sind gut aufgehoben«, meinte Lewis.

»Deine Mutter lässt sie das Spätprogramm schauen und stopft sie mit Chicken-Nuggets voll. Ich wünschte, sie würde mehr auf die Gesundheit der Kids achten.«

»Dafür ist eine Oma da. Dass sie den Enkeln auch mal was durchgehen lässt.«

»Genau wie du. Wenn du mal zu Hause bist.« Sie lachte, verstrubbelte sein dichtes, gelocktes Haar. »Von wem sollen die Jungs denn Disziplin lernen?«

Lewis mochte das nicht. Sein Haar war einer seiner augenfälligsten Vorzüge. Bei den Castings hatte er damit schon einige Kollegen ausgestochen, Sänger, die zwar perfekt intonierten, aber deren Schädel langsam kahl wurden. Toupets galten bei Tenören als peinlich, zumindest bei den jüngeren, und Heldenrollen an bedeutenden Opernhäusern waren dünn gesät.

Auch Bell hätte es mit ihrem Sopran weit bringen können. Wahrscheinlich weiter als Lewis, der stimmlich eher im Mittelfeld lag und auf die großen Engagements immer noch wartete. Izabela Kvim, allein dem Namen wohnte ein unbezahlbarer Klang inne.

Aber damals vor zehn Jahren, kurz vor ihrem Abschluss an der Royal Academy, hatte Bell etwas aus der Bahn geworfen und ihr Selbstvertrauen erstickt. Lewis war Zeuge gewesen, in einem Nebenraum des Dark House. Er hatte ihr deswegen nie Vorwürfe gemacht, und sie hatte ihm später seine Affären nie vorgehalten. Vielleicht ein ungleicher Deal, doch Sex war selten gerecht, oder? Nach der Geburt ihres ersten Sohnes hatte er Besserung gelobt, und sie auch. Nichts war dadurch einfacher geworden.

Schließlich hatte Izabela den Kindern den Vorzug gegeben und war Mrs. Byrd geworden. Bella Byrd für ihre Musikschüler in Winchester, Bell für Lewis und ihre Freunde. Jedes Mal, wenn er die CD einer neuen Sängerin mitbrachte, pries sie laut die Behaglichkeit ihres Spießerlebens – und verfluchte es, wenn er nicht mehr hinhörte.

Lewis nickte seiner Frau zu, sie gingen zurück ins Haus. Vorbei an den gepackten Koffern, hinab in den Keller. Auf ein geräumiges Untergeschoss hatten sie Wert gelegt, als sie einen Altbau zum Kauf gesucht hatten. Eine Stunde war noch Zeit.

Er nahm auf einem Stuhl mit Armlehnen Platz. Bell machte die Riemen fest und wickelte ihm ein Seidentuch um den Hals. Dadurch sah man keine Würgemale, und seine Stimmbänder wurden nicht in Mitleidenschaft gezogen. Die Schnur, an deren Enden Holzgriffe befestigt waren, bestand ebenfalls aus Seide. Lewis hatte die Garotte bei einer Bach-Tournee in Spanien erstanden. Vor nicht allzu langer Zeit waren verurteilte Mörder dort noch öffentlich erwürgt worden.

Sie zog die Garotte aus einer abschließbaren Alu-Truhe und legte sie Lewis an. Beziehungen folgen seltsamen Regeln. Im Laufe der Jahre werden Rituale immer wichtiger, Inseln im Alltag.

Bell löschte das Licht. Erst jetzt schlüpfte sie aus ihrer Bluse und ihrem geblümtem Sommerrock. Den Slip hatte sie schon im Klo abgestreift, als die Jungs noch durchs Wohnzimmer getobt waren. Sie war praktisch veranlagt.

Der Raum hatte kein Fenster, die Dunkelheit verschluckte alles.

Lewis spürte die Schlinge um den Hals. Er sog die Luft scharf ein. Sie setzte sich auf seinen Schoß, stützte die gespreizten Beine auf seinen Unterarmen ab und zog zu.

Warten. Jedes Mal bekam sie eine Gänsehaut.

Bell kontrollierte seinen Puls. Knapp zwei Minuten, so lange hielt er durch.

»Fester?«, fragte sie.

»Mmh«, machte er, das Seidenband schnitt ihm in den Hals.

Sie küsste ihn und saugte das bisschen Luft in seinen Lungen aus ihm heraus. Sie spürte ihn unter sich, doch die Hose, die er stets anbehielt, war dazwischen. Grober Jeansstoff. Sie rieb sich daran, Bell mochte ihren eigenen Geruch.

Er begann zu würgen, stand kurz davor, das Bewusstsein zu verlieren.

Nur sie konnte ihm das bieten. Es weckte Lust auf das bevorstehende Wochenende mit John und den anderen.

Mit dem verrückten Struan. Mit Sophia, dem Biest. Und mit Knowles, dem Bell das frühe Ende ihrer Karriere zu verdanken hatte.

Sie lockerte das Seidenband.

Eine Stunde – gut eingeteilt war das eine halbe Ewigkeit.

3

Mörderisch, dieser Druck. Der Schädel drohte ihm schier zu zerplatzen. Bloß nicht einatmen. Bloß nicht den Reflexen nachgeben. Jeder Versuch, den Kopf aus dem Wasser zu heben, kostete wertvollen Sauerstoff.

Struan Mackenzie blieben noch ein paar Sekunden.

Sein Kajak war gekentert, er hing kopfüber im Boot, gefangen in einer innendrehenden Walze unter einem etwa fünfzehn Meter hohen Wasserfall. Das Paddel war weg, er war ohne Begleitung unterwegs, und das Tosbecken, von Fichten beschattet, war verdammt finster. Manch einer verlor da die Orientierung und wusste nicht mehr, wo oben und unten war. Das Wasser besorgte den Rest.

Er hatte schon eine Menge Leute absaufen sehen. Selbstüberschätzung, Übermut, ein dummer Unfall. So ähnlich wie damals bei der Polizei in Sheffield, nur dass man als Detective Sergeant nicht einfach aussteigen konnte, wenn ein Kollege bei einem Einsatz ums Leben kam. Struan hatte es trotzdem getan, den Dienst quittiert, alle Brücken abgebrochen. Seither fuhr er Kajak. Da war er sein eigener Herr.

Also noch ein letztes Mal. Er brachte den Oberkörper mit gleichmäßigen Schwimmbewegungen an die Wasseroberfläche. Es gelang ihm, sich ein kleines Stück vom Zentrum der Walze zu entfernen. Dann die letzten Kraftreserven in einen entschlossenen Hüftschwung investieren. Handrolle. Der Auftrieb des Bootes half ihm, es aufzudrehen.

Es funktionierte. Sein Kopf tauchte auf. Er beugte sich nach vorn, das Kajak stabilisierte sich. Er bekam ein bisschen Luft. Mit den Händen paddelte er weg von der Prallzone, durch einen Schleier zerstäubenden Wassers. In Sicherheit.

Struan erlebte solche Situationen andauernd, vor allem im Regenwald von Ecuador, wo er in den Wintermonaten eine Kajakschule unterhielt und geführte Touren anbot. Eines der größten Abenteuer der Welt, hieß es im *National Geographic.*

Der Tod fuhr immer mit, selbst auf einer bekannten Route. Struans Bewegungen waren automatisiert. Doch das allein reichte nicht. Es gab da einen Punkt in ihm drin, eine Art Stärkepol. Er ließ ihn niemals in Panik verfallen. Setzte Energien frei, die ihm regelrecht übermenschlich vorkamen. Vor zehn Jahren hatte Struan ihn entdeckt und war ein anderer geworden.

Streng genommen hatte Professor Knowles den Punkt entdeckt. Er hatte Struan gezeigt, was in ihm schlummerte, in einer denkwürdigen Nacht. Einfach war das nicht gewesen, er hatte Opfer bringen müssen und keinerlei Rücksichten genommen. Jeder hatte damals für seine Grenzerfahrungen bezahlen müssen, auf unterschiedliche Weise. Freundschaft ist ein dehnbarer Begriff.

Struan erreichte das Ufer und stieg aus dem Bach, dem Afon Goedol, wie auch immer die Waliser das aussprachen. Er schulterte das Boot und stapfte zurück zu seinem Van.

Bald würde er Knowles wiedersehen. In Culls Cove, das lag irgendwo im Süden am Ärmelkanal. Johns Einladung mit der Wegbeschreibung klemmte am Armaturenbrett.

John. Der steckte in der Tretmühle wie der Rest der alten Crew. Wenigstens hatte er seine Ärztekumpels einmal nach Ecuador zu einem Incentive gelotst. Ein Kontrollfreak und Sicherheitsfanatiker. Dachte immer, einer müsse der Chef sein, und alle anderen hätten zu spuren. Verkraftete wohl bis heute nicht, dass ihm damals im Dark House alles entglitten war.

Es gab kein Licht. Wir sprachen wenig. Dadurch schärften sich die anderen Sinne. Geruch, Gehör, Tastsinn. Zärtlichkeit und Brutalität erweckten etwas in uns. Jede Berührung ein Stromschlag. Wir drangen zur Weisheit von Blinden vor. Qualen relativierten sich ebenso wie Küsse. Es war, als dachten und handelten wir nicht wie viele, sondern wie einer, als hörten wir nur eine einzige Stimme. Wir unterwarfen uns, um über uns zu herrschen. Ist das ein Widerspruch? Nein, es gibt keine Widersprüche. Je totaler die Dunkelheit, desto heller das Licht, das wir entzünden.

Struan nahm einen Schluck Tee aus der Thermosflasche. Er stieg in trockene Klamotten und schnallte das Kajak auf dem Dachträger fest. Beim dritten Versuch sprang der Motor an. Er fuhr zurück zur A496, später würde er die M5 bis Taunton nehmen und dann sehen, wie er weiterkam.

Teamplay war eine Floskel für die breite Masse. Im Zweifelsfall war man auf sich allein gestellt.

4

»Du magst mich.« Es war eine Feststellung, keine Frage. Mittag im *King's Arms*. Sie kippten den dritten Black Wodka, Gwen Harding kam auf Betriebstemperatur. Alkohol war selten stärker als sie.

»Klar«, sagte der Mann auf dem Barhocker neben ihr. Er trug ein auf Taille geschnittenes Jackett, Clubkrawatte, überkrontes Lächeln. Und er war so spitz, wie es ein Anwalt nach einem gelungenen Schlussplädoyer nur sein konnte. Man sah es an seinen Augen und seiner Hose.

Der Flug von Schönefeld nach Stansted und der Transfer vom Flughafen ins Zentrum Londons hatte Gwens letztes Geld geschluckt. Ihr Betriebskapital belief sich auf eine Fünfpfundnote. Damit wedelte sie herum, bevor neue Drinks kamen. Doch Mister Black Wodka zahlte. Er nannte sie Sally, der erste Name, der ihr eingefallen war.

Sie trug ein schwarzes Trägertop mit Rüschenrand. Der Ausschnitt ging gerade noch als selbstbewusst durch und lenkte das Gespräch in eine unmissverständliche Richtung. Sie zeigte sich schlagfertig, fachlich kompetent, witzig. Ihr Rock war eng genug.

Ein vom Erfolgsrausch ungetrübtes Auge würde sich fragen, ob in ihre schwarze Hornbrille nur Fensterglas eingesetzt war und ob ihr langes blondes Haar wirklich echt war. Es würde ihren wässrigen Trinkerblick bemerken und die vom Make-up überdeckte Schramme an der Stirn, damit war sie gestern Nacht gegen den Kühlschrank geknallt. Dass sie aus der Berliner Anwaltskammer ausgeschlossen worden war und sich mehr schlecht als recht mit Kellnerjobs durchschlug, wusste so gut wie niemand, erst recht nicht in London.

Culls Cove, weiter dachte sie jetzt nicht. Vielleicht eröffnete sich eine neue Chance. Ihre letzte lag lange zurück. John hatte Knowles als Gast angekündigt. Das genügte als Anreiz. Allerdings ließ sich nicht jede offene Rechnung mit Geld begleichen.

Sein Knie streifte ihres. Sie lächelte wissend. Er legte die Hand auf ihren Oberschenkel. Sie hielt still, ließ ihn spüren, wie geschmeidig die Muskeln unter ihrer Haut waren, wie gut es sich anfühlte, wenn seine Finger weiter nach innen tasteten. Etwas in ihr öffnete die Lippen, um ihm zu zeigen, dass ihr die Berührungen gefielen. Sie empfand nichts dabei, ihr Körper brauchte keine Hilfe, der bekam das ganz von allein hin. Schließlich wies sie mit dem Kopf zur Tür, als könnte sie es kaum erwarten – was der Wahrheit entsprach.

Die Sitze in der Anwaltslimousine waren komfortabel. Gwen konnte es nur recht sein, dass – wie hieß er noch gleich? – die Stimmung mit einer Prise Speed anheizte. Dadurch würde es eine Weile dauern, bis ihm das Fehlen seiner Brieftasche auffiel. Die Bahnkarte nach Pelham kostete mehr als fünf Pfund.

Als er fertig war, nannte sie ihm eine erfundene Telefonnummer. Er gab sie in sein Smartphone ein. Gwen stieg aus und winkte zum Abschied. Er grinste wie ein Junge, der etwas richtig gemacht hat und dafür gelobt werden will. Sie warf ihm eine Kusshand zu. Keine Ursache, sollte das heißen. Dem Umfang nach zu urteilen war die Brieftasche prall gefüllt mit Scheinen. Dann verließ sie das Parkhaus, hielt ein Taxi an und fuhr zur Waterloo Station.

Ihr Reisetrolley befand sich in einem Schließfach. Auf der Bahnhofstoilette nahm sie Brille und Perücke ab und wechselte die Kleidung. T-Shirt, Jeans und Bikerjacke, das fühlte sich besser an. Die Brieftasche warf sie in einen Mülleimer, nachdem sie das Bargeld eingesteckt hatte.

Gwen löste ein Ticket. Eine knappe Stunde bis zur Abfahrt. Besonders verlockend erschien ihr das Wiedersehen mit den alten Freunden plötzlich nicht mehr. Was sollte sie auf die unvermeidlichen Fragen nach Laufbahn und Partner antworten? Lügen strengten an.

Ein großes Steak, danach würde alles anders aussehen. Sie machte sich auf die Suche nach dem nächsten Pub.

5

Der Wettermann tat so, als stünde der Weltuntergang kurz bevor. Ergiebige Regenfälle, Herbststürme an der Südküste, im Gebiet von Plymouth, Portland und Wight sogar bis Orkanstärke, schwere See.

Das Wochenende würde also etwas ungemütlich werden, zumindest im Freien. Bestens, fand Carol, dann gab es kein Outdoorprogramm. Mit John, Tim und den anderen vor einem prasselnden Kaminfeuer zu sitzen und in alten Zeiten zu schwelgen reichte ihr vollkommen. Seit wann hatte sie keinen Urlaub mehr genommen? Ihr Privatleben war zu einem Nostalgiepuzzle verkümmert, von dem immer mehr Teile fehlten.

Regungslos harrte sie auf dem Presenter-Stuhl aus, bis der Meteorologe an sie zurückgab.

»Ich bin Carol Wheeler«, sagte sie zum Abschluss der Nachrichtensendung. »Wir sehen uns wieder auf Channel 4.«

In einer Woche, fügte sie in Gedanken hinzu, während der Jingle eingespielt wurde und sie unter dem Studiodesk in ihre Pumps schlüpfte.

Ein Gruß in die Regie, ein paar Worte zu den Kameraleuten. Jetzt noch zum Abschminken und dann los.

Sie nahm vor ihrem Spiegel in der Maske Platz und schloss die Augen. Die Visagistin machte sich stumm an die Arbeit. Nach dem Auftritt genoss es Carol, einen undurchlässigen Kokon um sich zu erschaffen, ein paar Minuten der Ruhe, ohne Scheinwerferlicht, Telepromptter und Regieanweisungen. Die Sicherheit des Nicht-gesehen-Werdens.

»Ich krieg schon Lampenfieber. Wie hältst du das bloß aus?«

Es war Pauline, Carols Vertretung. Ganz wild darauf, endlich zum Zug zu kommen.

»Keine Angst, du wirst dich phantastisch schlagen«, sagte Carol und stellte sich vor, wie das junge Ding von einem Doppeldeckerbus überfahren wurde, einem alten, schweren, für Stadtrundfahrten. Die Bremsen dieser Karren waren unzuverlässig.

Pauline blieb neben ihr stehen und plapperte munter weiter. Über die Eigenarten der verschiedenen Analysten, die in die Nachrichtensendung eingeladen wurden. Über den Look, der bei den Konkurrenten von BBC News gerade angesagt war. Als sie alles durchgehechelt hatte, musste sie Carol unbedingt noch »schöne Ferien« wünschen. Schlange.

Die Quote würde hochschnellen, neue Gesichter brachten die Leute zum Umschalten. Vor allem, wenn sie so unverschämt gut aussahen wie Pauline mit ihrem Latte-macchiato-Teint.

Doch ein guter Presenter wurde man nicht mit einem Starbucks-Lächeln. Man brauchte eine einprägsame Ausstrahlung. Professionell sollte sie wirken, mit einer gewissen Härte, aber an den richtigen Stellen verständnisvoll und einfühlsam. Dafür musste man die Stimme modulieren, einen Hauch echtes Gefühl hineinlegen – und bloß nicht in diesen Journalisten-Singsang verfallen.

Beim Fernsehen kam es auf kleinste Nuancen an. Carol beherrschte sie. Und nicht nur das. Sie schrieb ihre Texte selbst, in Abstimmung mit der Redaktion. Bei einem Interview konnte ihr niemand etwas vormachen. Wenn ihr ein Politiker Lügen auftischte oder es mit Ausflüchten probierte, hakte sie nach, charmant, aber ohne Gnade. Manchmal entlockte sie ihren Gesprächspartnern eine unbedachte Live-Äußerung, die am nächsten Tag durch alle Medien ging. Es lag an den kleinen Dingen: eine Berührung unter dem Tisch, ein Zwinkern, das von den Kameras nicht erfasst wurde. Diesem Heimlichkeitskick, direkt vor den Augen der Nation, konnten sich nur wenige Parlamentarier entziehen. Danach rätselten sie, warum sie dieser Frau, die auch nicht besser – allerdings auch keineswegs schlechter – aussah als ihre persönliche Referentin, auf den Leim gegangen waren.

Wenn Carol wollte, konnte sie mit dem halben Oberhaus und dem kompletten Unterhaus ins Bett gehen, Schwule und Lesben eingeschlossen. Teure Hotelsuiten, Wochenenden in Landschlösschen, Typ Geliebte mit eigenem VIP-Status. Sie wollte aber nicht. Ihre Arbeit bedeutete ihr alles. Eigentlich war es gar nicht »Arbeit«, sondern Kunst. Die Kunst der Überredung.

Die Pauline ganz sicher nicht beherrschte, dieses Quoten-Fötzchen.

Die Visagistin war fertig. Sie kannte Carols Stil und hatte die Studioschminke durch ein natürlich wirkendes Make-up ersetzt.

»Danke. Sie sind ein Schatz!« Den Lippenstift trug sie selbst auf, etwas röter als sonst. Ein Blick auf die Uhr. Ob Tim schon wartete?

Timothy De Greef. Er leitete ein Marktforschungsinstitut. Da wurden Umfragen durchgeführt, Statistiken ausgewertet, Schulungen angeboten mit Stundensätzen, von denen jeder Sterbliche nur träumen konnte. Klar, dass Tim in dieser Branche gelandet war. Schon als Student trug er seine Brille an einer Schnur und schwitzte sommers wie winters ausgewaschene Polohemden durch. Konnte niemandem einen Gefallen abschlagen. Untersetzt, schlecht rasiert, irgendwie gehemmt, aber auf eine knuffige, süße Art. Wie es ihm nach dem Studium wohl ergangen war?

Sie ging zur Pforte hinunter. Direkt davor hatte sich eine Menschentraube gebildet, Sicherheitsleute, Mädchen vom Empfang, Redakteure. Alle standen um ein Auto herum, ein Sportwagen, dunkelgrün. Der verchromte Kühlergrill blinkte im Sonnenschein.

Carol schob sich hindurch. Ein Aston Martin, so viel konnte selbst sie erkennen, und zwar ein alter. »Mark II«, hörte sie jemanden sagen, »aus den Fünfzigern.« Mit einem belgischen Kennzeichen.

»Pünktlich wie die Nachrichten.« Tims unverkennbarer Akzent. »Hi, Carol. Können wir los?«

Er trug ein Jude-Law-Outfit – weißes, offen stehendes Hemd, schwarzes Jackett, keine Brille. Sogar die Taille hatte was von Jude, man konnte die Rippen zählen unter dem Slim-Fit-Stoff. Nur schlecht rasiert war Tim immer noch.

6

Nach dreißig Meilen war es vorbei mit der Cabrio-Herrlichkeit. Schwere Regentropfen klatschten auf die Holzverkleidung des Cockpits. Sie waren gerade mal bis Guildford gekommen.

Tim hielt am Straßenrand und machte sich daran, das Dach am Rahmen der Windschutzscheibe einzuhaken. »Rost tut diesem Baby gar nicht gut.«

»Mir auch nicht.« Carol lachte, ein bisschen zu laut. Witze waren nicht ihre Stärke.

»Hoffentlich gibt's in Culls Cove eine Garage. Schon mal dort gewesen?«

»Nein. Aber wie ich John kenne, erwartet uns ein gewisser Komfort.«

»Vielleicht will er's in seinem Refugium ja ganz schlicht haben, Downshifting, alles aufs Wesentliche reduziert.« Tim ging um den Wagen herum und befestigte das Dach an der Beifahrerseite. Es war eine schreckliche Fummelei.

»Sophia hätte da bestimmt was dagegen. Die war schon immer ein Luxusgeschöpf.«

»Seltsam, dass die beiden noch zusammen sind. Nach zehn Jahren.«

»John ist eben der traditionelle Typ.«

»Wie heißt der Ort noch mal, aus dem er stammt?«

Carol überlegte. »Pinneberg. Bei Hamburg.« Auf ihr Gedächtnis war Verlass. »Vielleicht trennt man sich dort nicht so leicht. Bis dass der Tod euch scheidet. So was prägt.«

»Kommt Gwen nicht auch aus Deutschland?«

»Zur Hälfte, ihr Vater war britischer Offizier in Westberlin.«

»Bloody krauts!« Tim erinnerte sich an den Spruch, der immer dann gefallen war, wenn Gwen irgendein argloses Erstsemester im Pub unter den Tisch getrunken hatte. »Wir hatten jede Menge Spaß, nicht wahr? Bristol. Eine bessere Stadt zum Studieren gibt's nicht.«

Er stieg wieder ein und fuhr deutlich langsamer weiter. Ein Unfall war das Letzte, was er mit dem Mark II riskieren wollte. Im Grunde war er wohl ein Kleinbürger geblieben, oder? Er fand solche Beobachtungen zunehmend amüsant. Bürgerliche Gewohnheiten an sich zu entdecken, die ihm früher als verdammenswert gegolten hatten. Oh Mann, er hatte jeden erdenklichen Stoff besorgt, wenn die Nachfrage gestimmt hatte, vor allem für den letzten, den allerletzten Abend in diesem seltsamen Haus. Er selbst hatte höchstens mal einen Joint geraucht, damit der Eindruck entstand, dass er mit von der Partie war.

»Um ehrlich zu sein, habe ich den Kontakt zu den anderen verloren«, sagte Carol. »Keine Ahnung, was aus ihnen geworden ist.«

Ihr wurde bewusst, was sie für ihren Beruf alles aufgegeben hatte. Als es bei Channel 4 mit dem Fernsehen losgegangen war, hatte sie sich komplett abgeschottet. Keine Mails oder Briefe beantwortet, keine Ehemaligenfeiern an der Uni besucht, sich tot gestellt. Bloß keine Bindungen in den ersten Redakteursjahren. Und keine sozialen Altlasten. Dann die Presenter-Schulung. Der Sender hatte sie richtig rangenommen. Ihre Stimme war tiefer geworden, sie hatte ihre Nase begradigen und einen Leberfleck am Dekolleté entfernen lassen. Gesicht und Frisur auf Frontaleinstellung getrimmt. Sich formbar gezeigt. Programmdirektoren liebten das. Carol hatte genau darauf geachtet, welche Tabletten kombinierbar waren und mit wem sie schlief. Inzwischen war Letzteres nicht mehr nötig, Karrieresex war kein Faktor mehr in ihrer Lebensplanung. Ein weiteres Jahr, dann stand sie vor der Frage: Trophäenfrau oder eine Führungsposition hinter der Kamera.

Ihre alten Freunde hatten sich immer seltener auf ihrem Anrufbeantworter gemeldet, irgendwann gar nicht mehr. Dabei waren es keine x-beliebigen Studienbekanntschaften, nicht nach der Nacht im Dark House. Zwischen ihnen existierte ein Band, das Carol zielstrebiger gemacht hatte, widerstandsfähiger. Vielleicht auch skrupelloser. Das Band ließ sich ignorieren, aber nicht völlig durchschneiden. Aus diesem Grund hatte sie die Einladung nach Dorset angenommen.

Wer von uns weiß noch, was damals genau passiert ist? Es war stockdunkel und still wie in einem Grab, keine Geräusche drangen von draußen herein. Wir hätten uns genauso tief unter der Erde befinden können, in einer Mine oder einem bodenlosen Schacht. Die meisten von uns hatten etwas getrunken oder Drogen genommen, um den Kick zu verstärken. Wir taumelten durch die allumfassende Nacht, durch unser Schweigen und unsere Begierden, durch unsere jungen, widerstandsfähigen Körper. Und wir hatten einen Vorsatz: Am Tag danach alles zu vergessen. Mehr Gegenwart ging nicht.

»Jetzt erzähl mal was von dir«, forderte sie Tim auf. Sie hatte nur von ihrem Job gesprochen, Selbstdarstellungsrhetorik, schwer abzustellen.

»Meine Leute kommen auch mal eine Woche ohne mich aus.«

»Wie viele …«

»Ich bin schon seit zwei Tagen mit dem Wagen unterwegs, hab mir eine kleine Auszeit genommen. Einmal die Küste entlang, mit Abstechern ins Hinterland. Nur Landstraßen, wenig Gepäck, in kleinen Auberges übernachten. Und heute Morgen mit der Fähre nach Dover. The classic way.«

»Hört sich toll an. Ich wusste gar nicht, dass du romantisch veranlagt bist.«

»Liegt nur an meinem Schmuckstück.« Tim tätschelte das Lenkrad. »Ruft einem in Erinnerung, was das alte Europa zu bieten hat.«

»Deine Firma scheint gut zu laufen.«

»Ich kann mich nicht beklagen.«

»Das Geschäft mit den Zahlen?«

»Zahlen sind glaubwürdiger als Worte.«

»Sie lassen sich leichter manipulieren«, setzte sie hinzu. »Vor allem, wenn man in Brüssel sitzt, an der Quelle.«

»Mag sein.«

»Das hast du von Knowles. Menschen in eine bestimmte Richtung manövrieren.«

»Für dich war er vielleicht so eine Art Guru«, widersprach er. »Oder für Struan. Aber ich hab mir alles selbst aufgebaut. Knowles hat daran nicht den geringsten Anteil.«

»Verleugnet da jemand seine Wurzeln?«

»Der Mann war ein Spinner. Diese Psychospielchen …«

»Haben uns alle verändert.«

»Inwiefern?«

»Einige von uns sind über sich hinausgewachsen«, sagte sie. »Damals und, wenn man dich so anschaut, auch heute.«

»So?« Tim blickte an sich herab, als wollte er ihre Einschätzung überprüfen. »Du bildest dir schnell ein Urteil.«

»Knowles hat uns dabei geholfen, unsere Dämonen zu besiegen.«

»Hat aber nicht bei allen geklappt.«

Carol stutzte. »Du meinst …«

»Schon vergessen, wer bei unserem Zehnjährigen definitiv fehlen wird?«

»Manche Dinge sollte man ruhen lassen.«

»Liegt das in unserer Hand?«

Der Regen wurde heftiger, die Scheibenwischer kamen kaum nach. Tim drosselte die Geschwindigkeit auf fünfzig Meilen die Stunde. Er zündete sich eine Zigarette an.

Carol hatte mit dem Rauchen längst aufgehört. Sie nahm auch eine.

7

Warum war es immer windig, wenn sie den Toten einen Besuch abstattete? Meena Kapoor parkte ihren Mietwagen in der Greenbank Road und vergewisserte sich, dass die elektronische Verriegelung funktionierte. Einmal, zweimal. Zur Sicherheit ein drittes Mal.

Sie zog die Kapuze ihres Dufflecoats tief in die Stirn. Ein Windstoß erwischte sie von der Seite und drang ihr bis ins Mark. Sie wog vierundvierzig Kilo, das lag weit unter ihrem Idealgewicht. In den letzten Wochen hatte sie wieder schlecht gegessen und das meiste von sich gegeben.

Sie nahm den südlichen Eingang zum Friedhof. Am Pförtnerhaus vorbei, zu den Gräberfeldern. Zuerst sah sie nach ihrem Vater, einem Buchhalter, der seine zweite Bypass-Operation nicht überstanden hatte. Er war schon in Pakistan zum christlichen Glauben übergetreten, kurz bevor er als junger Mann nach Großbritannien emigriert war. Seine zukünftigen Kinder sollten in der neuen Heimat optimale Startbedingungen haben.

»Hallo.« Meena blieb stehen.

Sie wusste, worauf ihr Dad alles verzichtet hatte, um ihr eine gute Ausbildung zu ermöglichen. Die Schulgebühren, damit sie aufs renommierte Clifton College gehen konnte. All die zusätzlichen Ballett- und Flötenstunden. Ihr Zimmer in der WG mit Gwen und Sophia, obwohl sie zu Hause hätte wohnen können. Design-Studium – er hatte gar nicht begriffen, was das war. Dann ihre Launen, Künstlerallüren. Am meisten hatte er gelitten, als sie sich selbst zu verletzen begann. Schnitte an Unterarmen, Oberschenkeln, Bauchdecke, Kopfhaut. Verbrennungen. Dass sie bei Professor Knowles nicht nur Vorlesungen über Farbpsychologie gehört hatte, sondern auch seine Patientin gewesen war, hatte sie sogar vor ihren Freunden verheimlicht.

»Danke, Dad.« Sie kniete nieder und küsste die Grabplatte. Die Stelle glänzte ein bisschen. Kein Moos, keine Flechten. Sie kam oft hierher.

Er schwieg. Das tat er selten.

Meena horchte in die Stille hinein. Als brauchte ihr Vater heute ein bisschen länger, um sie zu verstehen. »Ja, ich verlasse Bristol. Zum ersten Mal seit ... wie vielen Jahren?«

Zehn. Seither hatte sie sich eingemauert im Reihenhaus ihrer toten Eltern. Keine unliebsamen Störungen, keine Menschen. Nur sie, die billigen Möbel und die Wände. Sie arbeitete als Webdesignerin, das ging gut von zu Hause aus. Manchmal legte sie den Finger auf eine Fensterscheibe, als wollte sie die Außentemperatur fühlen. Die Jahreszeiten waren schwer zu unterscheiden.

Culls Cove lief ihr nicht davon. Meena widerstrebte es, die Erste zu sein. Lieber stieß sie gegen Abend zu den anderen, kurz vor dem Dinner.

Sie begab sich in einen Teil des Friedhofs, in dem sie schon länger nicht mehr gewesen war. Es fiel ihr schwer, einen Fuß vor den anderen zu setzen.

Das Denkmal für die zivilen Opfer des Bristol Blitz von 1941. Mit diesem Krieg verband sie nichts. Gwen war oft hier gewesen, um über die Schattierungen von Schuld nachzudenken, über die Vergangenheit, die in ihrer Familie seltsame Schnittmengen bildete. Verdammtes Empire. Meena reichte schon die Schuld der Gegenwärtigen.

Hollies Grab war leicht zu übersehen. In zehn Jahren tat die Natur eine Menge, um die Spuren der Toten zu verwischen.

Mit dem Ellbogen fuhr sie über die Inschrift. Hollie Cavendish. Die Jahreszahlen, mehr nicht. Darunter müsste stehen: In den Tod getrieben.

Meena schloss die Augen und sah Hollie vor sich.

So weich. Mit ihrem langen hellbraunen Haar und dem fragenden Blick. Voller Vertrauen. Bisschen naiv, was sie umso anziehender gemacht hatte. Eine Scham wie ein Winterkätzchen, das man vergessen hatte zu ertränken. Zusammen hätten sie glücklich werden können, gegen alle Widerstände. Wahre Liebe kannte keine Beschränkungen. Sie hatten kurz davorgestanden, ein Paar zu werden. Hollie hätte Meenas Drängen nachgegeben und sich eingestanden, wie sie in Wahrheit veranlagt war. Die anderen hatten es ohnehin geahnt, Gwen, Tim, und sie sogar ermutigt, unkonventionell, wie sie sich damals fühlten.

Doch dann war alles in Scherben gegangen, in einer einzigen Nacht.

Der Wind blies stärker. Es kam Meena so vor, als legte sich eine Hand auf ihre Schulter.

»Töte!« Es war nur ein Flüstern.

»Wen?«, fragte sie.

»Alles.«

8

Sophia kam aus der Dusche. Sie schlüpfte in ein frisches Höschen und entzog sich seiner Umarmung. »Ich muss jetzt los.«

»Bleib doch noch.« Lloyd wies zum Fenster. Regen prasselte gegen die Scheibe. »Wer geht bei diesem Wetter vor die Tür?«

»Wir waren uns einig, oder?«

»Na ja …«

»Sonst wäre ich gar nicht erst gekommen.«

»Hast du keinen Spaß gehabt? Hörte sich aber anders an.« Er schnappte sich ihren Push-up-BH und versteckte ihn hinter seinem Rücken.

»Es ist vorbei. Bitte sei vernünftig.« Sie kleidete sich weiter an. Jetzt hielt sie die Verabredung in dem kleinen Landhotel an der Straße nach Basingstoke nicht mehr für eine gute Idee. Ihre Beziehung war beendet, nach drei überaus erfüllten Monaten. Es würde keine Trostrunde geben.

»Du kannst ganz schön hart sein«, maulte er.

»Das Kompliment gebe ich zurück.« Zotig, er mochte das. Sie versuchte es mit einem komplizenhaften Lächeln und entwand ihm den BH. Sein Widerstand ließ schnell nach, wenn sie ihm schmeichelte. »Ich hab's dir doch erklärt. Mit uns beiden hat das nicht das Geringste zu tun. Maddie ist jetzt bei mir in Behandlung, und mit dem Mann einer Patientin gehe ich nicht ins Bett. So sind die Regeln.«

»Warum hast du sie nicht abgelehnt?«

»Ich bin Psychotherapeutin, ich nehme meinen Beruf ernst. Wer mich um professionelle Hilfe bittet, kriegt sie auch.«

»Die Leute sagen, du wärst richtig gut.«

»Danke.« Sie zog den BH an und streifte ihren weißen Kaschmirpulli über den Kopf.

»Kannst du schon das Ende von Maddies Behandlung absehen?«

»Jede Therapie ist irgendwann abgeschlossen.« Sophia ließ es bedeutungsschwer klingen. Sie musste ihm Hoffnungen machen, sonst würde er noch etwas ausplaudern oder im Pub mit seinen sexuellen Höchstleistungen prahlen. Gekränkter Stolz, Frust, Mutwille – Männer waren unberechenbar, wenn es um ihre Ehre als Liebhaber ging.

Sie verschwieg ihm, dass sie die meisten ihrer Patienten dauerhaft betreute. Das war das Gute an psychischen Problemen. Sie gingen nicht so einfach weg wie eine Grippe. Die jüngste Sitzung mit Maddie hatte vor wenigen Stunden in Sophias Praxis stattgefunden. Maddie hatte Komplexe, die für eine ganze Großfamilie reichten. Nichts Schlimmes, aber verwickelt. Die Frau würde ihr längerfristig erhalten bleiben.

Lloyd warf seinen blonden Wuschelkopf in den Nacken und stieg in seine Boxershorts. Er schien sich mit der Trennung abzufinden. »Wo musst du jetzt so dringend hin?«

»Zu einer Art Klassentreffen.« Sie stopfte ihre gebrauchte Unterwäsche in den Koffer, den sie fürs Wochenende gepackt hatte.

»Wird bestimmt stinklangweilig.«

»Das glaube ich kaum. Wir standen uns alle recht nahe.«

»Kann ich von meinem Abschlussjahrgang nicht behaupten.«

»Mein Mann wird auch da sein.«

»Langweilig, sag ich doch.« Er lachte.

»Solche Bemerkungen stehen dir nicht zu.« Ihr Ton wurde eine Spur schärfer.

»Ist ja schon gut.«

»Am meisten freue ich mich auf meinen alten Professor von der Uni. Der hat mir alles beigebracht.«

»Ein Seelenklempner?«

»Viel mehr als das.« Sophia knöpfte ihren Burberry-Trenchcoat zu, aber nur so weit, dass ihr Dekolleté noch zur Geltung kam. Ihre Workout-Waden glichen poliertem Tropenholz, das wusste sie, und sie arbeitete hart daran. Bei jeder Gelegenheit stellte sie sich auf die Zehenspitzen, zum Beispiel in der Küche, wenn sie das Hausmädchen anwies, was am Abend auf dem Tisch zu stehen hatte.

So wie Lloyd aussah, mit seinen Sommersprossen und dem festen Bauch, würde er bald Ersatz finden. Vielleicht eine Lehrerkollegin, da gab es eine große, hungrige, verzweifelte Auswahl. Oder eine knackige Schülerin, er durfte sich nur nicht erwischen lassen.

»Wir hatten eine wundervolle Zeit.« Sie küsste ihn leidenschaftlich. Presste sich an ihn. Knetete seinen Hintern, damit er sie gebührend vermisste.

Als er seine Shorts herunterzerrte, löste sie sich von ihm. »Schsch!« Sie legte ihm einen Finger auf die Lippen und wollte schon sagen: »Mann, bist du dämlich«, verkniff es sich aber. Niemals die Wahrheit sagen.

Dann ging sie.

9

Der Zug aus London hatte Verspätung. John warf den leeren Kaffeebecher in einen Mülleimer und schlenderte den Bahnsteig entlang. Es war kalt geworden in der letzten halben Stunde, ein Temperatursturz. Er nahm einen Schluck aus dem Flachmann. Erst vor kurzem war er auf den Geschmack von Whisky mit Torfrauch gekommen, und Laphroaig war in dieser Hinsicht extrem, aber gut.

Ein Rentner in Wanderkleidung und mit einem alten Lederrucksack nickte ihm zu. Ja, das Zeug wärmte von innen. In England schaute einen niemand scheel an, wenn man sich eine kleine Stärkung gönnte, auf dem Lande schon gar nicht. Außerdem war John eine respektable Erscheinung. Er trug einen grünbraunen Tweedanzug und einen dazu passenden knautschigen Hut, gelbe Weste, Strickkrawatte. In dieser Aufmachung sah er aus wie Richard Attenborough und fühlte sich auch so, obwohl er erst siebenunddreißig war.

Wenn er sich für ein Wochenende von der Klinik loseisen konnte und auf Culls Cove herumspazierte, stellte er sich vor, dass die Halbinsel schon seit Generationen im Besitz seiner Familie war. Als Kind eines Pinneberger Spediteurs, der sämtliche Klischees eines Neureichen erfüllt hatte, einschließlich einer viel zu jungen dritten Ehefrau, die nach dem Tod des geliebten Gatten auf dessen Schulden sitzengeblieben war, sehnte sich John nach Tradition. Nicht so sehr wegen des Upperclass-

Feelings, das konnte ihm gestohlen bleiben, sondern weil ihm seit dem Studium in Bristol dieses Bild vor Augen gestanden hatte: ein Cottage am Ende einer von Hecken flankierten, gewundenen Straße, auf einer Anhöhe irgendwo an der Küste, wo der Wind das Salzwasser über die mageren Wiesen blies und die Hügel einer karierten Picknickdecke glichen. Steinmäuerchen, Efeu, ein weißer Gatterzaun. Der Schornstein schickte eine Rauchfahne in den stahlblauen Himmel.

Culls Cove kam seinem Merry-Old-England-Tick ziemlich nahe. Dort *musste* das Glück wohnen. Und der Leuchtturm in Sichtweite des Cottage war die Kirsche auf dem Kuchen. In dieser Umgebung gelang es John, dem Druck für ein paar Tage zu entfliehen. Die Herzklinik stand mehr denn je auf wackligen Beinen. Jede OP war eine Zitterpartie. Wenn ihm in nächster Zeit noch einmal ein Patient unter den Händen wegstarb, konnte er den Laden dichtmachen.

Sophia war ihm keine große Stütze. Sie baute ihre eigene Praxis auf, nachdem sie eine Zeitlang an der UEL in London geforscht hatte. Mit Kindern klappte es einfach nicht. Vielleicht trieb sie aus diesem Grund exzessiv Sport. Gerade war sie wieder im Fitnessstudio, wie an jedem Freitagnachmittag. Sie hielt sich strikt an ihren Trainingsplan, mit einer Disziplin, die er schon immer an ihr bewundert hatte. Sophia war stark. Er liebte sie. Auch dafür, dass sie ihr eigenes Leben führte. Der Deal war, einst nur so dahingesagt: Jeder ließ dem anderen seine Freiräume.

Manchmal sahen sie einander tage- oder wochenlang nicht, berufliche Reisen nicht eingerechnet. Doch dann gab es diese Abende, an denen sie ohne Absprache gegen zehn oder elf aufs Sofa sanken und bis in die Morgenstunden redeten und tranken, mit Knutscheinlagen, als wären sie noch Teenager. Wenn Sophia es fertigbrachte, die Tage ihres ersten Kennenlernens heraufzubeschwören, schmolz er dahin.

»Hallo, John.«

Er kannte diese tiefe Stimme. Sie verlieh jedem Wort am Ende einen kleinen Schnörkel. John drehte sich um. Der Zug war im Bahnhof eingefahren, er hatte es kaum bemerkt.

»Frederic?« Händeschütteln, den Ankömmling taxieren, keine Unsicherheit zeigen. »Schön, dass du da bist. Wie war die Reise?«

»Ich konnte ganz gut arbeiten. Bin schon vor ein paar Tagen gelandet.«

»Wirklich? Das wusste ich gar nicht.«

»Hilfst du mir mit dem Gepäck?«

Pelham war Endstation, sie mussten sich nicht beeilen. Knowles hatte drei große Schalenkoffer dabei. Sie luden sie auf einen Trolley, John schob ihn Richtung Schalterhalle.

»Willst du auf Culls Cove überwintern?«

»Ich bin ein fahrender Hörsaal. Oder ein Therapieraum, wie man's nimmt.«

»Keine Veränderungen, wie?« John blickte auf Knowles' Vollbart, der dessen hageres Gesicht nach wie vor einrahmte und mittlerweile fast weiß geworden war. Der Professor war einen Kopf größer als er, grauer Tuchanzug, darunter ein schwarzes T-Shirt, Trenchcoat über dem Arm, elegante Budapester. Früher hatte er Turnschuhe getragen.

Knowles strich sich über den Bart. »Das Signum meiner Zunft. Wenn ich ihn abnähme, würde man mich nicht wiedererkennen.« Belustigt setzte er hinzu: »Du hast einige Pfunde zugelegt. Steht dir gut.«

John sah an sich herab. »Bin ein bisschen seriöser geworden.«

»Vertrauen einflößend, dieser Landarztlook. Deine Herzpatienten müssen sich fühlen, als kämen sie nur auf eine Tetanusspritze vorbei.«

»In der Klinik trage ich natürlich ...«

»Ein Deutscher schnippelt einem Briten an der Pumpe herum. Da ist ein wenig Assimilation nicht verkehrt.«

»Spielt das heutzutage noch eine Rolle?«

»Erinnerungen bleiben über die Generationen hinaus wach, dafür sorgt schon die *Sun*. Deshalb hast du wohl Sophias Namen angenommen. Aus Johannes Schmittner wurde John Brooks. Klingt so englisch wie der Seewetterbericht der BBC.«

Sie durchquerten die Schalterhalle und erreichten den Parkplatz.

»Lass mich raten«, sagte Knowles. »Du fährst einen Range Rover.«

»Der ist nur geleast.«

»Du brauchst dich nicht zu rechtfertigen. Erste Psychologenregel: Belehre nie einen Patienten! Er könnte vergessen, die Rechnungen zu bezahlen.« Er lachte und klopfte John auf die Schulter. »Wir wollen doch nicht in die alte Lehrer-Schüler-Falle geraten?«

»Ist das eine Analyse?«

Knowles machte eine theatralische Geste, als würde er seinen ehemaligen Assistenten hypnotisieren. »Am Telefon musste ich mich zurückhalten. Da hatte ich nur deine Stimme, um ein wenig zu spekulieren.«

John stoppte den Trolley neben seinem Range Rover. »Du machst mir Angst. Immer schon.«

»Das gehört dazu.«

»Ich habe alles vorbereitet.« John betätigte die Fernbedienung. Die Heckklappe des Wagens sprang auf.

»Gut.«

»Warst du schon in Bristol? An alter Wirkungsstätte?«

»Bei diesen Ignoranten?«

»Meena wohnt immer noch da. Ihre Eltern sind kurz nacheinander gestorben.« John lud die Koffer ein.

Knowles sah hoch in die Wolken. Ein Gewitter zog auf. »Arme Meena. So viele Verluste.«

»Sie kommt auch nach Culls Cove. Mach dich auf einiges gefasst.«

»Schade, dass ich ihr nicht helfen konnte. Sie ist so etwas wie ein unabgeschlossener Fall.«

»Sind wir das nicht alle?«

»Damit hast du wohl recht.« Knowles legte John eine Hand auf die Schulter. »Aber es sind immer die schwierigsten Kinder, für die wir am meisten Verständnis aufbringen.«

10

Gwen schmiss ihre Sporttasche auf die Schalenkoffer. »Was heckt ihr da schon wieder aus?«

John blickte verdutzt zu Knowles.

»Auf dem Bahnsteig hast du mich übersehen.« Sie schüttelte tadelnd den Kopf. »Ich hab dir doch gemailt, dass ich's irgendwie schaffe. Ist wohl nicht angekommen? Na, was soll's, hier bin ich!«

Peinliche Pause. John machte keine Anstalten, sie willkommen zu heißen.

»Okay«, sagte sie gedehnt. »Was hast du über mich gehört?«

Er hasste solche Situationen. Tatsächlich hatte er alle Gäste eingehend überprüft, im Internet und was es sonst noch an Quellen gab. Damit er wenigstens ungefähr wusste, was auf ihn zukam. »Du hast Schwierigkeiten mit den deutschen Behörden.«

»Na und?«

»Ich dachte, du kommst nicht.«

Gwen brauchte einen Moment, um zu verstehen. Dann zerrte sie ihre Tasche aus dem Kofferraum. »Anscheinend bin ich hier unerwünscht.«

»Lass! Die Einladung gilt natürlich nach wie vor.«

Sie hielt inne und betrachtete ihn. Seinen konservativen Aufzug, den Panzer von Auto. »Zehn Jahre sind ja auch mehr als genug Zeit, um ein Arschloch zu werden. Glückwunsch, das hast du fein hingekriegt.«

Knowles schob sich zwischen die beiden und hob

schlichtend die Arme. »Berührungsängste wie bei einem alten Liebespaar. Dabei hattet ihr doch nie etwas miteinander, oder?«

»Mit dem heiligen John?« Sie lachte höhnisch. »Wohl kaum. Der hat sich verdammt viel entgehen lassen.«

»Weil ihn das Unvorhergesehene lähmt. Eine seiner Schwächen, manchmal sympathisch, bei sozialer Interaktion extrem hinderlich. Es war ihm einfach nicht auszutreiben.« Knowles nahm Gwen die Tasche ab, legte sie in den Kofferraum zurück und schloss die Klappe. »Ich denke, er ist immer noch ein ganz netter Kerl. Und jetzt vertragt euch wieder. In den kommenden Tagen stehen uns noch genug Auseinandersetzungen bevor. Außerdem schlagen mir Bahnhofsparkplätze aufs Gemüt.«

Mit diesen Worten stieg Knowles ein und ließ sie allein.

Der Wind wurde stärker. Der Himmel verdüsterte sich. Es war, als spien die Wolken Asche aus.

»Tut mir leid«, presste John hervor. »Ich bin ein bisschen durcheinander.«

»Wegen ihm?« Sie wies auf seinen ehemaligen Mentor.

»Scheint so.«

»Wie macht er das nur? Ich fühle mich wie nach der ersten Vorlesung. Täterpsychologie. Damals hing ich an seinen Lippen.«

»Wer tat das nicht?« John gab ihr einen Klaps auf die Schulter. »Geht's dir gut?«

»Die Schwierigkeiten, von denen du erfahren hast ... Die haben mich ein wenig aus der Kurve getragen. Aber das wird schon wieder. Ich freue mich, dich und die anderen wiederzusehen.«

»Versprich dir nicht zu viel davon. Die meisten werden nicht mehr so locker sein wie früher.« Er musterte ihre Bikerjacke.

»Sorry wegen dem Arschloch. Und dem Heiligen.«

»Interessante Kombination.«

»Sophia wartet sicher schon in Culls Cove?«

»Die ist noch im Fitnessstudio. Aber sie wollte früher Schluss machen.«

Gwen runzelte die Stirn. »Immer im Training, wie?«

»Es läuft ganz gut zwischen uns.«

»Weißt du, wie das klingt?«

»Das Leben besteht aus Kompromissen. Jeden Tag kommen neue dazu.«

Ein Streifenwagen bog auf den Parkplatz ein und fuhr im Schritttempo die Autoreihen entlang.

»Dann mal los!«, sagte Gwen und stieg in den Rover.

11

Ein natürlicher Damm verband die Halbinsel mit dem Festland. Er war zusätzlich mit großen Felsbrocken und Wellenbrechern befestigt zum Schutz gegen die Brandung. Roddy steuerte seinen BMW über die an vielen Stellen ausgebesserte Straße. Feine Gischtspritzer wehten auf die Windschutzscheibe. Die See war bewegt, überall zeigten sich Schaumköpfe.

Ein Kleinbus mit einem dunkelroten Kajak auf dem Dach parkte in einer Haltebucht für Ausflügler. Daneben stand ein großer, schlanker Mann. Er trug eine gelbe Outdoorjacke und starrte aufs Meer hinaus, als erwarte er von dort ein fernes Signal. Roddy bremste ab und fuhr links ran.

Klar, dass Struan aufkreuzen würde. Mit Kajak. Vermutlich hatte er auch ein Board zum Kitesurfen dabei und was nicht noch alles. Mister Supersportlich, im Gegensatz zu Roddy, der nicht mal Talent zum Golfen hatte und übergewichtig war, seit er denken konnte. Deswegen hatte Struan die besten Frauen abbekommen, während Roddy schon früh dazu übergangen war, für Sex zu bezahlen. Leider wurde das dafür nötige Geld immer knapper.

Er kämpfte sich aus dem Ledersitz. Fast hätte es ihn beim Aussteigen von den Beinen geholt. Der Boden war glitschig, eine Windböe erfasste die Fahrertür und warf sie ins Schloss.

Struan nickte zur Begrüßung. »Schön hier. Wird ein cooles Wochenende.«

»Da braut sich ein Sturm zusammen.«

»Hätte nichts dagegen.« Das Meerwasser pflügte über den schmalen Streifen Kiesstrand und klatschte schwer gegen die Felsen. »Starke Zugströmung. Auf der kannst du sogar *raus*surfen.«

»Tu dir keinen Zwang an. Wohin geht's da? Nach Frankreich? Oder gleich nach Amerika?«

»Mit dem Kajak an so einer Küste, bei ordentlich Seegang ... das hat was. Ich denke, da oben gibt's eine Bucht. Auf der anderen Seite der Halbinsel.« Struan wies auf das Ziel ihrer Reise.

Culls Cove erhob sich aus den Fluten wie ein riesiger Findling, der von den zurückweichenden Gletschern einer fernen Eiszeit vergessen worden war. Das Gestein an den Ufern war schwarz und zerklüftet. Weiter oben befanden sich Grünflächen, durchzogen von niedrigen Mäuerchen. Es sah aus wie der Schädel eines Mannes, der zu anatomischen Anschauungszwecken in verschiedene Felder unterteilt war – und dem man zu Lebzeiten den Kiefer eingeschlagen hatte.

»Was führt dich her, Roddy?«

»Erinnerungen?«

»War 'ne wilde Zeit.«

»Oh ja.«

»Lässt sich wohl kaum wiederholen.« Struan warf ihm einen warnenden Blick zu. »An deiner Stelle würde ich's jedenfalls nicht versuchen.«

»Beruht alles auf Gegenseitigkeit.« Roddy setzte sein Verkäuferlächeln auf. Was sollte das werden? Wollte Struan den Aufpasser spielen? »Hab gehört, dass du zu den Bullen gegangen bist. Und die Brocken dann hingeschmissen hast.«

»Vom wem?«

»Sophia.«

»Ich hab 'ne ganze Menge hingeschmissen. Geht dich aber einen Dreck an.«

»'tschuldigung. Wollte dir nicht zu nahe treten.«

Struan schaute wieder aufs Meer hinaus. Jede Welle warf die Kiesel umher und spülte sie durch wie im Schleudergang einer Waschmaschine. Rollende Steine. Es war ein brutales Geräusch, unerbittlich, eine Mahnung, dass man gegen die Naturgewalten nicht ankam.

»Zehn Jahre sind eine lange Zeit«, sagte Roddy. »Da läuft nicht alles glatt, vor allem in der Phase direkt nach dem Studium. Meinst du, die anderen hatten keine Probleme, sich eine Existenz aufzubauen?«

»Das Problem ist, dabei ehrlich zu bleiben.«

»Wer versucht das nicht?«

»Mag sein«, lenkte Struan ein und betrachtete den Mann, mit dem er in den letzten Trimestern ein Apartment in der Richmond Park Road geteilt hatte. Okay, »geteilt« war nicht ganz richtig, Struan hatte bei ihm zur Untermiete gewohnt, in einem besenkammergroßen Zimmer. Dafür hatte er das Loft über zwei Etagen sowie eine Sonnenterrasse über den Dächern von Bristol mitbenutzen dürfen – besser als ein Platz in den großen Studentenwohnheimen, Bienenstöcke, die Struan an die Mietskasernen erinnerten, in denen er aufgewachsen war.

Roddy war damals ein verwöhntes Bürschchen gewesen, das nicht allein wohnen wollte und jemanden zum Aufräumen, zum Müllruntertragen und Glühbirnenreinschrauben brauchte. Er hatte auch gute Seiten gehabt. Dazu gehörten eine selbstlose Gastfreundschaft und ein nicht enden wollender Strom an Vorräten. Von zu Hause brachte er Pasteten, Trüffelpilze und edle Weine mit, ausnahmslos leckeres und kostspieliges Zeug. Struan war es egal, ob er seinen Magen mit Baked Beans oder *confit de canard* füllte. Roddy eigentlich auch, doch es hatte Stil und sorgte für eine Atmosphäre, wie man sie aus Oxbridge-Romanen kannte. Knowles und die anderen hatten das Loft zu ihrem bevorzugten Treffpunkt gemacht. Das Gefühl, einer erlesenen Gemeinschaft anzugehören und sie zu beherbergen, war ganz nach Roddys Geschmack gewesen.

Anfangs dachten wir: mal was anderes, extrem. Schließlich mussten wir unseren Studienabschluss auf besondere Weise feiern, mit der vielleicht abgefahrensten Party, die Bristol je gesehen hatte. SM-Spielchen, Partnertausch, Zufallssex und solche Sachen waren eigentlich gar nicht unser Ding. Und das *Dark House* sollte ja nichts mit einem x-beliebigen Swingerclub gemein haben oder mit den Dark Rooms irgendwelcher Szene-Clubs. Es hat sich alles so ergeben, und jeder von uns reagierte anders, unvorhersehbar. Der größte Fehler bestand darin, dass wir alle Freunde waren, gute Freunde, die allerbesten – mehr oder weniger. Für das Experiment war das entscheidend, und aus Gründen der Diskretion begrüßten wir es sogar, dass keine Außenstehenden dabei waren. Vielleicht wäre totale Anonymität besser gewesen. Aber wir hatten das Gefühl, etwas zu erleben, was anderen Menschen immer verborgen bleiben würde. Wir schauten in einen schwarzen Spiegel und erkannten darin etwas viel Lehrreicheres als Liebe: Leid.

»Dein Laden brummt sicher«, sagte Struan. »Die Leute sind derzeit ganz scharf auf Delikatessen. Lenkt von der Wirtschaftskrise ab.«

»Kann nicht klagen«, log Roddy.

»Ich gehe jede Wette ein, dass du Single bist.«

»Daran werde ich auch nichts ändern.«

»Ist vielleicht besser so.« Struan senkte den Kopf und ging zu seinem Van zurück. »Was man nicht kennt, kann man nicht vermissen.«

12

»Wichser!«, rief Roddy, als der rote Kombi an ihm vorbeizischte und ihn mit dem Außenspiegel fast erwischte. Struan konnte sich gerade noch gegen die Fahrertür pressen.

Der Wagen raste, ohne die Geschwindigkeit zu reduzieren weiter, und schlingerte gefährlich nahe am Straßenrand entlang.

Bell saß am Steuer. Die beiden Idioten, die unbedingt auf dem Damm herumspazieren mussten, hatte sie nur aus den Augenwinkeln bemerkt. Sie war damit beschäftigt, sich in ihre Wut zu verbeißen. Seit Winchester stritten sie nun. Es hatte kurz nach der Abfahrt begonnen, wegen irgendeiner Nichtigkeit. Lewis war nach dem Sex immer furchtbar aggressiv. Sie hätte sich schon längst geweigert, bei diesem Scheiß mitzumachen, wenn der Scheiß sie nicht auch ein bisschen antörnen und einen dunklen Lichtschein in ihr Nonnendasein bringen würde. Früher hatte sie noch ganz andere Sachen ausprobiert, ohne Lewis, bevor sie mit dem Studium begonnen hatte. Es war nicht so, dass sie dieser Zeit nachtrauerte, im Gegenteil. Die Kinder hatten sie in dieser Hinsicht ruhiger gemacht, anspruchsloser, vielleicht auch erwachsener, wie sie sich einredete. Aber manchmal beschlich sie der Gedanke, ob es nicht besser wäre, Feuer mit Feuer zu bekämpfen.

»*Kurwa!*«, fluchte sie auf Polnisch.

Inzwischen waren sie an einem Punkt angelangt, an

dem jeder verbittert schwieg und sich fragte, wie sie unter diesen Vorzeichen das Wochenende überstehen sollten. Dieses Wochenende und alle, die noch folgen mochten. Im CD-Player lief die Verdi-Arie »Gott, der entflammte«.

Was die beiden im Keller trieben, stand nicht zur Debatte. Über Liebespraktiken sprachen sie nur, wenn es um Details des Ablaufs ging. Ansonsten herrschte zwischen ihnen stummes Einvernehmen. Zu viele Worte zerstörten den Thrill, kratzten an der Oberfläche ihrer kleinen Inszenierungen.

Nein, es war viel banaler. Lewis hatte Bell eröffnet, dass er bei einer neuen Produktion der Matthäuspassion den Evangelisten singen sollte. Es handelte sich wieder einmal um ein Engagement ohne festes Haus. Die Tournee startete im Rahmen eines wenig bekannten Festivals in Tschechien. Sie würde durch weite Teile Osteuropas führen und mehrere Monate dauern. Die Gage war ansehnlich. Lewis hatte bei einem Treffen in London bereits mündlich zugesagt, ohne Bell vorher zu fragen.

Das allein reichte schon, um sie auf die Palme zu bringen. Angeblich habe er sofort zugreifen müssen, um die Rolle zu kriegen. Für einen Anruf sei es etwas ungünstig gewesen.

Lewis' Ausreden wurden immer schäbiger. Für wahrscheinlicher hielt sie es, dass er nach dem Treffen mit dem Dirigenten, dem künstlerischen Leiter und seinem Agenten durch die Clubs gezogen war. Und dass zu dieser munteren Schar noch weitere Mitglieder des künftigen Ensembles gehört hatten, unter anderem eine ungarische Sopranistin, mit der Lewis schon des Öfteren aufgetreten war und die das Ganze vermutlich eingefädelt hatte.

In Poole bestand Bell darauf, einen Happen essen zu gehen, und verschwand auf der Toilette. Von dort rief sie Archie, seinen Agenten, in dessen Büro an. Natürlich war er unterwegs, doch sie verstand sich gut mit Archies Sekretärin und ließ sich die Liste der Solopartien durchgeben. Ihr Verdacht bestätigte sich. Die Ungarin war mit von der Partie.

Bell war alles andere als zimperlich. Was Lewis mit irgendwelchen Chorsängerinnen trieb, nach langen Probennächten und während zahlreicher anderer Gelegenheiten, die der Opernbetrieb bot, nahm sie in Kauf. Es tat keinem weh, Lewis brauchte das zur Selbstbestätigung und zum Abreagieren. Dafür trank er nicht und nahm keine Drogen.

Wenn aber etwas Festes am Horizont auftauchte, noch dazu mit einer von Bells ehemaligen Konkurrentinnen – und diese Matthäus-Kiste roch förmlich danach –, wurde Bell ernsthaft eifersüchtig. Dann ging ihr Temperament mit ihr durch. Und wenn das der Fall war, dachte sie, konnte es gut sein, dass sie bei der nächsten Würgenummer etwas länger und etwas fester zudrückte.

Die Kinder würden schon klarkommen, fand sie. Die beiden Jungs vergötterten ihre Mutter.

Sie hatten den Damm überquert und rasten auf eine enge Rechtskurve zu, die sich zwischen hohem Farn und Rhododendron verlor.

»Vorsicht!«, schrie Lewis. »Du bringst uns noch um!«

»Halt die Klappe!«

Es gab keine Leitplanke. Stattdessen ragte eine alte Ulme hinter der Fahrbahn empor. Ein Frontalaufprall würde den Motorblock in den Innenraum drücken und ihnen trotz der Airbags Beine und Unterleib zerquetschen. Mit dem Rest machte man auf keiner Bühne der Welt mehr eine gute Figur.

Bell stieg in die Eisen. Die Reifen blockierten, sie kamen ins Rutschen. Lewis stemmte sich gegen das Armaturenbrett. Der Kombi drohte hinten auszubrechen.

Augenblicke zwischen Leben und Tod. Zwischen Schmerz und Ohnmacht. Für Bell vertrautes Terrain. Ein Seitenblick zu Lewis: Er hatte nackte Angst, Panik.

In letzter Sekunde griffen die Reifen, sie wurden langsamer. Bell ging von der Bremse, der Wagen legte sich stark in die Kurve, aber sie hielt ihn auf der Straße. Die Fahrbahn stieg an, das nahm zusätzlich Schwung weg.

Die Gefahr war vorüber, registrierte sie überrascht. Und ein wenig enttäuscht.

»Hoffentlich ist dir das eine Lehre«, sagte sie und fuhr mit normaler Geschwindigkeit weiter.

Von der CD sang inzwischen ein Chor.

Er sah sie lange an. Bell strich sich das weißblonde Haar aus dem Gesicht. Mit dem Make-up hatte sie es wieder übertrieben. Ohne sah sie viel besser aus. Er mochte ihren Marmorteint und die spitze Nase, die sich am Ende ein klein wenig noch oben bog. Wenn sie ihre Krähenfüße verteufelte und an den Lachfalten etwas auszusetzen hatte, winkte er nur ab. Ihre kleinen Brüste waren immer noch erstaunlich fest. Sie trug keinen BH und hatte ihre Leinenbluse weit aufgeknöpft. Von der Seite gewährte sie ungewohnte Einblicke, Typ nordische Schönheit vom Lande, obwohl das sonst gar nicht ihre Art war. Wen wollte sie damit beeindrucken? Ihn? Die anderen Männer, die nach Culls Cove fuhren? Die Frauen? Bell war eine verfluchte Zeitbombe.

Wie oft hatte er beteuert, dass während eines Engagements nichts, absolut nichts lief? Allein schon, weil es in der Branche nicht gut ankam, als dauergeiler Don Juan zu gelten. Da musste man subtiler vorgehen.

Lewis lachte, nicht zuletzt, um den Schock wegen des Beinaheunfalls abzustreifen. »Du spinnst, Bell, und das weißt du.«

»Ich bin gespannt, ob das die anderen auch so sehen.«

»Was willst du denen über uns erzählen?«, fragte er alarmiert.

»Fallgeschichten vergleichen. Darauf wird es doch hinauslaufen.«

»Das fehlte noch.«

»Mittlerweile trau ich mich eine Menge, oder nicht? Ich hab's fast überwunden.«

»Warum nur fast?«

»Ich hätte sonst nicht gebremst.«

Lewis erwiderte nichts. Er legte die dritte Don-Carlo-CD ein und spielte die berühmte Bass-Arie an. »Ella giammai m'amò ...!« Nicht sein Stimmfach, aber irgendwie passend, fand er.

»Sie hat mich nie geliebt.« Bell kannte seinen Sinn für billige Effekte, ihr Opernitalienisch war ausgezeichnet – besser als seines. »Das stimmt nicht. Ich habe dich immer geliebt. Und ich werde dich weiter lieben.«

Es klang wie eine Kampfansage.

Lewis bemerkte einen entgegenkommenden Lieferwagen. »Lass ihn vorbei.«

Gehorsam fuhr sie links ran. Und brachte das Auto vor einem rot-weißen Schild zum Stehen. Private Road. Gesperrt für die Öffentlichkeit.

13

Sophia nahm einen Schluck Champagner. Ihr Blick fiel auf die niedrige Decke des Cottage. Was für eine Bruchbude! Sie trank das ganze Glas aus. Manchmal half das, für ein paar Minuten. Wie sollte sie hier ohne Serviermädchen auskommen? Kein Personal, hatte John verlangt, damit sie unter sich blieben und sich keiner gehemmt fühlte.

Also gut. Die Leute vom Catering-Service, den Roddy ihr empfohlen hatte, waren Richtung Festland verschwunden. Alles war gerichtet. Sie rammte die Flasche in einen mit Eis gefüllten Pokal, trug ihn nach draußen und stellte ihn auf den Tisch vor dem Haus.

Elf Champagnerschalen. Eine mehr. John hatte ihr per Handy mitgeteilt, dass Gwen wider Erwarten gekommen war. Bestens. Sophia mochte Gwen. Egal, was sie so anstellte oder verbockte: Wenn's drauf ankam, konnte man auf sie zählen. Dass sie ein wenig aus der Reihe fiel – wen scherte es? Wer nicht zeigte, dass ihm alles zu viel wurde, war nur ein Sklave seiner Prägungen. Sophia wünschte, sie selbst könnte es. Dieses ständige Auf-der-Suche-Sein. Gwen würde es verstehen. Vielleicht war sie von ihnen allen nicht am geschicktesten oder am berechnendsten. Da gab es andere Kandidaten. Doch Gwen war am klügsten. Falls sie ihren Verstand inzwischen nicht versoffen hatte.

Erwartungen. Im Grunde basierte Sophias Beruf darauf. Sie sagte ihren Patienten nicht, was Sache war, sondern was sie an ihren Autosuggestionen korrigieren sollten.

Es war achtzehn Uhr, wie vereinbart.

Dieses Ziehen und Kribbeln zwischen ihren Beinen. Tief drin. Wenn Lloyd zum Abschied nicht so verdammt gut und ausdauernd gewesen wäre, hätte sie das kalte Buffet im Kaminzimmer pünktlich abnehmen können. Sie vermisste den Mistkerl schon jetzt – und kam sich dadurch inkonsequent und angreifbar vor. Verdammter Sex! Die Treffen mit ihren Liebhabern waren vom Ambiente her erbärmlich. Dieses Zimmer in Basingstoke, kaum zu glauben. Sie tröstete sich damit, dass immer noch sie es war, die sich ihre Partner aussuchte. Und dass ihre Partner zu nichts anderem taugten, als ihr die Zeit auf die beste aller Arten zu vertreiben.

Gelangweilt stocherte sie mit dem Absatz ihrer Stöckelschuhe im Kies. Die hübsch angelegte Auffahrt war Teil ihrer Bedingungen gewesen, sonst hätte sie keinen Fuß in dieses gottverlassene Loch gesetzt. Ursprünglich hatte ein hässlicher Streifen Asphalt vor dem Cottage geendet. Sie hatte ihn entfernen und durch die gleichförmigen weißen Steinchen ihres Elternhauses in Lincolnshire ersetzen lassen, um zumindest die Illusion eines Landsitzes zu erzeugen. Mit etwas gutem Willen konnte man Culls Cove für mehr halten, als es war. Immerhin bestand es aus dem Cottage, dem alten Lagerhaus und dem Leuchtturm, mit ein paar Hektar Land außen rum. Der National Trust hatte vergeblich versucht, die Halbinsel der Öffentlichkeit zugänglich zu machen. Mit John war in dieser Hinsicht nicht zu spaßen. Er hatte entsprechende Verbotsschilder aufgestellt. Trotzdem kamen Wanderer, Angler und Vogelbeobachter auf die Halbinsel. Heute hielten sie sich aufgrund der Unwetterwarnung hoffentlich fern.

Mit einem satten Röhren preschte ein Sportwagen die Auffahrt hoch, dass der Kies nur so spritzte.

Was für ein Auftritt, dachte Sophia. Der süße Duft des Geldes.

Tim und Carol stiegen aus. Sie begrüßte die beiden mit Küsschen rechts und links. Das Verdeck des Sportwagens war pitschnass. »Seid ihr in einen Schauer geraten?«

»Hier fängt es auch bald zu regnen an«, sagte Carol und wies auf die nahende Gewitterfront.

»Vielleicht zieht es nur durch.« Tim hatte dem Himmel noch nie viel Beachtung geschenkt.

»Wir machen uns hier ein paar schöne Tage, das Wetter ist uns egal.« Sophia füllte die Champagnerschalen. »Cheers!«

Sie tranken und machten Small Talk. Drei unabhängige Geister, die es ungefähr an den Punkt geschafft hatten, den sie sich einst vorgenommen hatten. Zumindest beruflich. Und finanziell. Tim konnte den Kurswert seiner Aktienpakete nicht genau beziffern. Carol ließ ihre Verträge mit Channel 4 von mehreren Anwälten aushandeln. Und Sophia hatte ein Privatvermögen mit in die Ehe gebracht, das sie gegen etwaige Insolvenzen ihres Gatten absicherte.

Als Nächstes trafen Bell und Lewis ein, sichtlich gestresst. Sie parkten den Kombi auf einer dafür vorgesehenen Wiese und gesellten sich zu den anderen. Bell knöpfte ihre Bluse zu, als sie Sophias hochgezogene Augenbrauen sah. In Gegenwart der anderen versiegte ihr Selbstvertrauen schlagartig, als ob jemand den Hahn zugedreht hätte. Lewis lief dagegen sofort zu Hochform auf und sang ein paar Takte lang eine Platane an, die neben dem Haus stand, *Ombra mai fù* von Händel.

Er liebte es, sich in Szene zu setzen, das wussten alle. Musik war sein Leben, er konnte nicht aus seiner Haut. Die Liederabende in Roddys Loft waren stets etwas Besonderes gewesen. Damals hatte er Schlager aus den Dreißigern zum Besten gegeben, begleitet von Bell am Klavier. Frauen schmolzen bei solchen Songs dahin. Und die meisten Schwulen.

Struan und Roddy trafen kurz nacheinander ein – und beschwerten sich über den roten Kombi, der Struan fast ins Jenseits befördert hätte.

»Bell war am Steuer«, sagte Lewis zur Entschuldigung. »Ein Wunder, dass *ich* noch lebe.«

Allgemeines Gelächter.

Roddy holte eine große Dose Beluga-Kaviar aus der Kühlbox und machte sie auf. Das Verfallsdatum war überschritten, aber das würde keiner merken, nahm er an. Mit Crackern und Butter schmeckte Kaviar am besten zu Champagner. Sophia drückte Roddy einen dicken Schmatz auf die Wange.

Auch der Range Rover ließ nicht lange auf sich warten. John und Gwen kletterten heraus und wurden heftig umarmt. Vor allem Bell hing etwas länger an Johns Hals, als es für eine Begrüßung angebracht war. Prompt stand ihre Bluse wieder ein Stück offen – kleine Retourkutsche in Richtung Sophia.

Dann stieg Knowles aus dem Auto. Er hatte seinen Auftritt bewusst hinausgezögert und war gespannt auf die ersten Reaktionen.

Einige schauten zu Boden und verkniffen sich einen

Kommentar. Struan hielt seinem Blick stand. Bell visierte ihn über die Champagnerschale hinweg an. Sie standen im Halbkreis um ihn herum.

Knowles nickte. »Freut mich, euch wiederzusehen.«

Sophia trat als Erste auf ihn zu. »Hallo, Frederic.« Keine Umarmung. »Wir freuen uns auch.«

Jeder wartete, was passierte.

»Es ist lange her.« Knowles sah sie der Reihe nach an. Jedem schenkte er einen höflich zurückhaltenden Blick, als nähme er die äußerlichen Veränderungen, welche die Jahre mit sich brachten, mit dem Wohlwollen eines alten Lehrers zur Kenntnis. »Ich denke, wir haben uns viel zu erzählen. Danke. Danke, dass ihr hier seid.«

»Hast du geglaubt, wir trauen uns nicht?«, fragte Tim.

»Da war ich ganz zuversichtlich. An Neugier hat es noch keinem von uns gemangelt.«

»Augen zu und durch trifft es besser.«

Stille. Der Wind griff in die Äste der Platane, es rauschte, als führe ein Schnellzug durch. Die Spannungen wurden spürbar.

Etwas zersplitterte. Bell hatte ihr Glas abgestellt und dabei den Fuß abgebrochen. Sie warf den Rest in den Kies, sagte kein Wort und saugte an ihrem verletzten Zeigefinger. Sophia rührte sich nicht.

»Vielleicht sollten wir reingehen. Bevor es noch ungemütlicher wird.« Carol versuchte ein Lächeln. Sie ging zu Knowles und hakte sich bei ihm unter. »Jetzt gehört er mir. Ihr könnt euch hinten anstellen.«

Sie setzten sich etwas unbeholfen in Bewegung. Carols joviale Geste hatte die Starre gelöst.

»Na schön«, ging John dazwischen. »Wie ihr aus der Einladung wisst, müsst ihr euer Handy abgeben. Oder euer Smartphone, Blackberry, Tablet, was auch immer. Die Notebooks habt ihr hoffentlich zu Hause gelassen. Ab jetzt heißt es: Keine weiteren Störungen.« Ein Blick zu Bell und Lewis. »Das gilt auch für euch. Eure Söhne atmen sicher auf, wenn sie von den Eltern mal nicht kontrolliert werden.«

»Die verschwenden keinen Gedanken an uns.« Lewis grinste, schaltete sein iPhone aus und legte es in einen zweiten Pokal, der neben dem Champagnerkübel stand.

Die anderen taten es ihm gleich. Es war eine merkwürdige Kollekte. Alle verhielten sich zunächst so, als mache es ihnen nichts aus, sich von ihrem Mobiltelefon zu trennen. Was für ein toller Partyeinfall, das kleine, flache Ding mal für eine Weile los zu sein. Wer beruflich davon abhängig war, hatte entsprechende Abwesenheitsnotizen verfasst oder holte dies rasch nach. Carol tippte noch eine SMS, Bell postete etwas auf ihr Facebook-Profil. Struan fiel es plötzlich schwerer als erwartet, sein veraltetes Gerät aus der Hand zu geben. Doch John bestand darauf, dass keiner einen Rückzieher machte. Die Mehrheit stimmte zu, die anderen fügten sich. Demokratie.

»Wo ist eigentlich Meena?«, fragte Roddy.

»Hat wie immer Verspätung.« John zuckte mit den Schultern. »Oder meinst du, daran hätte sich was geändert?«

»Kommt sie überhaupt? Sie antwortet auf keine Mails. Ich weiß nicht, wie ich sie erreichen soll.«

»Sie hat fest zugesagt.« John nickte zur Bekräftigung. »Sie kommt.«

»Ich zeige euch eure Zimmer.« Sophia schob sich an Knowles und Carol vorbei. »Dann könnt ihr das Gepäck nach drinnen schaffen. Ein paar von euch sind im ehemaligen Lagerhaus untergebracht.« Sie wies auf ein schiefergedecktes, eingeschossiges Nebengebäude. »Struan, Gwen und die Kleine.« Damit meinte sie Meena.

Die schwere Eichentür des Cottage stand offen. Über dem Eingang unter einem kleinen Vordach hingen zwei gekreuzte Normannenäxte aus dunklem Stahl.

»Hübsche Dekoration«, sagte Knowles. »Sind die echt?«

»Willst du mich beleidigen?«, rief John mit gespielter Entrüstung.

»Für eine Herz-OP scheinen sie mir ungeeignet zu sein.« Knowles lachte. »Jedenfalls machen sie einen überaus authentischen Eindruck.«

»Und der Leuchtturm?«, fragte Roddy. Er hatte das strahlend weiße Gebäude schon von weitem gesehen und überlegt, ob man darin vielleicht übernachten konnte. Ein Kindheitstraum.

»So echt, wie ein Leuchtturm nur sein kann«, erwiderte John voller Besitzerstolz. »Er wurde natürlich längst automatisiert. Trinity House ist für den Betrieb verantwortlich. Ich fürchte, eine Besichtigung ist nicht möglich.«

»Wirklich? Ach komm!«

»Die Vorschriften sind ziemlich streng. Aber für Notfälle habe ich einen Schlüssel.«

14

Es dauerte eine Weile, bis alle ihr Gepäck auf die jeweiligen Zimmer gebracht hatten. Einige ruhten sich kurz aus, andere räumten ihre Sachen ein. »Bezaubernd« war das Adjektiv, das am häufigsten fiel. Das Cottage war ursprünglich die Behausung des Leuchtturmwärters und seiner unmittelbaren Angehörigen gewesen. Im neunzehnten Jahrhundert hatte man noch eine Familiengröße zum Maßstab genommen, die inzwischen einer Handvoll mehr oder weniger enger Freunde entsprach.

So erklärte es zumindest John. Die von ihm veranlassten Umbauten hatten Culls Cove zu einem wahren Schmuckstück werden lassen – gegen Sophias Widerstand. Am liebsten wollte sie alles modernisieren, veredeln, wie sie sich ausdrückte, doch in Bezug auf das Haus konnte sie ihre Wünsche ausnahmsweise nicht durchsetzen.

Eine schlichte Eleganz war erhalten geblieben, die trotz der Abgelegenheit des Anwesens nichts Derbes oder Bäuerliches aufwies. Die Einrichtung bestand aus geschmackvoll zusammengestellten Antiquitäten und dem einen oder anderen neueren Stück. Ein strapazierfähiger Sisalteppich bedeckte das Parkett. An den Wänden hingen Seestücke in der Manier von William Turner und anderer Maler, die Schiffe auf hoher See verewigt hatten.

»Man fühlt sich hier so wohl wie bei der auf dem Land lebenden Großmutter«, sagte Roddy und klopfte gegen die Holzvertäfelung. »Ohne die Großmutter, versteht sich.«

»Bist du unter die Jäger gegangen?« Struan deutete auf einen Gewehrschrank. Hinter dem Sicherheitsglas konnte er eine Schrotflinte erkennen.

»Das gehört zu den Dingen, die John für standesgemäß hält«, erklärte Sophia. »Wenn er schlechte Laune hat, ballert er draußen ein bisschen herum. Nicht dass er irgendetwas treffen würde.«

»Hast du eine Ahnung«, protestierte John. Er fand, dass er ein ganz brauchbarer Schütze war, wie er bei einer Fasanenjagd unter Ärztekollegen im Exmoor festgestellt hatte. »Als ich das letzte Mal allein hier war, hab ich einen Hasen geschossen. Direkt hinter dem Haus.«

»So einen unschuldigen kleinen Knuddelmann?«, fragte Sophia mit Kleinmädchenstimme.

»Die vermehren sich sonst zu stark.«

»Hilfe, ich bin mit einem Killer verheiratet!«

»Dann lauf dem Vieh doch nächstes Mal hinterher.« Bell konnte Sophias aufgesetzte Gefühlsduselei nicht ausstehen. Also konterte sie mit Alice im Wunderland. »Wenn du durch ein Loch im Boden fällst, begegnest du vielleicht der Herzkönigin.«

»Und dann?«, fragte John. »Kopf ab, oder was?«

»Bei der weißt du wenigstens, woran du bist.«

Weitere Anspielungen folgten, dann war der Witz verbraucht. Roddy entkorkte ein paar Flaschen Wein. Nach und nach versammelten sich alle vor dem Kamin. John entfachte das Feuer.

Durch diesen archaischen Akt löste sich die anfängliche Verlegenheit in Luft auf. Sie machten sich über das Buffet her, standen in Zweier- und Dreiergrüppchen herum und sprachen darüber, wie es ihnen in den letzten Jahren ergangen war. Nichts Tiefschürfendes, nur ein Abklopfen der allgemeinen Befindlichkeiten sowie Pflichtkommentare zur politischen und wirtschaftlichen Entwicklung.

Carol plauderte aus dem Journalistennähkästchen. Zu ihrer Enttäuschung stieß ihr Insiderwissen auf wenig Resonanz. Was in Downing Street getan oder versäumt wurde, hatte die Freunde nie besonders interessiert. Fast alle hatten ihren Abschluss 2002 gemacht. Damals standen der Irakkrieg und Großbritanniens umstrittene Teilnahme daran kurz bevor. Doch während ihres Studiums hatten sie die Versprechungen der New Economy begleitet, und Politik war, abgesehen von 9/11, kein Thema gewesen. Zu den gegenwärtigen Protesten gegen den Sparkurs der Regierung hatten alle eine unterschiedliche Meinung. Einigkeit bestand nur darüber, dass es nach den Krawallen im Sommer eine gute Idee gewesen war, ihre Wiedersehensfeier auf Culls Cove abzuhalten, fernab der großen Städte.

Als Roddy die ersten Anekdoten von früher anriss, in Stichworten, die Sophia, Lewis und Tim bereitwillig ergänzten und weiter ausschmückten, stellte sich etwas von der alten Vertrautheit ein. »Wisst ihr noch, wie Tim auf der Tanzfläche dieses Clubs seine Brille verloren hat?«

»Er ist wie bekloppt auf dem Boden herumgekrochen und hat sie gesucht«, sagte Lewis.

»Bis Roddy den DJ nach der Brille fragte.« Sophia gab Tim einen spielerischen Stups. »Bei dem wurde sie tatsächlich abgegeben. Und das Ding war auch noch vollkommen heil. Wie viel Glück kann ein Mensch haben?«

»Macht euch nur über mich lustig. Heute kann mir das nicht mehr passieren.« Tim wies auf seine Augen. »Hab ich mir lasern lassen.«

»Schade, eigentlich«, meinte John.

»Wenn hier also noch ein Tanztee geplant ist, bin ich dabei.«

Es waren diese kleinen Geschichten, über die sie sich verständigten, einstige Missgeschicke und Fehlleistungen, all die Unzulänglichkeiten, als sie noch wie auf Probe gelebt und sich höchstens Sorgen über die nächsten Prüfungen gemacht hatten. Das erweckte den Anschein einer Gleichheit, die so nicht mehr bestand.

Irgendwann klingelte es an der Tür. Kurz darauf führte John Meena herein. »Je später die Stunde …«

Alle erschraken. Wie dünn sie geworden war! John nahm ihr den Dufflecoat ab. Sie trug eine langärmlige graue Seidentunika, ihre knochigen Schultern traten deutlich hervor. Schwarze Leggings ließen die Beine so zerbrechlich wirken wie Zahnstocher, zumal ihre Füße in zerschlissenen Chucks steckten. Das Gesicht war eine ausdruckslose Maske.

»Hab ich irgendwas verpasst?« Meena spürte die Blicke. Sie brannten wie Feuer. Als hätte sie etwas angestellt. Am liebsten wäre sie auf dem Absatz umgekehrt und zurück nach Bristol gefahren.

Keiner lud sie ein, etwas zu essen, aus Angst, sie würde es falsch auffassen. Sogar Roddy war um eine launige Bemerkung verlegen. Er stand ihr am nächsten und machte nur wortlos Platz.

»Ich weiß selbst, wie beschissen ich aussehe.« Meena rührte sich nicht vom Fleck. Sie schaute herausfordernd in die Runde. »Mir geht's auch beschissen. Ich habe

Magersucht, was ja wohl nicht so schwer zu erraten ist, und ich habe seit Monaten keinen Schritt mehr vor die Tür getan – erst wieder, als die Einladung kam. Ich lass mir alles vom Lieferservice bringen, bevor ich's wieder auskotze, und halte mich mit einem Scheißjob über Wasser. Ich habe keine Beziehung, und der Wagen, der draußen steht, ist geliehen. So, das war's. Bin ich jetzt das schwarze Schaf des Klassentreffens, oder was?«

»Das ist schon mein Part«, sagte Gwen schnell in dem Versuch, Meenas überfallartige Erklärung zu entschärfen. »Ein Auto hab ich auch nicht. Und wer braucht eine Beziehung?«

»Da hören die Gemeinsamkeiten aber auch schon auf«, gab Meena brüsk zurück.

Gwen lächelte. Sie bewunderte die Kleine dafür, dass sie mit der Tür ins Haus fiel und gleich klare Fronten schuf.

John mimte den versöhnlichen Gastgeber. »Schön, dass wir jetzt vollzählig sind. Dann können wir ja ...«

»Jemand fehlt«, stellte Meena fest.

Sie schauten einander an.

»Streng wie immer«, meinte Roddy schließlich. »Wir können jetzt alle unser Sprüchlein aufsagen wie in einer Selbsterfahrungsgruppe. Oder wir reden gleich über Hollie. Dann haben wir's hinter uns.«

»Also gut«, schaltete sich Sophia ein. »Wie alt war sie, als sie sich umgebracht hat nach der Nacht im Dark House? Vierundzwanzig? Wir alle bedauern das sehr, können es aber nicht ungeschehen machen. Offenbar war Hollie bestimmten Erfahrungen, die sie mit einigen von uns geteilt hat, nicht gewachsen. Hab ich was vergessen?«

Meena funkelte Sophia aus pechschwarzen Augenhöhlen an. »Sie hat dich gehasst.«

»Was soll das werden?«, fragte Carol. »Konfrontationstherapie?«

»Wirkt manchmal Wunder, Liebes.« Sophia trank einen Schluck Chardonnay. »Vor allem gegen Selbstmitleid.«

»Wir sprechen hier von Erniedrigung, Demütigung«, widersprach Tim, »von psychischer Folter in einem Umfang, der einen Menschen ernstlich beschädigen kann. Struan war dabei, in dem Zimmer mit Hollie und mir. Wir wussten nicht, wohin das Ganze führt. Niemand hat uns gestoppt.«

»Wir hatten die Wahl.« Struan saß etwas abseits auf einem Sofa. »Einer von uns dreien war der Master, wie wir es nannten, so etwas wie ein sadistischer Drill-Sergeant. Tim machte den Anfang. Es ging darum, die beiden anderen einzuschüchtern und verbal fertigzumachen. Ihren Willen zu brechen.«

»Bootcamp für Fortgeschrittene«, ergänzte Tim.

»Da fielen natürlich keine freundlichen Worte. Aber jeder hatte die Möglichkeit, nach einer festgelegten Zeitspanne von einer halben Stunde selbst Master zu werden und sich dann die anderen vorzuknöpfen.«

»Primitiv.« Tim winkte ab. »Ich hätte mich nie darauf einlassen sollen.«

»Hollie schien es zu genießen. Wir spielten das Szenario mehrmals durch. Es entstand eine Eigendynamik, mit jeder Runde wurde es härter.« Struan presste die Lippen aufeinander. »Ich hab dabei eine Menge gelernt.«

Alle hörten gespannt zu. Sie hatten sich nie über die Experimente im Dark House ausgetauscht. Jede Gruppe wusste nur, was in ihrem kleinen Kreis passiert war, und hatte seither Stillschweigen darüber bewahrt, weitgehend. Zu einer ausführlichen Analyse war es nie gekommen. Alle waren nach Hollies Tod auseinandergegangen, abgesehen von den beiden Paaren.

»Wie ging es aus?«, wollte Roddy wissen.

Struan atmete durch und fuhr fort. »Hollie war der letzte Master. Sie wurde gewalttätig. Bis zu einem gewissen Grad ließen wir uns das gefallen.«

»Hattet ihr Sex?«, fragte Meena.

»Nein. Hab ich dir das damals nicht gesagt? Unterschwellig war da natürlich etwas, klar, aber ich denke, es gibt viele Formen von Erregung.«

»Die Einzelheiten gehen euch überhaupt nichts an.« Tim wurde ungehalten.

»Nach ein paar Stunden brachen wir dann von selbst ab. Hat eine Weile gedauert, bis Hollie von ihrem Trip runterkam, aber sie wurde wieder normal – sofern man das bei völliger Dunkelheit beurteilen kann. Wir hatten das Gefühl für Raum und Zeit ja völlig verloren und nach und nach sind wir dann ins Freie gegangen und haben auf den Sonnenaufgang gewartet wie alle anderen auch.«

Keiner sagte etwas. Alle stellten sich vor, welche Gefühle, Triebe, Instinkte in Hollies Gruppe geweckt worden waren. Und so mancher hatte den Eindruck, dass es gegen die eigenen Erlebnisse harmlos gewesen war, damals in dem abgelegenen alten Pfarrhaus in Wiltshire namens »Old Vicarage«. Knowles hatte es übers Wochenende gemietet und mit Struans und Roddys Hilfe abgedunkelt. Jedes Fenster, durch das Licht hätte fallen können, war mit schwarzer Folie verklebt worden. An den Wänden hatten sie speziellen Schaumstoff angebracht, wie er in Tonstudios verwendet wurde, zur Schalldämmung, jede Menge Leitungen verlegt und Geräte installiert. Knowles hatte die Gruppen so eingeteilt, wie er es für richtig hielt. Sämtliche Szenarien stammten von ihm.

»War das alles?«, fragte Roddy geringschätzig. »Bei Meena und mir spielte Gewalt von Anfang an die Hauptrolle. Körperliche Gewalt, meine ich. Darauf fuhr sie voll ab.« Er machte Anstalten, sein Hemd hochzukrempeln. »Die Narben sieht man noch.«

»Jeder hat Narben«, sagte Struan.

»Du hättest mich ja bitten können aufzuhören.« Meena ging zu dem Sofa, auf dem Struan saß, und verschränkte die Arme. »Ich wünschte, du hättest es getan.«

Roddy fuhr mit dem Finger über die Stelle an seinem Oberarm. »Hübsches Andenken.«

John frischte die Erinnerung der anderen auf: »Bei den Experimenten im Dark House gab es eine Prämisse. Grob gesagt bestand der Sinn der Rollenspiele darin, jeden von uns in eine Zwickmühle zu bringen, in Situationen, die es nötig machen, unangenehme Entscheidungen zu treffen.«

»Dinge zu tun, die einem widerstreben«, sagte Gwen.

»Oder die man immer schon tun wollte.« Sophia heftete ihren Blick auf Lewis, der schnell in eine andere Richtung sah. »Alles rein freiwillig.«

Struan stand auf und holte für Meena und für sich Gläser und eine Flasche Wasser. »Jedenfalls kam es mir nicht so vor, als wäre Hollie durch diese Geschichte traumatisiert worden. Der Grund für ihren Selbstmord muss woanders liegen.«

»Wart ihr wirklich die ganze Zeit mit Hollie zusammen?«, fragte Meena. »Auch nachdem ihr das Haus verlassen habt und in den Garten gegangen seid?«

»Kann ich nicht mehr genau sagen.« Struan reichte ihr ein Glas mit Wasser. Sie schüttelte den Kopf. Er stellte es auf ein Teetischchen. »Wir waren alle mit unseren eigenen Gedanken beschäftigt, ich zumindest. Macht auszuüben und Macht zu ertragen, so etwas kann man lernen, wenn's sein muss auf die harte Tour. Dafür braucht man Selbstbeherrschung, einen eisernen Willen. Als ich zur Polizei ging, hat mir das geholfen. Der Trick ist, dass man sich darauf konzentriert, Energien tief in sich drin zu sammeln, während andere auf einem herumtrampeln. Energien, die sich später freisetzen lassen.«

»Solange sich diese Energien nicht gegen einen selbst richten«, gab Tim zu bedenken.

»Ich habe vorhin Hollies Grab besucht.« Meena betonte jedes Wort. »Sie ist immer noch wütend.«

»Du *sprichst* mit ihr?«, fragte John ungläubig.

»Sicher.«

Betretenes Schweigen.

Roddy räusperte sich. »Erzähl mir nicht, dass du sie auch noch über den Friedhof laufen siehst.«

Meena flippte aus. »Ich bin nicht hier, um dir oder den anderen *irgendwas* zu erzählen. Ihr seid mir scheißegal, wenn du es genau wissen willst. Ich bin hier, um Knowles zur Rede zu stellen. Ich will Antworten, verdammt noch mal!« Ihre Stimme überschlug sich. Sie hatte sie lange nicht mehr benutzt.

»Wo ist der Scheißkerl überhaupt?«, fragte Tim in die Runde.

Alle schauten sich um. Keinem war aufgefallen, dass Knowles fehlte. Vermutlich, weil niemand ihn bislang vermisst hatte.

»Er wollte spazieren gehen«, sagte John.

»Bei diesem Wetter?« Struan blickte durch ein Fenster nach draußen. Der Wind bog die Äste der Platane in die Waagerechte. Er drückte von außen so stark gegen die Scheibe, dass der Rahmen ächzte. Plötzlich war das Ticken einer alten Standuhr deutlich zu vernehmen. Ihre Zeiger standen auf zehn nach sieben. Es wurde rasch dunkel.

»Vielleicht ist er auf seinem Zimmer.« Sophia erhob sich. »Ich gehe mal nachsehen.« Sie nahm die Treppe zum ersten Stock.

Das Gespräch verebbte. Es war, als wollten Meena, Tim und ein paar andere ihre Argumente im Geiste ordnen, bevor das große Tribunal begann.

Nach ein paar Minuten hörte man Sophia herunterkommen. Türenschlagen, offenbar kontrollierte sie auch das Nebengebäude. Kurz darauf kam sie zurück.

»Sein Gepäck ist oben, aber Knowles ist weg.«

15

John, Struan, Gwen und Roddy machten sich auf die Suche. Draußen peitschten einzelne Regentropfen wie Glasfäden durch die Luft. In der Dämmerung des schwindenden Tages verlor alles seine Kontur. Und es war empfindlich kälter geworden.

»Das Cottage ist von den meisten Punkten der Halbinsel aus gut zu erkennen«, sagte John im Schutz des Lagerhauses. »Außerdem gibt es ja den Leuchtturm.«

Sein Licht war weiß und blinkte alle zwanzig Sekunden fünfmal hintereinander. Wenn Knowles sich verlaufen hatte, konnte er sich daran orientieren.

John erklärte die topographischen Begebenheiten. Culls Cove war wie eine Rampe geformt. Relativ flach an der Festlandseite, wo nur vereinzelt Bäume standen, stieg die Halbinsel zum Meer hin stetig an und erreichte ihre höchste Stelle an einem Kliff namens Cragged Point. Dem Kliff war ein etwas niedrigerer Felsen vorgelagert. Dort thronte der Leuchtturm. Ein schmaler, zu beiden Seiten steil abfallender Grat verband ihn mit Cragged Point.

Weiter unten befand sich die Bucht, nach der die Halbinsel benannt war: Culls Cove. Im achtzehnten Jahrhundert hatte es dort noch Höhlen gegeben, in denen Limestone, eine Kalksteinart, abgebaut worden war. Doch die Höhlen waren seit langem eingestürzt oder standen die meiste Zeit unter Wasser, weil sich die Küstenlinie durch den Einfluss der starken Gezeitenströme verändert hatte. Allerlei Unrat sammelte sich darin an, daher der Name. Mit dem Wort »skull« für Totenkopf hatte es angeblich nichts zu tun. Was John bedauerte, denn eine alte Legende, auf die norwegische Historiker gestoßen waren, gefiel ihm viel besser als die Limestone-Story. Danach sei Culls Cove eine Opferstätte gewesen. Wikinger hätten dort gefangen genommene Feinde auf bestialische Weise umgebracht – Engländer, als es England noch gar nicht gab. Damals, im neunten Jahrhundert, hatten Wikinger fast ganz Britannien beherrscht, vor allem die Küstengebiete. »Als sie zurückgedrängt wurden und an Einfluss verloren, räumten christliche Mönche die Höhlen aus. Sie erklärten die Schädel zu Märtyrerreliquien und verscherbelten sie meistbietend, wenn ein neuer Kirchenbau anstand.«

»Interessanter Vortrag«, meinte Roddy. »Du solltest Eintritt verlangen.«

»Im Sommer kann man in der Bucht sogar baden«, fuhr John fort, »wenn man sich nicht an dem groben Kieselstrand stört. Ein schmaler Weg führt zur Bucht hinab. Bei schlechtem Wetter ist er wegen Steinschlags und der starken Winde nicht sicher.« Entsprechende Warnschilder wiesen darauf hin. »Die müssen da leider stehen.«

»Knowles hält sich bestimmt nicht daran«, sagte Struan.

»Die Landseite können wir ausschließen.« Gwen hatte gute Augen. Von einem einsamen Spaziergänger war nichts zu sehen. »Da ist niemand.«

»Runter zur Bucht, war ja klar.« Struan stapfte mit seinen Trekkingstiefeln los. »Der Professor mag es kompliziert.«

»Hätte er nicht einfach im Cottage bleiben können?«, fragte Roddy. »Warum diese Extratour?«

»Er wollte uns wohl Gelegenheit geben, uns auszutauschen – erst mal schmutzige Wäsche zu waschen. Das ist seine Art der Diskretion.« John schrie gegen den Wind an. »Da unten steht ein Bootshaus. Vielleicht hat er darin Schutz gesucht. Wir haben Springflut, die Brandung ist hier ziemlich stark, jede Menge Spritzwasser. Kein Vergnügen, den Weg jetzt hochzugehen.«

Sie folgten Struan. Wenn Knowles sich verletzt hatte, brauchte er Hilfe, das war allen klar.

Es begann zu regnen, so jäh und heftig, dass es sich anfühlte, als liefen sie in den Strahl eines voll aufgedrehten Gartenschlauchs. Der Sturm, der schon die ganze Zeit über gedroht hatte, brach los.

Sie duckten sich hinter eine niedrige Brombeerhecke und schoben sich weiter vor. Der Rand der Klippe war nur ein paar hundert Meter entfernt. Im Schutz des Gebüsches traf sie das Unwetter nicht mit voller Wucht.

Gwen konnte gerade mal Roddy sehen, der direkt vor ihr über den lehmigen Boden krabbelte. Sie hatte dem Regen nichts entgegenzusetzen. Ihre Bikerjacke wurde schwer wie ein Kettenhemd.

Egal. Sich gegen die entfesselten Elemente zu stemmen und diesem Sturm ins Gesicht zu lachen war genau das, was sie jetzt brauchte. Besser als das Gequatsche im Cottage. Sie hatte schon befürchtet, dass alle nacheinander Bericht erstatteten über ihre Dark-House-Erlebnisse und diverse Quäl- und Sexbeichten zum Besten gaben wie in einer Talkshow. Dann wäre es für Carol unangenehm geworden. Nicht für Gwen, sie galt ohnehin als Quotenjunkie. Doch Carol, das eiskalte, ewig lächelnde Luder, war damals auf den Geschmack gekommen. Und sie hatte später davon profitiert: Niemand überstand das erste Jahr bei einem Sender wie Channel 4 ohne gut aufeinander abgestimmte Drogen.

Sie kamen zu einer Gabelung. Geradeaus ging es weiter zum Cragged Point, linker Hand fiel die Küste steil ab. Ein von Farnkraut überwucherter Pfad führte zur Bucht hinunter. Kein Schutz mehr durch Hecken. John trug ein robustes Wax-Jackett und einen Goretex-Hut. Struan und Roddy waren mit wasserdichten Outdoorjacken ausgerüstet. Die Kapuzen hingen ihnen tief ins Gesicht.

»Hier.« Struan kramte ein Paket mit einem eingerollten Regenponcho hervor und reichte ihn Gwen.

»Danke.« Sie wickelte das Ding aus und streifte es mit klammen Fingern über. »Ich bin dir was schuldig.«

In Serpentinen ging es bergab. Inzwischen war es so finster, dass man den Weg kaum noch erkennen konnte. Zum Glück hatte John zwei Taschenlampen mitgenommen, eine davon gab er Struan. Das grelle Halogenlicht tanzte über bizarre Felsformationen. Der Untergrund bestand aus schwarz glänzendem Gestein. Stellenweise waren Stufen hineingehauen. Das machte es nicht einfacher. Der Boden war glitschig und leicht geneigt – zur falschen Seite hin. Gwen musste aufpassen, mit ihren Secondhand-Sneakers nicht abzurutschen und in die dunkle, windige Leere zu fallen. Der Regenponcho bauschte sich wie ein Segel.

Rechts ragte das Kliff auf. Man konnte es kaum erkennen, aber spüren. Dunkler als der Himmel, eine bedrohliche Masse, die wie der Bug eines Schiffes den Wellen trotzte.

Erste Gischtspritzer, salzig. Das Brüllen des Meeres schwoll an. Noch eine Biegung. Endlich erreichten sie das Ufer.

Als Gwen die Brecher sah, wich sie unwillkürlich zurück. Der Strand war ein einziges brodelndes Weißwasser. Wenn die Wellen auf die zerklüfteten Felsen rumsten, hörte es sich an wie Geschützdonner.

Struan lokalisierte das hölzerne Bootshaus. Es stand ein wenig erhöht auf einem gemauerten Sockel, abgesetzt von dem Kliff. Ein kleiner Slipway führte zum Strand hinunter. Das Brandungswasser reichte bis auf wenige Meter an das Gebäude heran.

Sie nahmen einen Pfad, der am Rand der Bucht entlangführte.

»So hoch war die Flut noch nie!«, schrie John. Er ging als Letzter und fragte sich, ob das Wasser weiter steigen würde. Es hatte schon Fälle in Cornwall gegeben, bei denen eine ungewöhnlich hoch auflaufende Springflut massive Steinhäuser in Strandnähe zertrümmert und außer den Grundmauern nichts übrig gelassen hatte.

Struan blieb stehen und hob den Arm. Direkt vor dem Eingang des Bootshauses lag ein Körper, die Arme weit von sich gestreckt.

Knowles.

16

John kniete sich hin. Er fühlte den Puls, öffnete mit einiger Mühe die Lider und machte den Pupillentest. »Tot«, beschied er knapp.

Fassungslos betrachteten sie Knowles' Körper. Struan und Roddy hielten die Taschenlampen. John nahm eine nähere Untersuchung vor, so gut es bei den Lichtverhältnissen möglich war. Gwen ging den Slipway ein paar Schritte hinunter und übergab sich.

Knowles' Trenchcoat war durchnässt. Einer seiner Halbschuhe aus dünnem Leder fehlte. Er sah furchtbar alt aus. Der Regen prasselte auf sein Gesicht und vermischte sich mit dem Blut, das ihm über Schläfen und Wangen rann. An seinen Barthaaren bildeten sich winzige Tröpfchen.

Roddy schluchzte. »Verdammte Scheiße!«

Gwen kam zurück und wischte sich den Mund ab. Sie verharrten eine Weile. Keiner von ihnen war mit dem Tod eines Freundes oder eines guten Bekannten vertraut. Da sie noch in den Dreißigern waren, hatte sich dieses Problem bislang nicht gestellt. Für Schlaganfälle, Herzinfarkte und Krebs in seinen unterschiedlichen Ausprägungen schien noch genug Zeit zu sein. Johns Klinikerfahrung zählte nicht, da hatte er es mit Patienten zu tun, keinen Angehörigen. Knowles war viel mehr gewesen.

Nur Struan stellte eine Ausnahme dar. »Für eine Küstenwanderung war er schlecht ausstaffiert«, meinte er im Ton eines Ermittlers, der einen Tatort inspiziert.

John deutete auf einen Stein neben der Leiche und untersuchte ihn. »Da kleben Knochensplitter dran. Und Blut.«

»Lass mal sehen.« Struan beugte sich hinunter. »Das war kein Unfall. Jemand hat ihn erschlagen.«

»Mord?« Gwen erstarrte. »Kann er nicht gestolpert sein?«

»Schwere Schädelfraktur.« John deutete auf Knowles' Hinterkopf. »Das kriegt man nicht, wenn man einfach ausrutscht oder umkippt.« Er tastete den Körper ab.

»Und wenn er von der Klippe gestürzt ist?«, fragte Roddy. »Oder gestürzt wurde?«

Struan blickte nach oben. »Wäre möglich.«

John schüttelte den Kopf. »Dann hätte er stärkere Verletzungen. Brustkorb und Gliedmaßen fühlen sich intakt an. Nein, es muss hier passiert sein.«

»Du bist der Arzt«, räumte Struan ein.

Gwen fand den zweiten Schuh. Er lag ein paar Meter entfernt zwischen Felsbrocken. »Und du bist der Polizist. Was machen wir jetzt? Spurensicherung?«

»Eigentlich wäre es besser, alles so zu lassen, wie es ist. Nichts berühren, möglichst wenig herumlaufen. Und die Leiche sollte auch nicht bewegt werden. Aber das ist leichter gesagt als getan.« Struan ging zum Bootshaus.

»Die Tür müsste offen sein«, sagte John. »Hier gibt's keine Diebe.«

»Was ist da drin?«

»Ein Segelboot. Hab ich vom Vorbesitzer übernommen.«

Struan wollte den Riegel nach unten drücken, hielt jedoch inne und blickte sich um. »Irgendeine Ahnung, wann es passiert sein könnte? Wenn der Täter noch in der Nähe ist, möchte ich ihm ungern in die Arme laufen.«

John überlegte. »Das Blut an der Kopfwunde ist leicht verkrustet, vom Regen aufgeweicht. Bei den Augen hat die Totenstarre schon eingesetzt. Ich schätze, der Tod ist vor einer Stunde eingetreten.«

»Kurz nach der Begrüßung am Cottage«, folgerte Gwen. »Als wir alle auf unsere Zimmer gegangen sind.«

Struan wies auf die Leiche. »So können wir ihn jedenfalls nicht liegen lassen. Sonst holt ihn sich das Meer. Und wenn das Meer zurückgewichen ist, kommen die Krabben.«

»Wie bei den Wikingern«, sagte John. »Die haben ihre Gefangenen an Pfähle in der Brandung gebunden und gewartet, bis …«

»Sei still!«, fuhr Gwen ihn an.

»Sollen wir ihn die Klippe hochtragen?«, fragte Roddy.

»Blödsinn.« Struan öffnete die Tür und leuchtete ins Innere des Bootshauses. Dann schob er sich langsam hinein, die Taschenlampe schlagbereit.

Die anderen folgten ihm, keiner wollte mit dem toten Knowles im Freien zurückbleiben. Gwen und Roddy hielten bewusst Abstand.

»Na bitte, alles in Ordnung«, stellte John fest und schaltete eine batteriebetriebene Campinglampe ein. In der Mitte des Raumes ließen die Bodenbretter eine rechteckige Öffnung frei. Dort ruhte das Segelboot, eine kleine Jolle, auf einem Gestell, dessen Räder mit Keilen gesichert waren. Der Untergrund bestand aus festem Splitt, gemischt mit Sand. Es gab mehrere Regale und einen kleinen Tisch mit zwei Stühlen. Alles wirkte so, als sei es lange nicht benutzt worden.

Geschützt vor Wind und Regen schöpften sie Atem. Sie schüttelten ihre nassen Jacken aus. Vermieden es, einander anzusehen. Der Keim des Misstrauens war gesät.

Nach und nach begriffen sie, was für eine Entdeckung sie gemacht hatten. Ein Mord, brutal und heimtückisch, wie es aussah, an jemandem, dem die meisten unter ihnen nicht gerade Sympathien entgegengebracht hatten. Auf ihre sogenannte Wiedersehensfeier legte sich ein Schatten. Als löste ein neuer Alptraum die alten ab.

John holte einen Flachmann aus seinem Wax-Jackett und ließ ihn herumgehen. Stumm gaben sie sich der Illusion hin, dass der Whisky sie aufwärmte und ihre Lähmung vertrieb. Zugleich bemerkte jeder, wie die anderen nachrechneten. Wenn Knowles vor ungefähr einer Stunde umgebracht worden war, so schienen sie sich reihum zu fragen, wer hatte dann Gelegenheit gehabt, den Weg zur Bucht und wieder zurück zu bewältigen, ohne dass sein Fernbleiben aufgefallen wäre?

Keiner sprach es aus, aber jeder dachte an die Nachzüglerin. Meena.

Der Sturm rüttelte an den Holzwänden und pfiff über die Dachschindeln. Wie lange mochte er anhalten? Darauf zu warten, dass er nachließ, schien wenig ratsam. Er konnte ebenso gut stärker werden und ihnen den Rückweg abschneiden.

Nach kurzer Beratung kamen Struan und John überein, die Leiche ins Bootshaus zu schaffen und die Polizei zu verständigen, sobald sie ins Cottage zurückgekehrt waren. Struan fand in einem Regal eine Plastiktüte. Damit ging er nach draußen und holte den Stein – ohne ihn direkt anzufassen. Blut haftete daran und winzige weißliche Bruchstücke, deren Ursprung wohl nur in einem Labor geklärt werden konnte.

Struan legte die mutmaßliche Tatwaffe auf den Tisch. »Mehr können wir nicht tun. Falls da überhaupt Fingerabdrücke drauf sind.«

Dann brachten sie Knowles herein. John packte unter den Achseln an, Struan nahm die Beine, die noch nicht steif waren. Sie legten den Leichnam auf den Boden, vorsichtig, als wäre der Mann noch am Leben. John breitete eine Persenning darüber. »Lasst ihm ein bisschen Würde.«

17

Der Rückweg hatte es in sich. Es lag nicht an der Dunkelheit oder dem Wind. Das Wasser in der Bucht schien sogar etwas zurückgegangen zu sein. Außerdem kannten sie die gefährlichen Stellen des Pfades bereits und gaben entsprechend acht. Die Steine waren rutschig, doch es ging bergauf. Das war mühsam, aber ein wenig sicherer.

Viel schwerer als der unsichtbare Abgrund, von dem das Grollen des Meeres heraufdrang, wogen die Gedanken an Knowles. Und an Meena. Sie bot sich als Verdächtige geradezu an, das war allen klar. Doch was sie in dem Cottage alles von sich gegeben hatte – sprach so eine Mörderin? Sie erwartete Antworten von dem Professor, das hatte sie unmissverständlich deutlich gemacht. Antworten auf Hollies Tod – und auf vieles mehr. Eine Leiche konnte nicht mehr reden. Warum also Knowles umbringen?

Oder hatte sie ihren Auftritt bewusst inszeniert? Diese Magersucht-Nummer wirkte doch einstudiert. Wer sagte so was zur Begrüßung?

Struan ging als Letzter, dicht hinter Gwen, um sie aufzufangen, wenn sie ins Straucheln geriet. Sie tat sich schwer mit ihren profillosen Sneakers. Leichtsinnig, mit solchen Dingern loszuziehen, fand er. Bei Sturm war mit der Kanalküste nicht zu spaßen, das musste sie doch wissen. Aber sie hatte Mut, keine Frage.

Aus alter Gewohnheit begann er, den Kreis der Verdächtigen durchzugehen. Alle hatten ein gespaltenes Verhältnis zu Knowles, manche mehr, manche weniger. Tim zeigte sich regelrecht aggressiv. In Bell schlummerte mehr, als ihr linkisches Auftreten vermuten ließ. Sophia war undurchschaubar und sarkastisch wie ehedem, wenn auch eine Spur härter, unversöhnlicher. Mal sehen, wer ein Alibi hatte und wer nicht.

Es gab noch eine andere, weitaus beunruhigendere Möglichkeit. Zwar lag es nahe, davon auszugehen, dass sie allein auf Culls Cove waren. Aber wenn das nicht stimmte? Wenn sich ein Fremder auf der Halbinsel befand, trotz der üblen Wetterbedingungen? In den Augen von Knowles' Mörder hatte der Sturm ja auch etwas Gutes: die Spuren wurden verwischt. War so etwas zu planen? Ja, war es, sogar ein paar Tage im Voraus. Ein guter Wetterbericht besaß mindestens für eine Woche Gültigkeit. Wenn der Täter darauf spekuliert hatte, dass Knowles einen Spaziergang unternahm, konnte er die Gelegenheit beim Schopf ergriffen haben. Knowles hatte Wanderungen immer geschätzt. »Im Gehen entfaltet sich das Denken«, einer seiner Sinnsprüche. Aber warum hatte er nicht vernünftiges Schuhwerk angezogen? Weil er nur bis zum Rand der Klippe gegangen war – wo ihn sein Mörder mit einem Stein überrascht und vielleicht doch hinuntergestoßen hatte? Manche Menschen überlebten Stürze aus solch einer Höhe ohne größere Verletzungen. Aber in diesem Fall? Nein, es musste unten in der Bucht passiert sein. Möglicherweise hatte Knowles einen guten Grund gehabt, den Abstieg zu wagen. War er vor jemandem geflohen?

Eine Steinplatte unter Struans Trekkingstiefel löste sich. Er verlor das Gleichgewicht. »Fuck!«, entfuhr es ihm. Er ruderte mit den Armen, spürte, wie er hintenüberkippte. Instinktiv warf er sich nach vorn – und schlug hart mit dem Kinn auf einen Felsen.

Er fand keinen Halt. Etwas zerrte an ihm, als wäre er eine Puppe. Seine Jacke schnitt in die Achselhöhlen. Unaufhaltsam rutschte er der Tiefe entgegen.

Die Taschenlampe war ihm entglitten. Von fern hörte man, wie sie auf dem Kieselstrand zerschellte.

Mach jetzt nicht die Grätsche! Nicht an Land, ohne ein Boot unter dem Arsch. Mit den Händen versuchte er, nach irgendetwas zu greifen, seine Füße stocherten ins Leere.

Nach einer halben Ewigkeit gelang es ihm, sich festzukrallen, an Steinen, die ausnahmsweise nicht abbröckelten.

»Zieh ihn hoch!« Das war Gwen. Sie hatte Struans Kapuze gepackt, als er hingeschlagen war. Roddy half ihr, das war riskant auf dem schmalen Weg. Sie stemmten die Schuhsohlen in Felsvorsprünge, um nicht selbst in die Tiefe gerissen zu werden. John leuchtete. Mit vereinten Kräften hievten sie Struan in Sicherheit. Weg von den hungrigen Mäulern in der Tiefe.

Er schnappte nach Luft. »Ganz schön knapp.«

»Alles in Ordnung?«, fragte Gwen.

»Ja.« Mit zittrigen Fingern wischte er sich Regenwasser aus dem Gesicht.

Sie untersuchte seine aufgeschürften Handflächen, entfernte Schmutz und torfige Erde, so gut sie konnte. Am Kinn hatte er eine Platzwunde. »Dass ausgerechnet dir so was passiert.«

»Hab nicht aufgepasst. Musste dauernd an Knowles denken.«

»Vielleicht will sein Geist im Jenseits Gesellschaft haben.« Es klang überhaupt nicht ironisch.

»Bist du jetzt auch auf dem Esoterik-Trip?« Er tastete nach Armen und Beinen, ob etwas gebrochen war. John und Roddy sahen schweigend zu.

Gwen musterte den trügerischen Weg. »Normal ist das alles nicht. Warum bin *ich* nicht weggerutscht? Oder John oder Roddy? Wir sind vor dir gegangen.«

»Deine Phantasie geht mit dir durch.«

»Du glaubst nur, was du siehst, oder?« Sie wies in das schwarze Nichts, wo die Schaumkronen der Brecher nur zu erahnen waren.

»Muss ich jetzt danke sagen?« Struan richtete sich auf. Schluss mit den Emotionen.

Gwen wandte sich ab.

Wir waren der festen Überzeugung gewesen, dass es uns enger zusammenschweißen würde. Wie eine Bande von Kindern, die ein Ritual erfindet, eine ausgefallene Mutprobe, um ihre Zusammengehörigkeit zu besiegeln. Doch der Steigerungswahn von Kindern bewirkt oft das Gegenteil. Glückliche Momente zu verlängern, zu intensivieren, reproduzierbar zu machen – diesem Drang entwächst man wohl nie. Aber Gefühle sind nicht verlängerbar. Wir haben uns getäuscht. Wir waren viel schwächer, als wir gedacht hatten. Darin lag der eigentliche Schmerz. Wir haben uns alle gegenseitig verraten. Danach war Freundschaft nur noch ein Wort.

Sie gingen weiter und gewannen an Höhe. Schwerer Boden. Der Leuchtturm kam in Sicht. Das Licht blinkte.

18

Wie eine geschlagene Armee trafen sie am Cottage ein und hängten ihre nassen Sachen zum Trocknen auf. Sophie holte Decken, Bell ging in die Küche und goss Tee auf. Die Zurückgebliebenen hatten sich große Sorgen gemacht, als der Sturm losgebrochen war. Was für ein Wahnsinn, da rauszugehen! Lewis legte Holz nach und ordnete Sofas und Stühle kreisförmig vor dem Kamin an. Carol half ihm dabei. Tim und Meena waren in ein Gespräch vertieft und hielten sich abseits.

Für einen Augenblick war es so gemütlich, wie sich die meisten das Wochenende vorgestellt hatten. Sich ums Feuer scharen und bei einem Drink in die Flammen starren, auf einen Punkt, wo alle Gedanken sich kreuzen.

Keiner wagte zu fragen, wo Knowles abgeblieben war. Ein Aufschub des Unvermeidlichen, denn die Gesichter der durchgefrorenen Ankömmlinge sprachen Bände.

Struan wehrte sich dagegen, verarztet zu werden. »Das ist nur ein Kratzer.«

John holte seine Arzttasche. »Keine Sorge, gleich bist du hübscher als zuvor.« Während er den Riss an Struans Kinn nähte, fühlte er sich in seine Zeit als Bereitschaftsarzt zurückversetzt. Damals hatte er seine Patienten noch richtig heilen können, mit einem sichtbaren Resultat.

Gwen ließ die Bombe platzen. »Knowles ist tot. Ermordet. Unten an der Bucht.«

Staunen, Unglauben, Betroffenheit – die übliche Gefühlspalette, konstatierte Struan. Nach einer Weile kamen Fragen, was genau passiert sei. Blicke, zuerst wie unter Gleichgesinnten, als müsse man in schwerer Stunde zusammenhalten. Dann zunehmend argwöhnisch, je mehr Details Gwen enthüllte.

Meena wurde richtig ärgerlich. »Das ist … viel zu einfach!«

»Wie meinst du das?«, fragte Roddy.

»Es gibt hier einige, die lange darauf gewartet haben, Knowles ins Kreuzverhör zu nehmen. Psychische Konditionierung, ihr erinnert euch? Wir waren seine verdammten Geschöpfe. Wir sind es immer noch! Und jetzt lässt er sich einfach den Schädel einschlagen und verpisst sich?«

»Gehst du nicht ein bisschen zu weit?« Carol weigerte sich unbewusst immer noch, ihre Vorstellungen von einem geselligen Wochenende aufzugeben. In den Nachrichten, die sie verlas, war der Tod überpräsent, eine endlose, abstumpfende Show.

»Wer hat Knowles zum letzten Mal gesehen?« Sophia stellte die Frage in die Runde, fordernd, ganz und gar nicht wie eine Therapeutin.

Sie sahen einander an. Schulterzucken.

Demonstrativ schenkte sie sich eine Tasse Tee ein und gab Milch hinzu. Sie nahm einen Schluck und redete weiter. »Es gibt wenig, was *nicht* dafür spricht, dass Meena die Mörderin ist. Sie kam mit Verspätung. Das verschaffte ihr ein Zeitfenster, um Knowles ungesehen zur Klippe zu folgen. Ihre Schuhe sehen so aus, als wäre sie damit über eine ganze Geröllhalde geklettert. Wahrscheinlich hat sie beide Hände benutzt, um den schweren Stein hochzuheben und auf Knowles' Kopf krachen zu lassen. Muss sich gut angefühlt haben, irgendwie … befreiend? Und Meena hat ein Motiv: Sie wollte Hollie rächen, ihren unerreichbaren Lesbentraum.«

Sophia sprang auf und fiel ihr in den Arm, bevor Meena zuschlagen konnte. Ein Tritt gegen die dürren Waden, und sie ging zu Boden.

Die anderen sahen wie gebannt zu.

Meena versuchte sich aufzurichten. Es schien ihr Mühe zu bereiten – jedenfalls mehr Mühe als jemandem, der die Kraft besaß, Knowles mit einem Stein zu erschlagen. Sie angelte nach dem Schürhaken neben dem Kamin.

Struan trat dazwischen. »Was hast du für ein Problem, Sophia?« Er nahm den Schürhaken, gab ihn Roddy und half Meena auf die Beine. »Provokationen. Vorverurteilungen. Denkst du, das bringt uns weiter?«

Niemand antwortete. Hinter den skeptischen Mienen schimmerte Erleichterung durch: Gut, dass der Verdacht nicht auf mich gefallen ist, schienen die meisten zu denken.

Sophia setzte sich wieder.

Lewis verließ den Raum. »Bin gleich wieder da.«

»Ihr wart doch alle auf euren Zimmern oder habt euch sonst wie die Zeit vertrieben, als Knowles weg war.« Struan führte Meena zu einem einzelnen Sessel und ließ sie Platz nehmen. Das war gar nicht so einfach. Meena warf Sophia hasserfüllte Blicke zu und wollte wieder auf sie losgehen. Struan hielt sie an den Handgelenken fest, bis ihr Widerstand erlahmte. Sie mochte einen starken Willen haben, doch der ersetzte keine Muskeln. »So, wie ich das sehe, könnte es jeder gewesen sein. Jeder von uns.«

»Auch du selbst, Schätzchen?«, wollte Sophia wissen. »Der frustrierte Ex-Bulle, der seine Aggressionen nicht unter Kontrolle hat? Der sich mit Wassersport abreagiert, weil er sonst nichts auf die Reihe kriegt?«

Tim hob die Hände. »Diese Sticheleien hören jetzt auf! Mich würde interessieren, von wem dieses Treffen überhaupt ausging. John, du hast uns eingeladen. Ist das alles auf deinem Mist gewachsen?«

»Natürlich. Ich hielt es für eine schöne Idee, nach zehn Jahren ...« John schloss seine Arzttasche, die er in der Regel nur zu Renommierzwecken dabeihatte. Er ging zu Struan und klebte ein Pflaster auf die Naht. »Knowles hat mir gemailt, wann er in Pelham eintrifft. Das war alles.«

»Wo lebt er eigentlich?«, fragte Tim. »Stimmt es, dass er wegen seiner extremen Ansichten in Bristol schon vor Jahren rausgeflogen ist?«

»Australien«, sagte John. »Er brauchte eine Luftveränderung, wollte eine Zeitlang von der Bildfläche verschwinden. Aus einer Gastprofessur wurden dann Jahre.«

»Immer noch die treue Assistentenseele, wie?« Tim ließ sich auf der Lehne von Meenas Sessel nieder. »Du musst ihn nicht in Schutz nehmen. Knowles war ein Egoist. Und wir waren seine Spielzeuge.«

»Irgendein Spielzeug hat sich gegen den Strippenzieher gewandt«, sagte Gwen und stellte sich neben Tim. Eine unsichtbare Trennlinie schien zwischen den Freunden zu verlaufen: Sophia, Carol, Bell und Roddy dicht am Kamin. Struan, Meena, Tim und Gwen weiter weg. John stand – bewusst oder nicht – genau dazwischen.

»Wir sollten jetzt endlich die Polizei rufen.« Roddy

hasste es, Partei zu ergreifen und auf irgendeiner Seite zu stehen. »Sonst quatschen wir uns noch den Mund fusselig.«

Allgemeine Zustimmung. Polizei. Dann hörte die Selbstzerfleischung vielleicht auf.

Lewis kam ins Wohnzimmer zurück. »Der Pokal mit den Handys ist weg.«

»Wie, weg?« Sophia erhob sich.

»Verschwunden. Wegen meiner Konzerte muss ich rund um die Uhr erreichbar sein. Deshalb wollte ich nachschauen, ob eine Nachricht reingekommen ist.«

»Angeber«, zischte Bell und leerte ihr drittes Weißweinglas. Vermutlich wollte Lewis nur diese Scheißungarin anrufen.

»Ich hab überall gesucht!«, beharrte er. »Der Pokal stand vorhin auf einem Beistelltisch neben dem Eingang.«

»Da hab ich ihn nach der Begrüßung hingestellt«, sagte Sophia. »Und da war er auch noch, als die anderen zurückkamen.«

»Sicher?«, fragte John.

»Ich ... glaube schon.«

»Was heißt das, du glaubst?«

Sophia wurde zum ersten Mal unsicher. »Ich kann es nicht mit Bestimmtheit sagen«, gab sie zu. »Ich hatte so viel im Kopf. Das Buffet, die Getränke ... Eigentlich wollte ich die Handys später wegschließen, damit keiner in Versuchung kommt. Das ist jetzt wohl nicht mehr nötig.«

»Wie praktisch«, ätzte Meena.

»Gibt's hier kein Festnetz?«, fragte Lewis.

Sophia ging zu dem nostalgischen Apparat, als fürchtete sie das Schlimmste. Sie hob ab. »Die Leitung ist tot.«

19

Sie waren von der Außenwelt abgeschnitten, das begriff jeder. Vielleicht lag es am Sturm. Doch wer hatte die Handys an sich genommen? Knowles? Sein Mörder? War im Laufe des Abends nicht jeder mal rausgegangen und in der Nähe des Beistelltisches gewesen? Und wo befanden sich die Geräte jetzt?

»Sollen wir jedes einzelne Zimmer durchsuchen?« Lewis sah fragend von einem zum anderen. Er wusste, dass sein Vorschlag den gegenseitigen Verdächtigungen Nahrung gab.

»Klar, die Dinger sind unter meiner Matratze.« Gwen lachte. »Bei eBay bringen die mindestens einen Tausender.«

Struan fand das überhaupt nicht witzig. Er schaltete auf Bullenmodus. »Lewis' Vorschlag ist gut. Lasst uns die Möglichkeit ausschließen, dass sich einer von uns die Handys unter den Nagel gerissen hat und sie irgendwo versteckt oder deponiert sind. Wir bilden Paare. Roddy und Bell. Sophia und Lewis. Gwen und Tim. Carol und Meena. Ihr seid alle getrennt voneinander nach Culls Cove gekommen. Nehmt's nicht persönlich, aber so vermeiden wir, dass Partner und enge Freunde einander decken. John und ich gehen nach draußen und schauen uns den Telefonanschluss an.«

Keiner widersprach. Jeder wollte lieber irgendetwas tun und sich dabei die Beine vertreten, als weiter die giftige Stimmung vor dem Kamin ertragen zu müssen.

»Vielleicht sollten wir auch die Autoschlüssel einsammeln«, sagte Gwen.

»Damit die genauso verschwinden?«, widersprach Tim. »Ich fahre zurück aufs Festland, sobald das Wetter es zulässt.«

»Schlag dir das aus dem Kopf. Der Wind steht auf Südwest, bestimmt ist der Damm überflutet. An dieser Stelle brechen die Wellen mit voller Gewalt herein. Da komme ich nicht mal mit dem Rover durch.« Johns Ton wurde streng. »Die Straße ist nicht sicher. Es wäre selbstmörderisch, es dennoch zu versuchen.«

»Können wir kein Notsignal absetzen?« Tim gab nicht auf. »Über den Leuchtturm, dafür ist der doch da.«

John lehnte kategorisch ab. »Auf keinen Fall. Das würde Schiffe in die Irre führen, die sich an dem Leuchtfeuer orientieren, ein schwerer Verstoß gegen die Seefahrtsgesetze und die Trinity-House-Regeln. Nein. Ich fürchte, wir sind auf uns selbst gestellt.«

20

Carol und Meena untersuchten das Erdgeschoss des Cottage. Sie betraten Johns geräumiges Arbeitszimmer, das für ihn und Sophia zum Übernachten hergerichtet war. Eine ausgezogene Schlafcouch. Ein Regency-Schreibtisch mit voluminösen Schubladen. Bücherregale voller Bildbände und Klassikerausgaben, medizinische Fachliteratur, alles in Reih und Glied. Kein Computer, wie es vereinbart war. John schien sich hier nur selten aufzuhalten, dachte Carol. Entweder lief seine Klinik so gut, dass er es sich leisten konnte, die freie Zeit mit Country Life zu vertrödeln. Oder sie war auf dem absteigenden Ast, und er scherte sich nicht darum.

Meena schaute durch ein Sprossenfenster nach draußen. Ein Blitz erleuchtete den Himmel und spiegelte sich für Sekundenbruchteile in einer aufgewühlten, schwarzen, magmaartigen Masse, dem Meer. Gestaltlose Schatten tanzten in der Nähe des Hauses umher. Es war, als sammelten sie sich für eine gemeinschaftliche Unternehmung, um alles, was im Inneren des Hauses war, zu verschlingen.

»Sophia hat dir übel mitgespielt.« Carol fing an, den Raum zu durchstöbern.

»War nicht anders zu erwarten. Sie geht gern auf den Schwächsten los.« Meena betastete ihre Nase, mit der sie auf den Boden geknallt war.

»Sie wollte dich nur provozieren. Keiner glaubt, dass

du Knowles getötet hast. Ich zumindest halte es für extrem unwahrscheinlich.«

»Denk, was du willst.«

»Du lässt dich ziemlich gehen.« Carol öffnete eine Schublade und fand eine Sammlung teurer Malt Whiskys. In der nächsten waren Kataloge für Jagdwaffen. »Dabei könntest du viel mehr aus dir machen. Du bist hübsch, auf diese exotische Art, du weißt schon.« Sie dachte an Pauline und deren Tandoori-Bonus. »Deine Leute sind doch normalerweise ganz karrieregeil. Wenn ihre Familien sie lassen.«

»Meine Eltern sind tot.«

»Tut mir leid.«

»Und du bist eine Rassistin.« Meena nahm sich Sophias Koffer vor.

»Wer wird denn gleich so empfindlich sein? Kann man sich mit dir nicht vernünftig unterhalten?«

»Versuch's.«

»Was machst du beruflich?«

»Webdesign.« Meena warf ihr das Wort wie einen Müllbeutel vor die Füße. »Hin und wieder.«

»Also arbeitslos.« Carol schnalzte abwertend mit der Zunge.

»Manchmal fehlt mir ein bisschen die Motivation.«

»Von dir hätte ich mehr erwartet. Du warst die Kreativste von uns allen. Hast du nicht Bilder gemalt? So abstraktes Zeug, geometrisch, total durchkonstruiert?«

»Hab ich alle verbrannt.«

»Bisschen pathetisch, wie? Würde mir nicht im Traum einfallen: etwas zerstören, in das ich Zeit und Energie investiert habe.«

»Mir schon.«

»Schade. Ich suche immer neue Sachen für mein Büro.«

Meena hatte keine Lust zu entgegnen, dass sie mit ihren Screen- und Logoentwürfen alle möglichen Preise abgesahnt hatte. Ihre Bilder von früher hatte sie bis auf wenige Ausnahmen tatsächlich verbrannt. Nicht, weil sie schlecht gewesen wären. Sie hatte sie nicht mehr ertragen können, die Phase, in der sie entstanden waren, den Wunschtraum, den sie damit verbunden hatte: eine ideelle, von störenden Menschen bereinigte Welt. Utopien waren jämmerlich, das wusste sie inzwischen, eine Form der Selbsttäuschung, Selbstbefriedigung. In Wahrheit zählten nur Schmerzen. Das hatte sie zusammen mit Roddy im Dark House gelernt. Sie waren weit gegangen – und darüber hinaus. Was hatte das verwöhnte Jungchen alles mit sich anstellen lassen! Aus Angst, etwas falsch zu machen. Wahrer Erkenntnis war Roddy jedoch keinen Schritt näher gekommen.

Von Schmerzen konnten wir uns umhüllen lassen, nach und nach, bis sie einen kalten, undurchdringlichen Panzer bildeten. Anfangs fühlten wir uns eingeschlossen und hilflos, als würden wir erfrieren. Wir bemerkten, wie sie immer tiefer eindrangen und uns irgendwann ganz ausfüllten, so dass es kaum noch zu ertragen war. Doch manchmal erreichen wir einen Punkt, an dem Wärme entsteht. Die Schmerzen werden zu treuen Freunden, sie sind überall, stets verfügbar. Dann, und nur dann, sehen wir Dinge, die jenseits unserer Vorstellungskraft liegen.

»Und du?«, fragte Meena und suchte nach einer ahnungslosen Formulierung. »Womit verdienst du deine Brötchen?«

»Machst du Witze?«, wunderte sich Carol. In den beiden unteren Schubladen des Schreibtischs befanden sich jede Menge Medikamente, Tabletten, Ampullen, Einwegspritzen – was man als Arzt so auf Vorrat hatte.

»Mit Witzen bin ich eigentlich durch.«

»Ist nicht dein Ernst. Fernsehen? Channel 4?«

»Ich schau kein Fernsehen. Nur Filme und Serien per Online-Stream.«

»Das höre ich immer öfter. Traurig.« Carol wurde wütend. »Du kannst dich doch nicht einfach aus der Welt ausklinken!«

»Funktioniert prima. Warum regst du dich so auf?«

»Und wenn das jeder machen würde? Dann glotzen alle ‚Planet der Affen' oder was?«

»Guter Film.«

»Du bluffst. Du weißt ganz genau, dass ich Nachrichten präsentiere.«

»Hab so was läuten hören.«

Carol probierte es anders. »Okay, da wird ein wenig Sozialneid dabei sein und der Impuls, einer alten, inzwischen sehr erfolgreichen Kommilitonin eins auszuwischen. Ich verstehe das. Aber gehen Freunde so miteinander um?«

»Freunde? Wo lebst du? In Disneyworld?«

»Warum bist du überhaupt hergekommen, wenn dich alles ankotzt?«

»Wegen Hollie. Ich will Gerechtigkeit.«

»Da laufen mir ja Schauer über den Rücken.« Carol

tat eingeschüchtert. »Bin ich nach Knowles jetzt die Nächste?«

»Kommt darauf an, wie du dich verhältst. Aber besonders günstig stehen deine Chancen nicht.« Meena war damit fertig, Sophias Kofferinhalt zu durchwühlen. Sie griff in die Außentaschen. »Zu Gwen warst du gar nicht nett. Vor zehn Jahren.«

Carol wich aus. »Denkst du, Gwen hat etwas mit dem Mord an Knowles zu tun? Das würde passen. Die beiden konnten einander noch nie leiden.«

»Du hast ihr damals was gegeben. Obwohl sie clean werden wollte.«

»Wie kommst du denn darauf?«

»Obwohl sie dich angefleht hat, es nicht zu tun. Das war eure Machtprobe. Verführe einen Freund in dem Wissen, dass es ihn zerstört?«

»Mich hat es nicht zerstört.« Und Tim auch nicht, fügte sie für sich hinzu. Der hatte mit dem Zeug sogar gedealt.

»Wie viele Entziehungskuren hast du hinter dir?«, fragte Meena.

»Das ist eine Frage des Willens. Struan hat das vorhin sehr schön erklärt.«

»Klingt mir zu sehr nach Nietzsche.«

»Du bist mehr Freudianerin, wie? Triebe regieren die Welt. Deswegen verstehst du dich so gut mit Sophia.«

»Würde mich nicht wundern, wenn du immer noch was nimmst, in Tablettenform, ohne Nebenwirkungen.«

»Würdest du dich besser fühlen, wenn es so wäre?«

»Was haben wir denn hier?« Meena zog einen roten Stringtanga aus der Außentasche. »Feinste Spitze. Sophia's Secret?« Sie befühlte den mit Seide unterlegten

Schritt. »Und immer noch feucht wie die Rutschbahn zur Hölle.«

»Leg das wieder weg. Ihre Wäsche geht dich nichts an.«

Meena schnupperte an dem Stoff. »Aftershave. Da ist jemand auf Tuchfühlung gegangen. Und es war nicht John, der riecht anders.«

»Na und?«

»Unsere Lieblingstherapeutin ist heute Nachmittag ungezogen gewesen. Fragt sich, mit wem.«

Carol hielt inne. »Knowles?«

»Eifersucht ist ein klassisches Motiv. Für John – oder wen auch immer.« Meena steckte den String in die Außentasche zurück.

Sie gingen in die Küche und durchsuchten die Schränke. Sie fanden alles Mögliche, nur keine Handys.

21

Roddy und Bell machten sich auf den Weg zu dem renovierten Lagerhaus. Dort waren Struan, Gwen und Meena untergebracht. Sie mussten nur ein kurzes Stück im Freien zurücklegen, doch Wind und Regen holten sie fast von den Beinen. Geduckt kämpften sie sich voran. Der Sturm hatte an Heftigkeit zugenommen. Ein Heulen war zu hören, als umkreisten Wölfe die beiden Gebäude.

»Da wären wir.« Roddy öffnete die Tür. Er zog Bell sanft ins Innere und knipste das Licht an.

Eine Art Diele mit groben Bohlen, vermutlich noch original neunzehntes Jahrhundert. An der Wand stand eine antike Kommode. Sie enthielt Bettwäsche, zusätzliche Decken, Kerzen, Streichhölzer und Kleenex. Drei Türen gingen ab.

»So was hab ich noch nie erlebt.« Roddy strich sich die nassen Haare aus dem Gesicht. »Ein richtiges Abenteuer.«

»Sag bloß, du genießt das auch noch! Knowles ist tot.«

»Daran lässt sich nichts mehr ändern, oder?« Roddy war ein bisschen stolz auf sich, dass er den Marsch zum Bootshaus und zurück ohne größere Probleme bewältigt hatte. Dieser Naturscheiß war eine ganz neue Erfahrung, solange er nicht in vorderster Linie stand und die anderen aus der Distanz beobachten konnte. Menschen waren in existenziellen Situationen interessanter als

Mäuse. Vor allem Menschen, die ihn für einen Freund hielten.

»Alle Handys sind weg, Roddy. Da ist doch was faul.«

»Es muss keinen direkten Zusammenhang geben. Jemand hat Knowles ermordet, möglicherweise ist ihm dieser Jemand nach Culls Cove gefolgt. Das ist das eine. Aber das Verschwinden der Handys kann einen anderen Grund haben, als die Polizei fernzuhalten.«

»Und welchen?«

»Ein böser Streich?«

»Um uns zappeln zu lassen?«

»Lassen wir uns überraschen«, meinte Roddy leichthin.

»Ich hab Angst.«

Er musterte sie von der Seite. »Angst steht dir gut.«

Erst jetzt bemerkte Bell, dass ihre Bluse an der Haut klebte. Ihre Brustwarzen traten deutlich hervor. Machte Roddy das an?

Damals während des Studiums war er immer außer Konkurrenz gelaufen. Nicht der Hauch einer Beziehung in Sicht. Stattdessen regelmäßige Besuche in Stripteaseclubs, wortreich ausgeschmückt, um bei den Männern Eindruck zu schinden, in der irrigen Annahme, das würde ihn interessant machen.

Und jetzt?

Sie fröstelte und holte eine Decke aus der Kommode. Er nahm sie ihr ab und hüllte sie darin ein. »Wärmer?«

»Geht so.« Bell lächelte dankbar. Sie hatte reichlich Chardonnay getrunken. Einen Mann um den Finger wickeln, wie ging das noch mal? Die Jungs in der Musikschule waren ebenso tabu wie deren Väter. Und die gelegentlichen Kellerspiele mit Lewis fielen in eine andere

Kategorie. Wenn sie es recht bedachte, war sie seit zehn Jahren aus der Übung. Kaum zu glauben.

Roddy sah bei weitem nicht so gut aus wie Lewis. Doch inzwischen besaß er einen unbeschwerten, jungenhaften Charme, den sie anziehend fand. Der ging den meisten Männern mit zunehmendem Alter ab.

»Sehen wir uns mal um.« Er betrat das erste Zimmer.

Es gehörte Struan. Auf dem Bett lag ein kleiner Rucksack von der Größe eines Daypacks, nichts weiter. Roddy öffnete ihn. »Sauber.«

In dem nächsten Raum sollte wohl Meena übernachten, wie aus dem handgeschriebenen Kärtchen auf dem Kopfkissen hervorging. Daneben ein Schokobonbon zur Begrüßung. Roddy wickelte es aus und steckte es sich in den Mund. Mmh, Noisette.

»Hat Meena überhaupt Gepäck dabei?«, fragte Bell.

»Wenn sie nur Knowles umbringen und sich danach aus dem Staub machen will, braucht sie keines.«

»Sehr beruhigend.« Sie schaute unter der Matratze nach. »Nichts versteckt.«

Gwens Zimmer ähnelte den beiden anderen. Spartanisch, aber stilvoll. Keine billigen Möbel, alles solide und reinlich wie in einem guten Hotel. Vermutlich hatte Sophia eine Putzfrau durch das gesamte Anwesen gejagt. Man konnte das Reinigungsmittel noch riechen. Lavendel.

»Sieh mal.« Gwens Reisetrolley lag auf einer Seemannskiste. Roddy holte eine blonde Perücke heraus.

»Wozu braucht sie denn die?«

»Um sich zu verkleiden, nehme ich an.« Er stieß auf ein Etui mit mehreren Brillen.

Bell setzte eine auf. »Fensterglas. Das ist nur Fake!«

»Nützlich, wenn man nicht erkannt werden will. Zeugen erinnern sich vor allem an auffällige Details. So heißt es doch.«

»Zeugen ...«

»Gwen ist gut zu Fuß. Wie eine Bergziege ist die zum Strand runter- und wieder hochgelaufen. Als ob sie den Weg gekannt hätte.«

»Verdächtigst du sie?«

»War nur eine Feststellung.«

Bell nahm die Perücke und stülpte sie sich über. Ihr eigener Koffer enthielt nichts Verfängliches, dachte sie, den konnten die anderen ruhig kontrollieren. Sie war froh, dass sie die Garotte nicht mitgenommen hatte. Sonst gäbe es neuen Gesprächsstoff. »Na, wie seh ich aus?«

»Anders.« Attraktiver, wollte Roddy fast hinzufügen. Ein Pagenkopf war bei Stripperinnen und Nutten beliebt. Da wusste die Kundschaft gleich, woran sie war. Und die Haare kamen einem nicht in die Quere.

»Wozu sie das Ding wohl dabeihat? Gwen wusste schon immer, wie man eine gute Show hinlegt. Daraus würde ich ihr keinen Strick drehen.« Bell ging in das winzige Badezimmer, das sich alle Bewohner des Lagerhauses teilen mussten, und blickte in den Spiegel. Die Perücke machte sie entschlossener. Die Brille auch. Sekretärinnenlook: taff, aber allzeit bereit. »Ich wette, das gefällt dir.«

Roddy tauchte hinter ihr im Spiegel auf. Es wurde eng in dem kleinen Raum.

»Und?«, fragte sie.

»Lewis und du ... Ihr streitet andauernd.«

»Auch schon gemerkt?«

»Ihr gebt euch keine Mühe, es zu verbergen.«

Sie seufzte. »Ist alles ein bisschen festgefahren zwischen uns. Ich war so froh, als die Einladung kam. Auch wenn nicht jeder Blick zurück angenehm ist.«

»Singst du noch?«

»Ich unterrichte«, sagte sie abfällig.

»Hört sich nicht besonders prickelnd an.«

»Es ist, als wäre ein Teil von mir abgeschnürt. Nach und nach schwindet das Gefühl.« Wieder kam ihr die Garotte in den Sinn. »Zwischen Lewis und mir fehlt etwas. Wir haben uns irgendwie … verrannt.«

»Soll vorkommen.«

»Weißt du, wie das ist?«

Da fragst du den Falschen, dachte er, sagte aber: »Ich kann's mir vorstellen.«

Bell sah sich in dem fensterlosen Badezimmer um. Es war erst vor kurzem renoviert worden. Dusche, Toilette, Fliesen, alles neu, geradezu steril. Von der Decke hing eine Strippe herab, an ihrem Ende baumelte ein hölzerner Miniaturleuchtturm aus einem Souvenirladen. Damit konnte man die Entlüftung betätigen. Regen prasselte in Schauern gegen die Außenmauer. »Mach die Tür zu.«

Roddy gehorchte, ohne ihr Spiegelbild aus den Augen zu lassen.

»Licht aus!«

Ihr Blick war ernst, befehlend. Er roch den Wein, der ihre Entschlossenheit erst geweckt haben mochte. Langsam wurde ihm klar, worauf das hier hinauslief.

Er löschte das Licht.

Sie stützte sich auf dem Waschbecken ab. Ein alter Wunsch kehrte zurück. Der im Dark House unerfüllt geblieben war.

Sofort stand ihr wieder das einstige Szenario vor Augen. Absolute Dunkelheit. Nur Geräusche und Gerüche. Zwei Paare mit einer schalldichten Wand dazwischen. Sie konnten hören, was die anderen beiden machten, wenn sie einen großen roten Knopf betätigten, wie der Buzzer in einer Quizshow.

Bell hatte sich mit dem Ellbogen ununterbrochen auf den Knopf gelehnt, damit sie nichts verpasste.

John hatte Skrupel bekommen und von sich aus nichts unternommen, nicht das Geringste. Er hatte sie nicht einmal berührt, sondern nur gewartet und mehr oder weniger geschwiegen. Stundenlang. Bell hatte alles selbst machen müssen. Ihr Mund war ihr Instrument gewesen, ihre Zunge hatte für die richtige Stimmlage gesorgt, ihre Finger hatten Töne erzeugt, oh ja. Sie war verdammt gut gewesen, John kam in den Genuss von Fertigkeiten, die sie damals selbst erstaunten. Irgendwann winselte er nur noch wie ein Welpe, beharrte aber auf einer Bedingung: keine Penetration. Zumindest nicht auf die übliche Weise, damit er mit seiner verqueren Moral ein reines Gewissen behielt.

Bis Sophia und Lewis endlich fertig gewesen waren. Mit Knowles als einzigem Augenzeugen. Er hatte eine Nachtsichtkamera installiert und alles aufgenommen. Jeder war damit einverstanden gewesen. Zu einer gemeinsamen Vorführung der Filme kam es jedoch nie. *Das* war das Schlimmste gewesen. Dadurch wurde sie es nicht los.

Bell spürte Roddy hinter sich. Sie hörte ihn stoßweise atmen.

Sie zog ihren Rock hoch und klemmte den Stoff unter den Bund. Vor der Abfahrt in Winchester hatte sie überflüssigerweise einen frischen Slip angelegt. Widerstrebend löste sich das Ding und blieb in ihren Kniekehlen hängen.

Die Sekunden verstrichen. Sie roch sich, salzig, vertraut.

Womit fing er an? Streicheln? Oder packte er ordentlich zu und grub seine Fingernägel in ihren Hintern? Gewalt, darauf schien er sich zu verstehen. Ihre Schenkel zitterten vor Anspannung. Sie kam schon ein wenig und drängte sich an ihn. Ausgleichende Gerechtigkeit, Lewis!

Ihr wurde kalt. Warum machte er nichts? Sollte sie ihn auch noch dazu auffordern? »Komm schon!«, sagte sie.

Endlich spürte sie ihn. Er beugte sich über sie, brachte seinen Kopf neben ihren. Gut, dann konnte es ja losgehen. Ein Mann in ihr drin, wie fühlte sich das noch mal an? »Bedien dich, Roddy, mach mit mir, was du willst! Je fester, desto besser.«

Seine Wange war nass.

Tränen?

»Hörst du das?«, flüsterte er ihr ins Ohr.

Er hatte seine Hose noch an.

»Was denn?«, fragte sie ungeduldig.

»Schritte, im nassen Gras. Auf der anderen Seite der Mauer.« Er horchte. »Da ist jemand.«

Sie brauchte eine Weile, um ihre Phantasien zu zügeln. Eine alles durchdringende Enttäuschung ließ ihre Glieder erlahmen. Gern hätte sie jetzt ihren Slip wieder hochgezogen, aber das ging nicht, solange Roddy halb auf ihr lag. »Das werden John und Struan sein.«

»Sprich leiser!«

»Die wollten doch nach draußen gehen und die Telefonleitung kontrollieren«, zischte Bell. »Vielleicht drehen sie noch eine Runde.« Sie gab nicht auf.

»Hört sich anders an.«

»Wie hört es sich denn an?«

»Wir werden beobachtet. Glaub mir, damit kenn ich mich aus.«

»Dann schau draußen nach!«

»Ich bin nicht lebensmüde.«

Bell drehte sich in der Dunkelheit um. »Ich hab das Gefühl, wir ticken beide nicht mehr richtig.« Sie langte an Roddy vorbei und suchte nach dem Lichtschalter.

»Kein Licht! Zieh dich wieder an. Und bleib dicht hinter mir. Wir gehen zurück ins Cottage.«

Sie tastete nach seinem Gesicht, spürte, dass er geweint hatte. »Und sonst gibt es nichts zu sagen?«

»Ich mag dich auch, Bell.«

»Aber …«

»Lassen wir's dabei.«

22

Sophia gab Lewis einen Klaps auf den Hintern. »Fast wie früher.«

Sie hatte mit ihrer Zunge so lange in seinem Mund gewühlt und die geschlossenen Zähne ignoriert, bis er schwach geworden war und dem Kuss nachgegeben hatte.

Schon einen Augenblick später hasste er sich dafür. Er schob sie weg. »Gar nichts ist wie früher.«

»Mach dir nichts vor«, triumphierte sie. »Darauf hast du doch gewartet.«

Lewis wischte sich die Lippen mit dem Handrücken ab. »Schluss jetzt. Ich bin verheiratet.«

»Und sicher ganz stolz auf deine Söhne.« Bloß kein Wort gegen Bell. Frauenhelden reagierten allergisch, wenn man ihre langweilig gewordene Studentenliebe, mit der sie immer noch zusammen waren, runtermachte.

»Los, gehen wir wieder an die Arbeit.«

Sie befanden sich in Roddys Zimmer im ersten Stock des Cottage. Mit dem kleinen, gemütlichen Raum waren sie schnell durch. Keine Handys, keine Geheimnisse, abgesehen von starken Schmerzmitteln in Roddys Kulturbeutel.

Lewis schob sich an Sophia vorbei, ohne sie anzusehen. Er öffnete die Tür und betrat den Gang. Vom anderen Ende der Etage waren Gwen und Tim zu hören, die beiden unterhielten sich lautstark. Lewis verstand jedoch nur Gesprächsfetzen, »Dräng mich nicht!« oder etwas in der Art.

Sophia folgte ihm, überaus zufrieden mit dem Resultat ihres kleinen Überfalls. Sie hatte Lewis gehörig durcheinandergebracht. Das zwischen ihm und ihr würde nie ganz aufhören, gleichgültig, wie viele Jahre seither vergangen waren. Sich dem anderen bedingungslos ausliefern – ob Bell ihm das auch bieten konnte? Seine Skrupel kamen ihr halbherzig vor.

Nach der ersten Überraschung über Knowles' Tod und dem Zwischenfall mit Meena überlegte sie, was aus dieser merkwürdigen Situation wohl entstehen würde. Trübsal zu blasen oder verschreckt in der Ecke zu sitzen, dafür war sie nicht der Typ. Sie stellte lieber ihre eigenen Nachforschungen an, und die begannen bei ihr mit einem Kuss. Alte Abhängigkeiten zahlten sich irgendwann aus.

Jetzt war Tims Zimmer an der Reihe. Es lag Roddys gegenüber und war ebenfalls zur Unterbringung von Gästen vorgesehen. Normalerweise kümmerte sie sich nicht darum, wen John nach Culls Cove einlud. Meistens kamen Ärztekollegen aus der Klinik zu einem Ausflug übers Wochenende. Eine Putzhilfe vom Festland hielt das Anwesen in Schuss, Sophia hatte damit nichts zu tun.

Der Raum war ganz in Blautönen gehalten. Aquarelle von der Küstenlandschaft hingen an den Wänden, eine Skulptur aus einem Stück Treibholz zierte das Fensterbrett. Tim hatte sein Gepäck schon im Schrank verstaut und auf die Fächer und Kleiderbügel verteilt. Sein Designertrolley stand auf dem Boden des Schranks, verdeckt von Hosen und einem Jackett.

Sophia hatte kürzlich vor der Louis-Vuitton-Filiale in Selfridges eine halbe Stunde gewartet, bis sie die heiligen Hallen überhaupt betreten durfte. Die waren alles andere als überfüllt gewesen, ein paar einsame Kunden lungerten vor einsamen Taschen herum. Unschönes Gedränge sollte wohl vermieden werden. Meena hätte in den Laden wahrscheinlich einen Sprengsatz geworfen.

Sie öffnete den Trolley und fand zielsicher eine verborgene Innentasche. Darin befand sich ein dicker brauner Umschlag. Er war nur mit einem Gummiband verschlossen.

Lewis schloss die Tür. »Mach ihn auf.«

Sie trauten ihren Augen nicht. Mehrere Bündel Geldscheine rutschten heraus.

»Wie viel ist das?«, fragte er.

Sophia zählte nach. Es waren 500-Euro-Noten, druckfrisch, mit unbeschrifteten, neutralen Banderolen. Zehn Bündel, glatte Hunderttausend.

Lewis stieß die Luft aus. »Wozu hat er so viel Bares dabei?«

»Wenn ich das wüsste.«

»Für die Reise braucht er's wohl nicht.«

Sie schüttelte den Kopf. »Und bestimmt hat er's nicht bei einer Bank abgehoben.«

Er starrte auf die Scheine. Auch wenn sich Lewis in der Öffentlichkeit anders verhielt: Als reich konnte man ihn nicht bezeichnen. Die Schulgebühren der Kinder, die Raten für das Haus, geplatzte Aktienpakete, seine diversen »Verpflichtungen«. Hunderttausend würden ihm gerade recht kommen. »Was macht Tim eigentlich beruflich?«

»Irgendwas mit Marktforschung. Er leitet eine große Firma in Brüssel. Hab ich gegoogelt.«

»Hast du auch nach mir gegoogelt?«

»Klar. All deine Auftritte und Engagements, du zerreißt dich ja förmlich vor Schaffensdrang, Darling.« Sophia steckte die Scheine in den Umschlag und den Umschlag zurück in die Innentasche. Sie achtete darauf, dass der Trolley unberührt aussah, und schloss den Schrank.

»Für wen ist das Geld bestimmt?«, fragte Lewis. »Oder glaubst du, er hat irgendwo eine schwarze Kasse angezapft und nimmt die Kohle nach unserem Treffen mit nach Hause?«

»Tim hat früher Drogen vertickt.«

»Das bisschen Shit, das er manchmal mitgebracht hat?«

»Härteres Zeug, in größerem Stil.« Sophia konnte sich noch gut an die Gerüchte erinnern, die viele ihrer Freunde nicht ernst genommen hatten. »Für die meisten sah er aus wie ein harmloser Nerd, der hin und wieder einen Joint raucht. Aber einen ausgeprägten Geschäftssinn hatte er schon immer.«

»Und das Internet eröffnete neue Vertriebswege.« Lewis überlegte. »Damals waren Carol und Gwen seine besten Kunden.«

»Kunden – oder Opfer, wie man's nimmt. Vielleicht will er was wiedergutmachen mit den hunderttausend.«

»Gwen kann's sicher gebrauchen, aber Carol hat genug Schotter.«

»Sollen wir Tim einfach fragen?«

»Behalten wir es lieber noch eine Weile für uns«, sagte Lewis. »Mich würde interessieren, ob er mit dem Drogengeld von damals seine spätere Firma gegründet hat. Fragt man in Belgien danach, ob das Kapital für ein

Start-up aus seriösen Quellen stammt? 2002, als alle noch in Goldgräberstimmung waren?«

»Wohl eher nicht.«

»Wenn jemand Beweise dafür hat, kann er Tim damit noch heute unter Druck setzen.«

»Richtig! Und wer wusste alles über uns?«, fragte Sophia. »Knowles!«

»Denkst du, der alte Bastard wollte Tim die hunderttausend als Schweigegeld abknöpfen?«

»Erpressung? Wäre möglich.« Sophia überlegte, in Sekundenschnelle konstruierte sie ein Szenario. »Dann würde der Mord an Knowles Sinn ergeben. Tim hat die Summe zur Sicherheit mitgenommen, um sie dem Professor wie gefordert zu übergeben. Aber Knowles für immer zum Schweigen zu bringen wäre unter diesen Voraussetzungen doch viel vernünftiger – und endgültiger. Also schlug er bei der ersten sich bietenden Gelegenheit zu. Knowles' Spaziergang, das Unwetter ...« Sophia schnippte mit den Fingern. »Tim muss es nicht mal selbst getan haben. Für hunderttausend hätten möglicherweise auch andere Hand angelegt, in seinem Auftrag.«

»Eine Verschwörung?«

»Einige von uns haben sich förmlich darum gerissen, in den Sturm rauszugehen. Wenn ein Mörder an den Tatort zurückkehrt, kann er bei Bedarf noch etwas verändern, Fehler korrigieren. Die Dinge in eine bestimmte Richtung lenken. Wir waren nicht dabei.«

Lewis lehnte sich schwer gegen den Schrank. Die Verdächtigungen überschlugen sich. Seine Stimme wurde dünn. »Das geht mir alles viel zu schnell. Wenn das stimmt, wem können wir dann noch trauen?«

»Uns.« Unvermittelt packte sie ihn an den Schultern

und suchte seinen Blick. So war es immer: Sie suchte. Nach einem Punkt im Auge, der ihr die wahren Gefühle eines Mannes enthüllte. Und seine Absichten. Am besten in einem Moment wie diesem, da er mit den Gedanken woanders war.

Er stellte sich vor, wie Sophia ihm die Hände um den Hals legte und zudrückte. Ob sie den Schneid hatte, es bis kurz vor knapp durchzuziehen? Bells Timing war immer perfekt.

»Ich brauche deinen Rat, in einer anderen Sache«, sagte Lewis schließlich, löste sich von ihr und setzte sich aufs Bett. »Vergiss mal dieses Geld.«

Er war ziemlich gut darin, sich zu entziehen. Jahrelange Übung, nahm sie an. »Dann leg mal los.«

23

»Früher war das Lagerhaus ein Schweinestall.« John ließ das Gebäude links liegen. »Damit der Leuchtturmwärter und seine Familie genug zu essen hatten.«

Struan war nicht in der Stimmung für eine Geschichtsstunde. Aufgrund der Windböen verstand er sowieso nur die Hälfte. In was war er hier hineingeraten? Knowles war erschlagen worden, kaum dass er auf Culls Cove angekommen war. Ein Kapitalverbrechen. Zu einem Zeitpunkt, da niemand mehr die Halbinsel verlassen konnte. Ein paar der früheren Freunde flippten aus oder äußerten wilde Verdächtigungen, andere ließ es völlig kalt. Er machte sich ernsthaft Sorgen.

Sie waren durch eine Nebentür nach draußen gelangt und umrundeten das Cottage. Von außen sah es unter dem schwärzlichen Himmel klein und verloren aus. Im Südwesten zuckten Blitze. Mächtige Entladungen gingen über der See nieder.

Struan hatte so ein Wetter bei einem Segeltörn zu den Galapagos-Inseln erlebt. Ein Blitz war im Boot eingeschlagen. Wenn nicht alle Besatzungsmitglieder in dem Metallrumpf unter Deck gewesen wären, hätte es ganz sicher jemanden erwischt, die Gefahr von Streublitzen war bei einem Einschlag sehr hoch. Die Elektronik wurde vollständig zerstört, durch ein großes Loch im Vorschiff drang Wasser ein. Mit knapper Not hatten sie es zum nächsten Hafen geschafft.

Er blickte zum Leuchtturm, der unentwegt sein Licht aussandte, in gleichbleibendem Takt. Verlässlich, doch schwer zugänglich auf seinem Felssporn.

So sah sich Struan selbst gern. Von Gefahren umtost hielt er den Elementen stand. Weil er mit ihnen umzugehen wusste.

Mit Shirley weniger. Nach seinem Ausscheiden aus dem Polizeidienst hatte sie ihn verlassen und ihre gemeinsame Tochter mit nach Yorkshire genommen. Er war nach Ecuador geflogen und hatte den Dingen ihren Lauf gelassen. Keine große Sache, die Leute trennten sich eben an den Bruchlinien des Lebens. Dann hieß es: Verpflichtungen kappen wie eine heillos verhedderte Leine und weiterfahren.

Das Mädchen musste in diesem Herbst eingeschult worden sein. Leeds, nahm er an. Er sollte sich mal wieder melden. Leider hatte er sein Handy in diesen Pokal gelegt, und jetzt war es weg, gestohlen, verloren.

Er schüttelte die Gedanken ab und folgte John. Gemeinsam überquerten sie den Schotter der Auffahrt, der Regen klatschte ihm gegen den Rücken. Als Kajakfahrer checkte Struan immer den Wetterbericht, bevor er mit seinem Bus den Standort wechselte. Er hatte gewusst, was ihn auf Culls Cove erwartete.

»Hier ist es«, rief John.

Die Telefonleitung sollte eigentlich an einer Stelle unter dem Dach aus dem Mauerwerk austreten und zu einem alten hölzernen Mast führen. Sie hing schlaff herunter.

Auf dem Rasen fanden sie das Ende der Leitung. Es war glatt durchtrennt worden, mit einem Bolzenschneider oder dergleichen.

»Jemand muss auf den Mast geklettert sein«, meinte Struan und betrachtete das untere Ende des nur schemenhaft erkennbaren Pfahls.

John leuchtete mit der Taschenlampe den Mast empor. »Durch den Regen ist das Holz rutschig. Ohne entsprechende Ausrüstung kommt man da nicht hoch.«

»Wer immer das getan hat: Er war auf alle Eventualitäten gut vorbereitet.«

»Reparieren lässt sich das nicht, da muss jemand von der Telefongesellschaft kommen. Wenigstens ist das Strom führende Kabel unversehrt.«

»Absicht. Damit wir nicht im Dunkeln sitzen müssen und die Angst in den Gesichtern der anderen sehen können.« Struan kannte diese Vorgehensweise von Terroristen, aber auch vom Militär. Bei einer Belagerung oder einer Geiselnahme war es am besten, alle Kontakte nach außen zu kappen und die Opfer im eigenen Saft schmoren zu lassen. Zumindest würde er es anstelle von Knowles' Mörder so machen. Um klarzustellen, wer hier am Drücker war. Und zur Einschüchterung.

»Wir können nichts ausrichten«, sagte John. »Ich habe kein geeignetes Werkzeug, um das Kabel instand zu setzen, auch wenn wir es selbst probieren wollen. Gehen wir zurück ins Haus zu den anderen. Warten wir den Morgen ab.«

»Erst will ich noch kontrollieren, ob sich hier jemand herumtreibt, der nichts auf Culls Cove zu suchen hat.«

»Bei Nacht und Gewitter?«

»Gib mir die Taschenlampe und bleib dicht hinter mir.«

Sie kamen zu den parkenden Autos. Struan hatte das Gefühl, dass auch hier etwas nicht so war, wie es sein sollte. Er suchte den Wiesenboden ab. Zwischen Lewis' Kombi und Johns Rover fielen ihm Stiefelabdrücke auf, das Gras war auffällig zertreten. Er beugte sich hinunter und hörte es zischen.

24

Ein Himmelbett – warum auch nicht? Gwen ließ sich hineinfallen. »Mann, ist das bequem! Da möchte man glatt verheiratet sein.«

Das Zimmer war für Lewis und Bell vorgesehen, aber sonst, wenn keine Gäste da waren, nächtigten wohl John und Sophia darin, die ins Arbeitszimmer umgezogen waren. Es ging über Eck und war so großzügig geschnitten wie eine Suite. An einer Wand hing eine Ansammlung von Familienfotos, die vor allem John in unterschiedlichsten Posen zeigten.

Tim untersuchte das Gepäck des Paares. Er fand nichts, was auf die verschwundenen Handys hindeutete.

Gwen schaute ihm dabei zu und betastete die kunstvoll gedrechselten Bettpfosten. Das Holz war mit schwarzem Harzöl eingelassen und auf Hochglanz poliert. »Daran können sich die beiden festketten, bis dass der Tod sie scheidet.«

»Meinst du, Lewis und Bell sind so drauf?«, fragte Tim.

»Ich war auf einer Mädchenschule, ich weiß, wie das läuft. Die Braven, die kein Wässerchen trüben können und nie einen richtigen Freund hatten, die gehen ab wie eine Rakete. Bei Lewis und Bell war das sicher genauso, so züchtig, wie sie sich immer aufgeführt haben. Die hatten über die Jahre bestimmt viel Spaß miteinander.«

»Hatten.« Tim schnaubte verächtlich. »Schau sie dir doch an, wie sie sich angestrengt ignorieren. Bei denen ist die Luft raus. Würde mich wundern, wenn die zu Hause überhaupt noch im selben Bett schlafen.«

Gwen erhob sich. »Das ist deren Sache. Los, machen wir weiter.«

Sie verließen den Raum und gingen in das benachbarte Zimmer. Knowles hätte dort übernachten sollen, er hatte drei Schalenkoffer und ein Laptop dabeigehabt, Gwen konnte sich genau an seine Ankunft in Pelham erinnern.

In dem Zimmer standen aber nur zwei Koffer. Der erste enthielt Kleidung und Toilettenartikel, nichts Verdächtiges. Dagegen war der Inhalt des zweiten sehr viel interessanter.

Drei hölzerne Karteikästen, hübsch nebeneinander. Auf den Schildern an den Griffen stand in Knowles' feiner Handschrift: *Besondere Fälle, 1990–2010*. Jede Beschriftung trug noch einen Zusatz: *A – H, I – P, Q – Z*.

»Ist es das, was ich glaube?«, fragte Gwen.

»Mach die Dinger auf, dann wirst du schon sehen.«

»Besondere Fälle, zu denen gehören bestimmt auch wir.« Sie holte den ersten Kasten in der alphabetischen Reihenfolge heraus und stellte ihn auf einen kleinen Chippendale-Sekretär. Er kam ihr überraschend leicht vor. »A bis H, da müssten wir beide drin sein. Harding, De Greef.« Sie sah ihn bedeutungsvoll an.

»Worauf wartest du?«

»Meinst du, das ist richtig? Sollten wir nicht im Beisein von John und ...«

»Der Mann ist tot«, sagte Tim ungehalten. »Auf wen willst du denn Rücksicht nehmen? Auf sein beschissenes Andenken? Das ist es nicht wert.«

»Dräng mich nicht! Ist 'ne schwierige Entscheidung.«

»Wenn wir unsere Fallgeschichten gelesen haben, bringen wir die Kästen runter zu den anderen, und jeder kann sich seine eigenen Kärtchen anschauen. Wo ist das Problem?«

Er strich über das glatte, mit Nut und Feder verarbeitete Holz. Es war eine geradezu zärtliche Geste. Auch ein bisschen gierig, wie es Gwen schien. Sie zögerte.

»Ich fass es nicht«, stieß Tim hervor. »Endlich erfahren wir, wie Knowles diese Dark-House-Scheiße bewertet hat, ungefiltert. Nicht das, was er uns erzählt hat über freie Feldversuche und Verhalten in Drucksituationen und all dieses Blabla.«

»Es gibt so etwas wie eine ärztliche Schweigepflicht«, wandte Gwen ein.

»Erst dachte ich, du hättest Skrupel. Aber das stimmt nicht. Du hast Angst! Vor dem, was dich in diesem Kasten erwartet.«

Sie sehnte sich nach der Whiskykaraffe, die unten auf einem Tablett neben dem Kamin stand. Irgendwann hatte sie die Drogen durch Alkohol ersetzt. Das war zwar kein vernünftiger Tausch, aber einer, mit dem sie einigermaßen leben konnte. Leben – und nicht sterben. Es machte alles ... überschaubarer?

»Also gut.« Sie öffnete den Kasten.

Er war leer. Bis auf die Registerkarten, die wie stumme Zeugen in den dafür vorgesehenen Ritzen steckten. Tim kontrollierte die anderen Kästen. Ebenfalls leer.

»Was soll das denn?«

»Jemand hat die Karteikarten gestohlen«, sagte Gwen. »Aber warum hat er das Register nicht mitgenommen? Wäre doch viel praktischer, alles auf einmal zu entfernen. Oder gleich die Kästen mitsamt Koffer zu klauen.«

»Zu sperrig?« Tim versetzte dem Koffer einen wütenden Tritt.

»Da verarscht uns jemand. Als wollte er zeigen, dass er jederzeit in der Lage ist, etwas zu entwenden, das sich in diesem Haus befindet. Verunsicherungstaktik, Machtdemonstration.«

»Aber Knowles hat doch bestimmt nicht nur diese Aufzeichnungen gemacht. Ich meine, Zettelkästen, das ist doch vorsintflutlich.«

»Ich sehe nirgendwo seinen Laptop. Vermutlich ist der auch weg.«

»Schöne Bescherung!«

Gwen atmete durch und setzte sich auf das unberührte Bett. »Komm mal wieder runter, Tim. Knowles wurde ermordet. Ist doch klar, dass hier einiges anders läuft, als wir uns das ursprünglich vorgestellt haben. Das ist keine Einladung mehr zu einem entspannten Wochenende unter Freunden – oder Feinden. Wir stecken in der Klemme. Besser, du findest dich damit ab.«

»Womit soll ich mich abfinden? Dass man uns hier irgendwelche Köder vor die Nase hält? Dass man uns in die Enge treibt?«

»Du hast keine Wahl.«

»So?«

»Die Frage ist, ob wir sie damals im Dark House auch hatten, eine Wahl.«

»Oder ob wir nur in etwas hineingetrieben wurden, das dem Gehirn eines Sadisten entsprang«, ergänzte Tim.

»Knowles war kein Sadist, das glaube ich nicht. Auch kein Voyeur. Er wollte uns unser wahres Ich zeigen, nicht mehr und nicht weniger.«

»Unser wahres Ich? Das war doch reine Manipulation, Sex- und Dominanzspielchen. Und so jemand schimpfte sich Professor.« Er machte eine abfällige Geste. »Professor … eines Swingerclubs vielleicht.«

»Sex enthüllt vieles, so ist das nun mal. In dieser Hinsicht sind wir alle gleich – nackt, wenn du so willst. Jedenfalls hat er uns damit überfordert.«

»Weißt du was? Ich bin schon wieder überfordert. Danke, das war's. Ich steige jetzt in meinen Wagen und haue ab.«

»Der Damm steht doch unter Wasser«, gab Gwen zu bedenken.

»Davon würde ich mich gern selbst überzeugen.«

»Ich würde es erst nach Mitternacht probieren, ab zwei oder so. Dann haben wir Ebbe. Möglicherweise ist das Wasser bis dahin zurückgegangen.«

»Das mach ich auch, darauf kannst du dich verlassen!«

Gwen gab es auf. »Wenn du meinst.«

»Und was ist mir dir? Ich hab noch ein Plätzchen frei …«

»Ich bleibe hier. Ich will dieser Sache auf den Grund gehen.« Sie lachte gequält. »Hab auch nichts Besseres zu tun im Gegensatz zu vielbeschäftigten Leuten wie dir.«

Tim bemerkte, wie sie seinen Blick suchte. Er schaute weg.

»Hat es dir eigentlich jemals leidgetan, dass du mir damals den Stoff besorgt hast?«, fragte sie. »Meth war am schlimmsten, das hätte mich fast umgebracht.«

»Keine Ahnung, wovon du sprichst.«

»Keine Ahnung?« Gwen erstarrte. »Damit willst du mich abspeisen?«

»Das ist so lange her …« Er druckste herum. »Als ich mich entschloss, nach Culls Cove zu fahren, hoffte ich, dass wir die alten Dummheiten ruhen lassen. Oder endgültig beerdigen.«

Sie begriff. »Du denkst wohl, deine Dealerei könnte dir heute schaden? Bist du deswegen hergekommen? Möchtest du uns alle zu Stillschweigen verpflichten, damit niemand erfährt, was für ein Schwein du gewesen bist?«

»Du hast das Zeug immer gern genommen, zum Freundschaftspreis. Ich hab dabei gar nichts verdient.«

»Auch noch der selbstlose Samariter!«

»Gib nicht mir die Schuld, ich war nur der Bote. Außer dir und Carol haben alle die Finger von dem harten Zeug gelassen. Das war allein eure Entscheidung.«

»Als ob Süchtige frei entscheiden könnten …«

»Ich war nicht eure Mama.«

»Und wir waren keine x-beliebigen Junkies, sondern Freunde. Freunde passen aufeinander auf. Sie reiten sich nicht immer tiefer rein.«

»Ihr habt doch darum gebettelt! Wenn ich euch nicht versorgt hätte – übrigens mit bester Qualität, garantiert nicht gestreckt –, wärt ihr zu jemand anderem gegangen.«

»Typische Dealer-Ausrede. Du bereust nicht das Geringste, oder?«

»Nein«, sagte er knapp.

»Und du wagst es, Knowles Vorwürfe zu machen? Ich hätte nie gedacht, dass ich ihn mal verteidige, aber gegen dich war der Professor ein Engel. Kein barmherziger, mag sein, dass er es im Dark House übertrieben hat. Carol und mich aufeinanderzuhetzen war … hart. Aber wenigstens hat mich das auf lange Sicht von der Nadel weggebracht. Dafür sollte ich ihm dankbar sein, das wird mir jetzt klar.«

»Jetzt erst?«, spottete Tim. »Hat ja nur zehn Jahre gedauert.«

Gwen nickte. »Besser spät als nie.«

»Und davor hast du Knowles noch schnell von der Klippe gestoßen.«

»Du kranker Wichser!«

»Erzähl mir nicht, du wärst suchtfrei. Ich erkenne einen Alki, wenn ich ihn sehe. Was ist es? Whisky? Wodka?«

»Bei dir ist es Geld. Das finde ich viel erbärmlicher.«

»Es reicht, Gwen. Leck mich!«

Sie verpasste ihm eine schallende Ohrfeige.

Verdutzt fasste er sich an die Wange. »Bist du jetzt völlig …«

Noch eine Ohrfeige, auf dieselbe Stelle. »Ich möchte von dir hören: Sorry, Gwen, dass ich dir dein Leben versaut habe.«

Er überlegte einen Augenblick, ob er zurückschlagen sollte. Sah ihre Klage – immerhin war sie Anwältin – und die Entschädigungszahlungen schon auf sich zurollen.

Gwen baute sich vor ihm auf. Sie schien zu allem entschlossen.

Schließlich drehte Tim sich weg und ging zur Tür. »So was lass ich mir nicht länger bieten. In ein paar Stunden bin ich hier weg.«

»Wer als Erster abhaut, ist der Hauptverdächtige.«

25

Nach und nach fanden sich alle wieder im Erdgeschoss vor dem Kamin ein. Das Feuer war fast ausgegangen, Roddy entfachte es neu, darin war er geschickt. Nur John und Struan fehlten.

Keiner hatte die Handys gefunden. Es wurde achselzuckend zur Kenntnis genommen, plötzlich schien niemand mehr die Dinger zu vermissen. »Irgendwann tauchen die schon wieder auf«, meinte Carol leichthin. »Wir kommen auch ohne klar.«

Über alles andere verloren sie kein Wort, auch Gwen und Tim nicht. Da die Karteikarten ohnehin weg waren, fühlte sich keiner von beiden veranlasst, von ihrer Entdeckung und dem Diebstahl – falls es einer war – zu erzählen. Auf eine weitere Verdächtigungsrunde konnten sie verzichten. Tim brütete vor sich hin.

Wir sehnten das *Dark House* herbei und fürchteten uns zugleich: Hoffnung und Angst, die ungleichen Schwestern. Welche von beiden würde sich unbarmherziger zeigen? In den bittersten Stunden waren sie uns am nächsten. Sie schenkten uns ihre Umarmung wie lang entbehrte Geliebte. Und wir ertrugen alles, glaubten alles, duldeten alles. Sobald etwas Unerwartetes eintrat, veränderten wir uns, passten uns an. Hoffnung und Angst hörten niemals auf.

Laut Standuhr war es fünf nach elf. Lewis machte sich über die Reste des Buffets her, ebenso Roddy. Sie sprachen über Neuinszenierungen verschiedener Opern. Meena gesellte sich überraschenderweise zu ihnen und schaufelte mit großem Appetit Lachscanapés in sich hinein. Carol hielt sich wieder an Tim und verwickelte ihn in eine Unterhaltung über Einschaltquoten und verschiedene Erhebungsverfahren. Sophia nahm Bell beiseite, der das sichtlich widerstrebte, und redete leise auf sie ein. Doch binnen kurzem wirkten die beiden gegensätzlichen Frauen wie die besten Freundinnen. Gwen gönnte sich einen großen Whisky. Nach den ersten Schlucken fühlte sie sich besser.

Über Knowles verlor niemand ein Wort. Es war, als sei der abrupte Todesfall ein Tabuthema, an das man besser nicht rührte. Gwen ließ sich in einen Sessel sinken und beobachtete die Versammlung. Sie spürte, dass etwas in Bewegung geraten war. Als wären reihum Knoten geplatzt. Knowles' Anwesenheit schien dafür gar nicht nötig zu sein. Was im Dark House zu Grabe getragen worden war, lebte wieder auf: ihre Freundschaft. Mit allen negativen Ausprägungen, die schon immer geschwelt hatten, Aversionen, Vorbehalte, Nickeligkeiten zwischen diesem und jenem. Ein Herz und eine Seele waren sie nie gewesen, aber eine Gemeinschaft, deren Mitglieder sich jederzeit dazu bereitfanden, neue Erfahrungen zu machen, auch Grenzerfahrungen, wenn es sein musste, mit Knowles als unkonventionellem Spiritus Rector. Das hatte sie über andere Zirkel der Universität erhoben, die nur von der brüchigen Klammer gemeinsamer Interessen und Hobbys zusammengehalten wurden, über all die Debattierclubs, Lerngruppen,

Sportvereine, politische Nachwuchsorganisationen, NGOs wie Amnesty International oder Attac, Societys zu welchem Zwecke auch immer. Sie hatten ihrem Kreis nie einen offiziellen Namen gegeben. »Knowles' Men« war eine Zeitlang in Gebrauch gewesen in Anlehnung an Schauspielertruppen à la Shakespeare. Dann hatte es nur »Richmond Park« geheißen, nach dem Ort ihrer Zusammenkünfte beziehungsweise nach der Straßc, in der Roddys und Struans Wohnung lag. Doch nichts hatte sich durchgesetzt. Ein Name war ihnen viel zu bürgerlich vorgekommen, kleinkarierte Vereinsmeierei. Sie hatten sich vor zehn Jahren einfach nur wie eine etwas andere Familie gefühlt. In einer Familie gab es zwar Streit, doch man hielt zusammen. Gegen alle Widerstände. Außerdem konnte man jede Menge Spaß miteinander haben, gegebenenfalls sogar engere Bindungen aufbauen, Sympathien pflegen. Zu Struan hatte sich Gwen schon immer hingezogen gefühlt, auch wenn er manchmal allzu edel erscheinen wollte und seine Ansichten über die der anderen stellte. Lewis konnte ein prima Kumpel sein, auch Bell oder Roddy. Und John war trotz seiner äußerlichen Verspießerung ein zuverlässiger Andockpunkt. Vielleicht sollte sie sich mit ihm über einen Alkoholentzug unterhalten. Er konnte bestimmt eine gute Rehaklinik empfehlen.

Die Eingangstür wurde geöffnet. Prompt machte sich das Unwetter mit einem heftigen Windstoß bemerkbar. Er fuhr ins Feuer und löste einen Funkenwirbel aus. John und Struan stapften geräuschvoll in den Vorraum und entledigten sich ihrer Regenkleidung. Struan begab sich an den Kamin, um sich aufzuwärmen. Seine Wanderstiefel hinterließen Schmutzflecken auf dem Sisalteppich. John verschwand zunächst in einem Nebenzimmer.

»Und? Alles in Ordnung?«, wollte Gwen wissen.

Struan berichtete von dem durchtrennten Telefonkabel. Schlagartig erstarben die Gespräche.

»Kein Zweifel möglich?«, fragte Tim.

»Das war ganz klar Sabotage. Mit dem Sturm hat das nichts zu tun. Aber es ist noch mehr passiert. Jemand hat die Reifen von Johns Rover und dem roten Kombi zerstochen. Jeden einzelnen.«

Lewis erschrak. »Verdammt, ich hab erst neue Goodyears aufziehen lassen!«

»Als wir hinkamen, hatte ich den Eindruck, dass sich jemand in die Büsche geschlagen hat. Den haben wir wohl gestört.«

»Meine Fresse!«, stöhnte Tim. »Aber ...«

»Keine Angst, deinem Wagen ist nichts passiert. Noch nicht.«

»Scheint so, als dürften wir nicht von Culls Cove weg«, meinte Gwen. »Jemand schneidet uns den Rückweg ab.«

»Das dürfen wir nicht zulassen!« Tim war außer sich. »Wenn so ein Verrückter meinen Mark II anrührt ...«

»Dann übernimmst du die erste Wache.« Struan lächelte geringschätzig. »Selbst ist der Mann.«

John kam hinzu. Er hielt einen Schlüssel in der Hand und fummelte an dem Gewehrschrank herum. Er war ziemlich nervös. Nach einer Weile hatte er das Schloss geöffnet und zog zwei Schrotflinten und die dazugehörige Munition heraus. »Mehr Waffen habe ich nicht.«

Struan nahm die leichtere Flinte, ein kleines Kaliber, das für Hasen oder Enten geeignet war und einen für

Laien verkraftbaren Rückstoß besaß. Er lud die beiden Läufe mit scharfen Patronen und drückte Tim das Gewehr in die Hand. »Wenn dir irgendwas seltsam vorkommt, spannst du beide Hähne und hältst drauf. Alles klar?«

»Ich ... kann das nicht. Ich hab noch nie mit so einem Ding geschossen.« Tim gab Struan die Flinte zurück, als hätte er sich daran verbrannt. »Ich geh da nicht raus.«

Struan schaute in die Runde. »Irgendwelche Freiwilligen?«

»Gib mir das Ding!«, meldete sich Roddy.

»Schon mal was getroffen?«

»Tontauben. Das kann ich sogar ziemlich gut.«

»Besser als nichts. Nimm dir einen Stuhl und setz dich vor die Tür unters Vordach, von dort aus hast du alles im Blick. Du kannst auch einen Warnschuss abgeben, wenn dir irgendwas nicht geheuer ist. In einer Stunde löse ich dich ab.«

Roddy nahm die Flinte, holte seine Jacke und tat wie geheißen.

Struan setzte sich in einen Sessel, lud das zweite Gewehr und legte es quer über seinen Schoß. Mehr Waffen brauchten sie nicht, fand er. Eigentlich hasste er Knarren. Sie wogen Feiglinge in Sicherheit, machten unvorsichtig.

»Kommen wir zu den Alibis«, fuhr er fort. »Ich möchte wissen, ob einer von euch da draußen unterwegs war.«

Sie stritten es alle ab und schilderten, wie sie paarweise die Zimmer durchsucht hatten – ohne auf die Details einzugehen. Nur Bell sagte, dass Roddy und sie den Eindruck gehabt hatten, Schritte im Gras zu hören.

»Durch die Wand?«, fragte Lewis. »Da müsst ihr aber mucksmäuschenstill gewesen sein.«

»Wenn man nicht pausenlos quatscht, kriegt man so was eben mit«, gab sie genervt zurück.

John hob beschwichtigend die Arme. »Ich fürchte, das waren Struan und ich. Wir haben einmal die Runde gemacht, und wir waren dabei nicht absichtlich leise. Kein Grund zur Besorgnis.«

Gwen erstattete als Letzte Bericht, äußerst verkürzt. Danach war klar, dass alle zusammengeblieben waren und keiner Gelegenheit gehabt hatte, unbeobachtet nach draußen zu gehen. »Das heißt«, schloss sie, »auf dieser Halbinsel treibt sich jemand herum, der Telefonkabel durchschneidet, Autoreifen zerstört und vermutlich Knowles umgebracht hat.«

Alle stimmten zu. Außer Struan.

»Wir können keine Hilfe rufen«, setzte sie hinzu. »Und momentan können wir wegen des Sturms auch nicht von hier weg. Richtig?«

»Ist wohl so«, sagte Carol.

»Dann müssen wir zusammenbleiben und die Zimmer abschließen, wenn wir uns schlafen legen. Zur Not verbarrikadieren wir uns. Morgen ist ein neuer Tag. Wenn die Sonne scheint und dieser Sturm abgeflaut ist, sieht alles anders aus.«

Struan widersprach. »Tut mir leid, Gwen, ich verstehe, dass du die anderen beruhigen willst. Aber das stimmt alles nicht.«

»So?«, fragte Tim. »Was sagt denn der selbsternannte Chefermittler dazu?«

»Erstens steht nicht fest, ob Knowles' Mörder allein agiert. Vielleicht hat er einen oder mehrere Komplizen. Könnte doch sein, dass da draußen eine ganze Gruppe von Irren herumläuft, die irgendetwas gegen uns haben.

Genauso gut ist es denkbar, dass sich der Komplize gerade in diesem Raum befindet. Nicht zu vergessen Roddy vor der Tür.«

Alle tauschten Blicke. Keiner wirkte überzeugt.

»Das ist doch Bullenscheiße«, krakeelte Tim.

»Aber denkbar – ohne einen von euch zu verdächtigen, dafür gibt es noch keine Anhaltspunkte.«

»Zu gütig, Euer Ehren!« Tim lehnte sich an den Kaminsims. Ihm war dieses Alpha-Männchen-Gehabe zutiefst zuwider. Das wollte er sich von einem gescheiterten Polizisten nicht bieten lassen. »Bin schon gespannt, wie's weitergeht.«

Struan würdigte ihn keines Blickes. Es würde nicht mehr lange dauern, und er musste Monsieur De Greef mal mit Nachdruck über den Mund fahren.

»Oder der Drahtzieher sitzt unter uns, und sein Komplize streift draußen herum«, sagte Gwen.

Carol lachte hohl. »Langsam wird's paranoid.«

»Es ist sicher nicht verkehrt, alle Möglichkeiten durchzugehen«, sagte Struan. »Auch die abseitigen, das haben wir doch von Knowles gelernt, oder?«

Sie schauten alle weg.

»Dann mal weiter im Text. Zweitens: Wir können sehr wohl von Culls Cove verschwinden. Zumindest einer von uns – ich. Mit meinem Kajak traue ich mich da raus.«

»Spinnst du?«, rief Gwen. »Bei dem Wellengang wäre das Wahnsinn!«

»Hab schon Schlimmeres erlebt.«

»Du bleibst hier!«, sagte Carol. »Wer soll hier denn sonst kühlen Kopf bewahren? Wir brauchen dich.«

»Hol ihm doch gleich einen runter«, schlug Tim vor.

Struan sprang auf, doch Gwen kam ihm mit einem Ellbogencheck zuvor. Sie erwischte Tims Nase, die sofort zu bluten begann. Er sank auf das nächste Sofa.

Niemand sagte etwas. Nur Tims erstickte Flüche waren zu hören.

Sogar John schwieg und hörte auf, den besorgten Gastgeber zu spielen. Er sah aus wie jemand, der beobachtete, wie alles aus den Fugen geriet, und sich verwundert fragte, warum er nichts dagegen unternehmen konnte. Im OP war es manchmal so, wenn einer seiner Assistenten den Brustkorb eines Patienten aufgestemmt hatte, die neuen Herzklappen zum Einsetzen bereit waren und alles seinen Gang gehen sollte – bis plötzlich die Biodaten verrückt spielten oder die Narkose überraschend nachließ oder ein anderes ernstes Problem auftrat. Dann fühlte er sich wie gelähmt und nahm alles nur durch einen Schleier wahr. Das kam in letzter Zeit öfter vor.

Sophia reichte Tim schließlich eine Packung Kleenex.

»Sorry«, entschuldigte sich Gwen mit Verspätung. »Aber der Typ geht mir seit zehn Jahren auf den Zeiger.«

Struan verkniff sich ein Lächeln. »Letzter Punkt. Ich denke, wir können Hilfe rufen, falls das Netz nicht zusammengebrochen ist. Über Handy.«

»Aber wir haben sie doch alle abgegeben«, wunderte sich Carol.

»Meena ist mit Verspätung eingetroffen. Sie müsste ihres noch haben. Damit können wir die Polizei verständigen.«

Alle drehten die Köpfe zu ihrem Sorgenkind.

»Stimmt«, sagte Bell. »Rück dein Handy raus!«

Meena lächelte schräg.

»Erzähl mir nicht, dass du keines hast.«

Sie griff von hinten in ihre Jeans und zog ein neues iPhone hervor. »Meinst du das?«

»Wir sind gerettet!«, rief Tim, der inzwischen Kleenex-Knäuel in seinen Nasenlöchern stecken hatte. »Zur Not ruf ich damit euren Scheiß-Scotland-Yard. Dann wird hier nicht nur wegen Mordes, sondern auch wegen Körperverletzung ermittelt.«

»Red keinen Bullshit«, sagte Sophia.

Meena ging zu dem Tablett mit den Drinks. Ein großer Wasserkrug stand darauf. Sie streckte den Arm aus und ließ das Handy ins Wasser fallen. »Oops.«

Nach einem Augenblick kollektiver Starre sprang Tim auf und versuchte einzugreifen. »Macht nichts. Wir müssen das Ding nur ...«

Doch Meena war schneller. Sie fischte ihr Smartphone aus dem Wasserkrug und warf es ins Kaminfeuer.

Das Gerät landete irgendwo zwischen den rotglühenden Holzscheiten. Es gab eine zischende Entladung, vermutlich ein Kurzschluss.

Eine weitere Hoffnung schmolz dahin.

26

Bin *ich* jetzt die Komplizin?«, fragte Meena, während sie von den anderen bedrängt wurde. »Wollt ihr mir 'ne Tracht Prügel verpassen? Der bescheuerten Dreckslesbe, die nur rumspinnt, seit sie hier ist? Hab ich doch verdient, oder?«

»Niemand hat dich deswegen je angegriffen!«, sagte Carol. »Begreif es endlich: Deine sexuelle Orientierung ist uns völlig egal! War sie schon immer.«

»Sexuelle Orientierung«, äffte sie Carol nach. »Bei mir ist es euch egal. Aber bei Hollie war das anders. Weil ihr sie alle haben wolltet, ausnahmslos. Sie war die Unerreichbare, die keinen von euch rangelassen hat.«

»Blödsinn! Du bist ja krank vor Eifersucht, immer noch.« Struan dachte ans Dark House, als Hollie ihn und Tim ganz selbstverständlich dominiert hatte. »Sie war eine starke Persönlichkeit. Wir haben das respektiert.«

»Warum hast du das getan?«, fragte Gwen. »Dein teures Handy schrotten?«

Meena blickte höhnisch in die Runde. »Damit euch Hollie holen kann. Ihr Geist irrt da draußen herum, weil er keine Ruhe findet. Nach Knowles schnappt er sich jetzt einen von uns.«

»Ich mach mir gleich in die Hose«, sagte Tim.

Struan beobachtete, wie die Kunststoffteile des Handys ihre Form verloren. »Was mag da wohl drauf gewesen sein? Anweisungen für den Mord an Knowles? Weitere Beweise?«

»Du kannst mich mal!« Meena machte eine angewiderte Geste. »Ich geh jetzt ins Bett. Und ich brauche keine Begleitung zu diesem verfluchten Lagerhaus.«

Mit diesen Worten verließ sie das Wohnzimmer, nicht ohne sich noch einmal strafend umzublicken.

Bell ging ebenfalls aufs Zimmer, ihr wurde alles zu viel. Lewis folgte ihr und legte ihr den Arm um die Schultern – was sie verdutzt zuließ. Carol schloss sich ihm an und zerrte Tim mit sich, um weitere Handgreiflichkeiten zu vermeiden.

»Noch was«, sagte Struan zum Abschied. »Der Sturm soll laut Wetterbericht das ganze Wochenende anhalten. Ich fürchte, mit dem Sonnenschein morgen früh wird's nichts.«

»Ich sehe mal nach Roddy«, meinte John. Er nahm die schwere Flinte und eine Taschenlampe und verschwand nach draußen.

Binnen kurzem saßen nur noch Sophia, Struan und Gwen vor dem Kaminfeuer.

Gwen holte Meenas Handy mit Hilfe der Kohlenschaufel aus der Glut. Es sah aus wie ein missglückter Muffin. »Das war nur eine Trotzreaktion«, meinte sie. »Passt zu ihrem ganzen Auftritt hier.«

»Borderline, wenn ihr mich fragt.« Sophia zuckte mit den Schultern. »Die Kleine tut mir leid. Ich versuche zu tun, was ich kann, im Rahmen meiner Möglichkeiten. Bei Bell und Lewis liegt einiges im Argen, das sieht man ja. Vielleicht lässt sich da was kitten. Aber Meena braucht über einen längeren Zeitraum Hilfe.«

»Da ist sie nicht die Einzige.« Gwen trank ihren Whisky aus und schenkte sich nach. »Knowles hätte bestimmt etwas tun können.«

»Nach dem Verursacherprinzip?«, höhnte Struan. »Wer etwas infiziert, muss es auch wieder heilen?« Er schüttelte den Kopf. »Meena hätte das Dark House nie betreten dürfen. Sie war zu schwach. Knowles hätte das wissen müssen. Was bei Sophia oder mir funktionierte, richtete bei anderen großen Schaden an. Das waren Eingriffe in die Persönlichkeit. Sosehr ich selbst davon profitiert habe, weil es mir gelang, mich selbst zu akzeptieren und mich ein Stück weit zu lösen von … alldem hier.« Er machte eine unbestimmte Geste, die das Cottage und die beiden Frauen einschloss.

»Ich glaube, deswegen ist Knowles überhaupt hier gewesen.« Gwen überlegte. »Er wollte analysieren, was aus uns geworden ist. Und uns gegebenenfalls therapieren.«

Struan nickte. »Wahrscheinlich wollte er das ganz genau dokumentieren, um wieder eine bahnbrechende Studie zu verfassen. In Fachkreisen ist das sicher Gold wert, trotz der fragwürdigen Methoden.«

»Zumindest hatte er all seine Unterlagen und Materialien bei sich«, sagte Gwen. Sie entschloss sich, den beiden von ihrem Fund in Knowles' Zimmer zu erzählen. Von dem Koffer mit den Fallgeschichten und dem vermuteten Diebstahl der Karteikarten und des Laptops. Ihr Blick fiel dabei auf ein Gemälde an der Wand. Es zeigte einen Schiffsuntergang. Im neunzehnten Jahrhundert war das ein beliebtes Motiv gewesen. Angst vor der entfesselten Technik, Metapher für die Aussichtslosigkeit jeglichen Kampfes gegen die Natur. Ein früher Dampfer, der noch mit Segelmasten und Takelage ausgestattet war, musste haushohen Wellen standhalten. Anscheinend saß er schon auf einem Riff. Ganz in der

Nähe befand sich ein Boot mit ein paar aufgeregt winkenden Insassen. Es war nicht ganz klar, ob es sich dabei um Schiffbrüchige oder um Wrackräuber handelte. Wrackräuber hätten jeden getötet, der sich noch an Bord befand, und danach nach Herzenslust geplündert. In diesem Bild kam einiges zusammen.

»Gut, dass du uns eingeweiht hast«, sagte Sophia. »Die anderen wären ausgerastet. Ist ohnehin schon ein Pulverfass hier.«

»Erst die Handys, dann diese Karteikarten …« Struan ging zum toten Telefon und holte sich einen Notizblock und einen Stift, um die Indizien nach alter Gewohnheit aufzuschreiben, sonst verlor er den Überblick. »Ich frage mich, was noch alles passiert. Oder was bereits passiert ist, ohne dass wir davon wissen.«

Sophia dachte an die hunderttausend Euro in Tims Gepäck. »Ich mach dann mal Kaffee«, sagte sie und ging in die Küche.

27

Lewis putzte sich im Bad die Zähne. Bell zog sich aus und versenkte den Schlüpfer, der von ihrem kläglichen Sexversuch mit Roddy noch ganz klebrig war, tief in ihrem Koffer. Fröstelnd kroch sie unter die Decke.

Die Nachttischlampe spendete ein weiches, anheimelndes Licht. Über ihr befand sich der Baldachin des Himmelbetts. Was für ein Luxus, fand sie, gar nicht beengend. Bahnen violett-grünlich schimmernder Seide. Das waren auch die vorherrschenden Farben in ihrem Garten nach einem langen Sommer. Die Farben des Verfalls.

Rasch wurde ihr warm. Sie fühlte sich kaum noch betrunken, das Gespräch mit Sophia hatte sie nüchtern werden lassen. Aus dem Biest war eine einfühlsame Beraterin geworden, kaum zu glauben.

Bell versuchte, die Gedanken an ihren plumpen Annäherungsversuch im Lagerhaus zu unterdrücken. Doch sie schmeichelten sich trotzdem an sie heran, an ihre Schultern, ihren Rücken, ihren Hintern. Roddy hatte sich verdammt anständig verhalten. Er hätte alles mit ihr machen können. Mit ihr, die seit der Hochzeit nie fremdgegangen war; die Lewis davor nie vorsätzlich betrogen hatte, denn das mit John im Dark House zählte für sie nicht; die ihr Sexleben quasi an den Nagel gehängt hatte, seit sie ein Paar geworden waren. Was war bloß in sie gefahren? Hatte es mit Knowles' Tod zu tun? Wollte sie mit aller Gewalt spüren, dass sie am Leben war?

Und aus welchem Grund waren Lewis und sie eigentlich auf Luftabschnüren in absoluter Dunkelheit verfallen? Sie konnte sich an keinen bestimmten Anlass erinnern. Irgendwann hatte Lewis es vorgeschlagen, und sie hatte aus reiner Abenteuerlust mitgemacht. Endlich was anderes als die übliche Stellungsroutine, die seit der Geburt ihrer Kinder immer mehr zur Pflichtübung geworden war. Mit dem Ergebnis, dass sie es gar nicht mehr auf die herkömmliche Weise taten. Sie saß immer auf Lewis drauf, und er hatte seine Hose an und kam nur, wenn er kurz vor dem Ersticken stand.

Wie sie es hasste, seine Boxershorts auszusondern und in die Kochwäsche zu geben. Wie sie seine Schuldgefühle hasste, die ihn seit der Nacht im Dark House beherrschten. Und von denen nie mit Sicherheit zu sagen war, dass sie sich auch wirklich auf früher bezogen, auf das, was er damals mit Sophia und sie mit ihm angestellt hatte. Jedes Mal, wenn sie mit Lewis in den Keller ging, fragte sich Bell, ob es eine neue Sophia gab. Die Eifersucht war wie ein schleichendes Gift. Dass jetzt ausgerechnet Sophia Rat wusste für ihre Probleme, wirkte wie die sprichwörtliche Ironie des Schicksals.

Es war kompliziert. Wie so vieles. Der Tod von Knowles – Bell wollte nicht an Mord glauben. Ein Unfall wäre doch viel … erträglicher? Wenn Steine aus großer Höhe herunterfielen, konnten sie auch schwere Verletzungen verursachen. Das hatten John und Struan wohl nicht bedacht. Die fuhren auf ihre Räuberpistole ab und zogen alle mit rein. Zerstochene Reifen? Das war Meena zuzutrauen. Um die großen Jungs ein bisschen zu kitzeln. Es stimmte doch: Einst hatte Hollie ihnen allen den Kopf verdreht. Bell schloss sich da nicht aus.

Doch momentan war ihr das alles völlig gleichgültig. Sie konzentrierte sich auf das, was sie gleich versuchen wollte. Aus dem Bad hörte man die Toilettenspülung. Dann kam Lewis herein.

Er legte sich zu ihr, im Pyjama. Normalerweise würde er ihr einen Kuss auf die Wange geben, sich umdrehen und einschlafen.

Bell schmiegte sich an ihn und begann, ein Lied zu singen. Ein Kinderlied aus Polen, ihrer alten Heimat, der sie seit langem den Rücken gekehrt hatte. Es handelte von einem Kätzchen, das auf dem Zaun saß und blinzelte. *Wlazł kotek na płotek i mruga.*

Die Melodie war simpel. Lewis verstand kein Wort, gut so. Sie intonierte fast flüsternd. Das war ziemlich schwer. Brüllen, schmettern, röhren konnte jeder, doch mit gedämpfter Stimme die Töne sauber treffen – das war die Kür. Und der Schlüssel.

Irgendetwas löste sich bei Lewis, der Himmel wusste, warum. Sie küssten einander, sie leckten und knabberten an ihren Lippen. Es war, als hätte jemand die Gefühle wieder angeknipst.

Als Bell ihm die Pyjamahose auszog, wollte er die Nachttischlampe ausschalten. Sie nahm seine Hand, ganz behutsam, und führte sie dorthin, wo es ihr guttat. Das Licht blieb an. Sie sang das Kinderlied ein weiteres Mal. Es bestand nur aus zwei Strophen. Ihren Gesangsschülern übersetzte sie es immer so:

»Kätzchen sitzt auf dem Zaun und blinzelt, und blinzelt. Was für ein schönes Lied, und gar nicht lang, gar nicht lang. Nicht lang und nicht kurz, gerade richtig, gerade richtig. Komm, kleines Kätzchen! Sing es noch einmal, sing es noch einmal!«

Lewis kam in ihre Hand und beteuerte sofort, wie leid es ihm täte. Bell nahm die Bettdecke zu Hilfe und bedeutete ihm zu schweigen.

Sie schmusten eine Weile, betrachteten ihre Gesichter und ihre Körper im Lichtschein. Bell sang *Wlazł kotek* und wartete geduldig, bis er wieder so weit war.

Dann gab es plötzlich kein Halten mehr. Er schob sich auf sie.

Manchmal musste man das Glück überlisten.

28

Tim ließ Carol auf dem Bett liegen wie ein aufgerissenes Paket, in dem die falsche Ware geliefert worden war. Rasch zog er sich an und ging ohne ein weiteres Wort auf sein Zimmer. Seine Nase war inzwischen zu einem unförmigen Klumpen angeschwollen. Die Tür fiel so laut ins Schloss, dass es im ganzen Haus zu hören war.

Carol machte Licht. Ihr tat alles weh. Sie fühlte sich beschissen. Wie zur Bestätigung tastete sie an sich herab.

Nicht mal ihre Nippel waren hart geworden, als Tim es wieder und wieder versucht hatte und einfach nicht zum Abschluss gekommen war.

Tolles Wochenende! Sie schob ihre Brüste hoch, um die Dinger zu begutachten.

Durchaus knackig. Unquetschbar, wie ihr ein Spanner im Channel-4-Chat attestiert hatte. Kunststück, die OP hatte auch fünfzehntausend Pfund gekostet. Von den anderen Eingriffen ganz zu schweigen, damit jede Hautfalte richtig saß und die Hinterpforte so hell erstrahlte wie nach einem Zahnbleaching.

Manchmal achtete der Aufnahmeleiter nicht auf derlei Details. Dann griff sie sich rasch noch unter die Bluse, während die rote Lampe schon leuchtete und der Countdown zum Sendebeginn lief. Mit Brustwarzen zu moderieren, die sich unter dem dünnen Seidenstoff knallerbsenmäßig abzeichneten, hob in Windeseile die

Einschaltquoten. Und die Filmchen, die anschließend im Internet kursierten, setzten noch eins drauf. Publicity. Carol konnte nicht genug davon kriegen.

Bei Tim hatte sie auf kurzen, störrischen Sex gehofft. So war sie es gewohnt. Die Männer reagierten ihren Frust ab, mit einer gehörigen Portion Wut und Selbsthass, der staute sich in der Redaktion und im Studio wie von selbst an. Und sie machte mit, rammte ihr Becken seit Jahren gegen verspannte Leisten, voller Verachtung für gefühlsduselige Sexromantiker, wie es sie unter freien Fernsehautoren zuhauf gab, am liebsten waren ihr Kameraleute. Verachtung empfand sie auch für ambitionierten Nachwuchs wie Pauline, die tatsächlich einen festen Freund hatte und es nicht einmal verheimlichte. Unvorstellbar. Den Trick mit den Nippeln kannte Pauline natürlich nicht.

Schluss mit dem Gedankenkarussell. Sie nahm zwei Schlaftabletten und wartete, bis sie wirkten. Als sie anfing zu heulen, warf sie Stimmungsaufheller hinterher. Sie hatte einen ganzen Vorrat von dem Zeug dabei, genug, um für den Rest des Wochenendes gut drauf zu sein, egal, was passierte.

29

Na, wie läuft dein Delikatessenladen?«, fragte John.
»Wie läuft deine Klinik?«, gab Roddy zurück.

»Viel zu tun.«

»Mir geht's genauso.«

»Die Woche müsste einen Tag mehr haben, mindestens.«

»Du sagst es.«

Sie saßen auf einer Bank unter dem vorstehenden Giebel des Cottage und versuchten, die Dunkelheit mit Blicken zu durchdringen. Um etwas erkennen zu können, hatte John die Außenbeleuchtung gar nicht erst eingeschaltet. Sie bestand ohnehin nur aus zwei funzeligen Laternen links und rechts vom Eingang. Der Sturm hatte ein wenig nachgelassen. Anstelle der plötzlichen Böen rauschte es nur, stetig wie ein reißender Fluss, der sich ein neues Bett suchte. Der Regen peitschte nicht mehr waagerecht durch die Luft. Stattdessen fielen große schwere Tropfen in Pfützen, die sich in der Auffahrt gebildet hatten. Es war kurz nach Mitternacht.

»Normalerweise fahre ich Anfang Oktober ja in die Toskana«, sagte Roddy und spielte mit der Taschenlampe, die John mit nach draußen genommen hatte. »Da ist es wärmer.«

»Mag sein.«

»Knowles' Tod geht dir an die Nieren, stimmt's?«

John zögerte. »Na ja, ich bin der Verantwortliche

hier.« Er strich über den brünierten Lauf der schweren Flinte, die er mit nach draußen genommen hatte. Roddy hatte seine Waffe neben sich an die Mauer gelehnt.

»Jammerschade, wenn du mich fragst. Eine Leuchte der Wissenschaft fällt einfach von der Klippe.«

»Er wurde getötet«, widersprach John. »Das war kein Unfall.«

»Knowles könnte doch gestolpert sein, und der Sturz wurde durch Felsvorsprünge abgemildert. Das wäre eine Erklärung dafür, dass er nur eine Verletzung am Kopf hat. Warten wir doch erst mal die Leichenschau ab.«

»Immer optimistisch, wie? Und was ist mit den zerstochenen Reifen und der gekappten Telefonleitung?«

»Wir haben hier jede Menge durchgeknallter Typen. Meena, Gwen. Und Struan traue ich auch nicht ganz über den Weg. Vielleicht will uns irgendjemand nur ein bisschen aufmischen. Nach dem Motto: Wie reagiert ihr unter Druck? Dark House Revisited.«

»Ausschließen kann man das nicht.«

»Um ehrlich zu sein, ist mir der Optimismus längst abhandengekommen. Rosig sehe ich die Zukunft schon lange nicht mehr.« Roddy suchte nach den richtigen Worten. »Mein Laden läuft beschissen, John, ich hab vorhin geflunkert – wie ich es seit Monaten tue, um den Schein zu wahren. Ich stehe vor dem Bankrott.«

John sah ihn verwundert an. »Tatsächlich?«

»Tatsächlich.«

»Tut mir furchtbar leid, mein Lieber.«

»So ist es aber nun mal.«

»Was sagt deine Bank? Ich meine, Konjunkturschwankungen gehen vorüber, sogar in Großbritannien.«

»Mein Kredit ist ausgereizt. Die rücken nichts mehr raus.«

»Und deine Eltern? Von denen hast du das Geschäft doch übernommen?«

»Vater lebt mit seiner neuen Flamme auf Madeira, der sitzt auf jedem Penny. Und Mom habe ich in einer Seniorenresidenz in Norfolk untergebracht. Wenn ich sie besuche, erkennt sie mich nicht wieder.« Roddy räusperte sich. »Ich habe mich gefragt, ob du mir ein wenig unter die Arme greifen würdest. Ein kleines Darlehen, nur um die gegenwärtige Durststrecke zu überbrücken.«

John holte seinen Flachmann hervor und nahm einen großen Schluck Malt. Dann bemerkte er, wie unhöflich das war, und bot Roddy etwas an. Der wehrte ab.

»Tja, du glaubst gar nicht, wie peinlich es mir ist, dir das zu sagen, aber die Klinik schreibt rote Zahlen. Die Frequenz der OPs, mit denen ich normalerweise das meiste Geld verdiene, ist dramatisch zurückgegangen.«

»Hör doch auf!«, entgegnete Roddy. »Willst du mir etwa weismachen, in Berkshire leidet niemand mehr unter Herzproblemen?«

»Wir haben jede Menge Pflegefälle im Haus – das ist totes Kapital, die laufenden Kosten fressen mich auf. Und die Konkurrenz schläft nicht. Leider sind die Zeiten vorbei, als es genügt hat, ein Herzzentrum auf die grüne Wiese zu stellen und von den Versicherungen Höchstsätze zu kassieren. Wenn du dir nur ein paar Fehler leistest, eine versehentlich verletzte Ader oder ein durchstochenes Koronargefäß, ist dein guter Ruf dahin. Dann kriegst du nur noch Patienten, die nicht wissen, wo sie sonst noch hinsollen, und finanziell schon ziemlich am Ende sind.« John atmete schwer aus. »Ich wage mal zu behaupten, dass meine Verbindlichkeiten ein bisschen höher sind als deine, Roddy. Wir stecken beide in der Patsche.«

»Ihr Reichen lasst euch doch immer was einfallen, um ja nicht flüssig zu sein, wenn euch einer anpumpt. Dem Finanzamt erzählst du wahrscheinlich das Gleiche.«

»Du glaubst mir nicht?«

»Ich glaube nur das, was ich sehe, John.« Er wies auf das Haus und das Grundstück. »Du hast hier einen schönen Besitz, direkt am Meer, in bester Lage. Den Leuchtturm nicht zu vergessen, ich mag die Dinger, seit ich klein war. Wie viele Hektar sind das? Die Spekulanten lecken sich bestimmt die Finger danach.«

»Kann sein, dass ich bald verkaufen muss. Dann entsteht hier eine Ferienanlage mit Hallenbad und Wellnesszentrum.«

»Und Sophias Familie? Schwimmt die nicht in Geld?«

»Auf mich sind die schlecht zu sprechen. Wenn's sein muss, unterstützen die ihre Tochter, bevor sie am Hungertuch nagt, aber mich? Seit wir verheiratet sind, hofft Sophias Vater, dass unsere Beziehung in die Brüche geht.«

»Spinnt der? Du bist doch eine glänzende Partie.«

»Nur, solange meine Geschäfte gut laufen und das Renommee stimmt. James Brooks arbeitet für die Regierung wie vor ihm schon sein Vater und sein Großvater. Er verkörpert eine Dynastie, die einen kleinen Kardiologen wie mich, dessen Businessplan nicht aufgeht, nur notgedrungen duldet. Außerdem haben wir uns während des Irakkriegs zerstritten.« John trank noch einen Schluck Whisky. »Mein Schwiegervater ist eines der größten Arschlöcher des Königreichs.«

Roddy begriff. »Du bewegst dich in Kreisen, die zu exklusiv für dich sind.«

»Danke für deine realistische Einschätzung.«

»Heißt das, Culls Cove ist deine Rückversicherung für schlechte Zeiten?«

»So in etwa. Ich habe mir damit einen alten Traum erfüllt. Nach der Bankenpleite von 2008 ergab sich eine günstige Gelegenheit, das gesamte Ensemble zu erwerben. Der Vorbesitzer, ein gewisser Wilbur Seymour, ist in der Klapse gelandet, Tobsuchtsanfälle, Gewalt gegen engste Angehörige. Ein echter Wonneproppen. Die Erben haben das Anwesen zu einem Schleuderpreis abgestoßen – und ich war damals flüssig, weil die Klinik am Anfang noch fette Gewinne abwarf. Der Tipp stammte von Knowles.«

»War er damals nicht schon in Australien?«

»Er hielt immer die Augen offen nach solchen Objekten, schließlich wachsen die in Südengland nicht auf den Bäumen, trotz der Abgeschiedenheit. Ich habe den Kauf über eine Immobilienfirma abgewickelt, mit der Knowles in Kontakt stand. Alles war solide finanziert.«

»Was ist schon solide?«

»Ich fühle mich hier zu Hause, Roddy. Culls Cove ist so ziemlich der einzige Ort, von dem ich das sagen kann. Meine Zuflucht, verstehst du?«

»Klar.«

»Aus diesem Grund habe ich dich und die anderen hierher eingeladen. Vielleicht können wir zum letzten Mal eine Zusammenkunft in einem solchen Rahmen abhalten.«

»Glaubst du, irgendjemand hat nach Knowles' Tod noch Lust auf dieses Treffen?«

»Man kann nie wissen, wie sich die Dinge entwickeln«, sagte John langsam und fixierte einen Punkt in der Finsternis. Er hob den Lauf seiner Flinte und spannte beide Hähne. »Hast du das gesehen?«

30

Wisst ihr noch, was in Knowles' Vorlesungen los war?« Struan trank einen Schluck Kaffee. »Aus allen Fachbereichen strömten die Studenten herbei. Das war eine einzige große Science-Show: Wie tickt der Mensch unter Druck? Rastet er aus, passt er sich an, erstarrt er in Ehrfurcht? Die kamen sogar aus London, Psychologen, Soziologen, Ärzte, die Pharma-Fraktion, Juristen, Historiker, Medienwissenschaftler, IT-Leute. Irgendwann haben es auch die Künstler und die Literaturheinis spitzgekriegt. Und die Militärs.«

»Damals gab's noch kein YouTube«, sagte Gwen. »Sonst wäre Knowles noch populärer gewesen.«

Sophia lächelte. »Keine Diagramme oder Statistiken an der Wand. Er hat einfach nur seinen Vortrag gehalten.« Sie seufzte. »John las die Manuskripte immer vorab und fand, dass sie gar nicht so aufsehenerregend waren. Aber wie Knowles das alles präsentierte ... Mit Querverweisen und Assoziationen, die ihm gerade einfielen. Der Mann war ein Genie.«

»Und wir haben zum Inner Circle gehört.« Struan schwelgte in Nostalgie. »Unsere Treffen am Richmond Park, das war so, wie früher studiert wurde: kleine Gruppen, der Professor eine Art Tutor, Lehrer und väterlicher Freund in einer Person. Wir hatten ja die unterschiedlichsten Fächer belegt. Doch Knowles war offen für alles und jeden. Und dass begabte Musiker wie Lewis und Bell zu uns gestoßen sind, hat ihm ohne Ende geschmeichelt. ›Singend ist der Mensch am nächsten bei sich‹, meinte er immer. Dann trete alles in der Hintergrund, Status, Prägungen, Erwartungen, Zukunftspläne. Der Druck sei wie weggeblasen.«

»Oder Tim«, fügte Sophia hinzu. »Bei dem war ja schon früh klar, dass er Geschäftsmann werden und eine Firma gründen würde, keine kleine Klitsche, sondern was Großes.«

»Carol hat sicher auch eine Menge aus den Vorlesungen mitgenommen. Vor der Kamera steht sie ja dauernd unter Strom.«

»Und Hollie war seine beste Schülerin, wahrscheinlich sogar mehr als das, so vertraut, wie Knowles mit ihr umging.« Gwen schenkte sich noch einen Drink ein. »Warum hat sie sich umgebracht?«

Sophia und Struan starrten ins Kaminfeuer. Die Flammen tanzten unruhig umher. Sie flackerten geräuschvoll, als wollten sie eine Geschichte erzählen, die vor langer Zeit begann.

»Hollie hat im Dark House etwas über sich erfahren, was sie besser nicht gewusst hätte«, sagte Sophia. »Ich kann mir keine andere Erklärung vorstellen für diese Überreaktion. Meine Patienten werden immer unberechenbar, wenn ich sie dazu bringe, ihre Probleme laut auszusprechen. Dann geht schon mal was zu Bruch, oder sie rennen schreiend aus der Sitzung.«

»Irgend so ein Kindheitsding«, vermutete Struan.

Sophia lächelte wegen des saloppen Ausdrucks. »Durchaus möglich. Weißt du, auf welcher Basis Freud seine Theorien entwickelt hat? Nervenkrankheiten von Frauen. Und weißt du auch, wie ›nervenkranke‹ Frauen damals behandelt wurden, bevor Freud die *talking cure* erfunden beziehungsweise von Josef Breuer übernommen hat? Stell dir die ganze Horrorpalette vor: Eisbäder, Zwangsjacken, physische und psychische Folter. Diese Frauen wurden im neunzehnten Jahrhundert behandelt wie Schwerverbrecher, manchmal wurde ihnen die Diagnose mit einem glühenden Eisen eingebrannt. Und dann wurden sie öffentlich vorgeführt, in Vortragsräumen und Hörsälen. Es war barbarisch. Wenn sie es noch nicht waren, mussten diese Frauen ja verrückt werden.«

»Was hat das mit Hollie zu tun?«, fragte Gwen.

»Was ihr im Dark House widerfuhr, könnte einen verstärkenden Effekt gehabt haben. Psychische Störungen, die vielleicht nur im Ansatz vorhanden gewesen waren, wurden auf drastische Weise virulent. Jemand, der sich eigentlich stark fühlt, muss sich plötzlich unterordnen oder selbst die Peitsche schwingen – das war doch der Grundgedanke von Knowles' Master-and-Servant-Szenario, oder?«

Struan nickte. »So ungefähr.«

»Es brachte Hollie dazu, von einem Extrem ins andere zu fallen. Da brachen verdrängte Konflikte wieder auf.«

»Was wissen wir eigentlich über sie?« Er blickte fragend in die Runde. »Wo kam sie her? Was hatte sie für einen familiären Hintergrund?«

»Darüber hat sie stets geschwiegen«, sagte Sophia. »Das ist nie ein gutes Zeichen.«

Gwen überlegte. »Ich glaube, es gab da jemanden, mit dem sie sich gelegentlich traf. Wir saßen in einem Pub, dem *Hole in the Wall*, und ihr Telefon klingelte. Hollie ging raus, um in Ruhe zu telefonieren. Aber wir hatten einen Tisch gleich neben dem Eingang, ich konnte ein bisschen was verstehen. Es hörte sich so an, als würde sie sich rechtfertigen, weil sie einen Termin vergessen hatte und nicht erschienen war. Knowles' Name fiel, Hollie nahm den Professor vor dem Anrufer in Schutz, sie bewunderte ihn ja. Und sie tat es auf eine Weise, wie man mit einem Menschen spricht, dem man sich unterordnet. Einem nahestehenden Menschen.«

»Unterordnung?«, fragte Sophia. »Das passte nicht zu ihr.«

»Danach wirkte sie jedenfalls … erschüttert. Sie stierte eine Weile vor sich hin und schlang sich die Arme um die Schultern. Ich wollte wissen, wer das gewesen war, doch sie verschwand auf die Toilette. Als sie zurückkam, war sie wie ausgewechselt und brachte uns neue Getränke. Ich sagte noch ›Familie?‹, und sie nickte nur. ›Eltern?‹, hakte ich nach. Daraufhin schaute sie mich an, als wollte sie mir die Augen auskratzen. ›Ich habe keine Eltern. Und wenn, würde ich nicht mit ihnen reden.‹ So oder so ähnlich hat sie's mir ins Gesicht geschleudert.«

31

Meena schloss die Tür hinter sich und sperrte ab. In ihrem Zimmer war es scheißkalt. Sie fror. Kurz Licht machen, um sich zu orientieren. Das Bett war überraschend groß, immerhin.

Sie brauchte jetzt Decken. Zum Glück war die Bettwäsche dick wie ein Expeditionsschlafsack, der Baumwollstoff bauschte sich zu einem imposanten Haufen. Zusätzlich lagen zwei Wollplaids bereit. Als Kind hatte sie es geliebt, sich in so einem Daunengebirge zu vergraben und die Nacht über vollkommen sicher zu fühlen, ein Bärenjunges in seiner Höhle. Winterschlaf, während die Welt draußen zu Eis erstarrte und Tage, Wochen, Monate verstrichen. Ihre Familie stammte aus Muzaffarabad im Norden Pakistans. Wenn man dort dem Wind vom Himalaja schutzlos ausgeliefert war, konnte man im Freien verdammt schnell erfrieren.

Mit hastigen Bewegungen zog Meena sich aus – sie schlief immer nackt. Nur ihren Slip behielt sie an. Er war ihr zu weit geworden, die Bündchen hingen lose an den hervorstehenden Knochen wie Geschenkbänder, die sich gelockert hatten. Ein Arzt würde ihr sagen, dass sie dringend Gewicht zulegen und hochkalorische Nahrung essen musste. Aber zu Ärzten ging sie schon lange nicht mehr.

Schlotternd warf sie die Plaids über das Bettzeug und machte das Licht aus. Dann schlüpfte sie unter die isolierenden Schichten. Bis sich so etwas wie Wärme einstellte, dauerte es eine Weile. Aber dann fühlte es sich phantastisch an. Draußen das Unwetter, ausgesperrt. Ihre sogenannten Freunde irgendwo in ihren Zimmern, palavernd vor dem Kamin oder Wache haltend in der Kälte. Eigentlich gar nicht so schlecht. Sich umgeben zu wissen von Menschen, denen sie sich einst verbunden gefühlt hatte. Sie konnten Meena immer noch gut leiden, zumindest einige von ihnen, wie es schien.

Sie hatte sich unfair verhalten, auf Krawall gebürstet, aus Angst vor dieser Wiedervereinigung, die so viele Erklärungszwänge erzeugte – aber auch Erinnerungen wachrief. Johns ruhige, unerschütterliche Art hatte ihr schon immer gefallen. Und Roddy, der sich für schwächer hielt, als er eigentlich war. Dass Gwen immer gegen den Strom schwimmen musste und sich dabei oft vergaß. Struans »Harter Kerl«-Attitüde, die seinen butterweichen Kern nur unzureichend kaschierte. Lewis und Bell: aus Prinzip liberal, international. Der Rest konnte ihr gestohlen bleiben.

Wenn sie es recht bedachte, hatten ihre Freunde ihr Coming-out von Anfang an respektiert. Auch dass Hollie die Erwählte gewesen war. Jemandem für immer sein Herz schenken – diesem Akt wohnte ein Zauber inne, der sich übertrug, zumindest auf sensible Gemüter.

Niemand hatte irgendwelche Ansprüche erhoben. Vielleicht ein paar anzügliche Bemerkungen von Tim und Sophia, mehr nicht. Ein, zwei Wochen vor der Nacht im Dark House war das gewesen. Und Knowles hatte es wohl auch gewusst. Er hatte Meena behandelt wie eine Freundin der Familie, die ihrem Glück endlich einen großen Schritt näher gekommen war.

Der aber noch eine Prüfung bevorgestanden hatte. In der Finsternis.

Hollie ... Dieses ausgemergelte kleine Ding. Eine Haut wie Elfenbein, Haare wie Rabengefieder. Als Meena zum ersten Mal mit ihr geschlafen hatte, war sie ein anderer Mensch geworden. Als wäre ein Licht in ihr erwachsen, das zu hüten sie sich fortan zur Lebensaufgabe gemacht hatte.

Aber nichts half: Die Zeit machte alles schwächer, das Licht brannte herunter, trotz der Friedhofsbesuche in Bristol, trotz weißknöcheliger Gedanken und knirschender Backenzähne in der Nacht, trotz ihrer Träume, die am Morgen herabstiegen aus Schattengebirgen.

Meena wusste nur eines: Solange sie fest daran glaubte, existierte Hollie noch, obwohl ihre Körpererinnerungen an sie zunehmend verblassten. Manchmal, wenn sie sich auf einen Punkt konzentrierte, wo Zorn, Schmerz und Kummer sich zusammenballten zu einem dunklen Willensstrudel, gelang es ihr, das Vergangene zu erwecken.

Und während sie wegdämmerte, kehrte das Gute tatsächlich zurück.

Hollies Hände auf Meenas Haut, diesen lächerlichen Pakistani-Brüsten. Klavierfinger in Meenas Scham, als wollten sie etwas hervorlocken, was grundlos verborgen geblieben war, unterdrückte Köstlichkeiten und Genüsse, Labsal nach Abertausenden verlorener Stunden.

Sie stöhnte. Spürte lustvolle Berührungen, die alles herbeiflattern ließen, was sie zehn lange Jahre entbehrt hatte.

»Langsamer!«, flehte sie. »Nicht so schnell!«

Es fühlte sich an wie ein Frauenkörper. Er wollte unter den Decken mit ihr verschmelzen. Ein vertrauter

Körper. Hollies flacher Bauch schmiegte sich an ihren Po, ihre Schenkel rieben sich an den ihren. Hollies Hand fuhr über das kantige Becken und suchte einen Weg zur Geliebten.

Weil ohnehin nicht wahr sein konnte, was dem Gefühl nach wahr war, öffnete Meena die Beine – und spürte etwas den Rücken herabgleiten. Immer weiter kroch es. Dann Küsse, an sich und dann auch in sich, heftige Küsse.

Vor Überraschung zuckte sie ein wenig zurück. Dann gab sie einen erlösten Seufzer von sich. Dem sofort weitere folgten, in kurzen Abständen. Aber … wie … konnte …?

Das hatte Hollie nie mit ihr gemacht, nicht so nachdrücklich.

Irgendetwas stimmte hier nicht.

Plötzlich fühlten sich die Liebkosungen kalt an, kalt und fordernd, als würden sich fremde Lippen an ihr zu schaffen machen, mit sabbernden, saugenden Geräuschen.

War das noch Hollie?

Jetzt begann es weh zu tun. Das war kein Traum mehr.

»Geh weg!« Meena trat wild um sich. Sie stieß auf Widerstand, feste Muskeln, sie schlug danach mit kleinen, verzweifelten Fäusten. Ihre abgekauten Fingernägel waren keine Hilfe. Rasch brachte sie die Decken zwischen sich und dieses Was-auch-immer, strampelte wie ein Kind bei einem Wutanfall.

Sie spürte, wie etwas Dunkles auf der anderen Seite des Bettes hervorhuschte. Haut blitzte auf, dunkler als Hollies, gebräunt. Das Fenster wurde hochgeschoben, und das Dunkle glitt hinaus.

Der Wind und ein paar Blätter fuhren herein. Ein salziger Geruch blieb zurück und ein Schrecken, der wie eine riesige Woge über Meena hinwegbrandete, bis sie glaubte, keine Luft mehr zu bekommen.

Sie biss in die Bettwäsche und schrie hinein. Sie schrie und schrie und schlotterte am ganzen Körper. Das Kissen schluckte jedes Geräusch.

32

Ein Schuss ertönte. Kurz darauf noch einer. Risse in der Nacht.

Struan sprang auf. Er rannte zur Tür und stürzte hinaus.

Roddy leuchtete mit der Taschenlampe in die Schwärze. Der Lichtschein war erbärmlich bei all der Feuchtigkeit in der Luft. John nahm die Flinte von der Schulter. Beide Läufe rauchten.

»Was ist passiert?«

»Ich hab gedacht … da wär was.«

»Wo?«

»Drüben, beim Lagerhaus.« John klappte den Verschluss auf. Er holte die leeren Hülsen heraus und lud zwei neue Schrotpatronen aus seiner Jackentasche nach. »Sah aus wie ein großes Tier.«

»Es hat … sich geduckt«, stammelte Roddy, als habe er ein Gespenst gesehen. Sein Gewehr lehnte immer noch an der Hauswand.

Struan schnappte sich die Waffe und wies in die angegebene Richtung. »Okay, Roddy, du steigst jetzt in deinen BMW und stellst ihn so hin, dass die Scheinwerfer zum Lagerhaus zeigen. Machen wir mal ein bisschen Licht. Und gib mir die Taschenlampe.«

Roddy reichte sie ihm und zögerte. Bis zu seinem Wagen waren es zwanzig Meter. Es widerstrebte ihm, den Schutz des Hauses zu verlassen.

»Na los!«

Er gab sich einen Ruck und joggte über den Kies der Auffahrt, betätigte den Türöffner, worauf die Blinker wie gewohnt aufleuchteten, und schwang sich hinein. Der BMW ließ sich problemlos starten. Er stieß zurück und brachte das Auto in Position.

Kurz darauf bestrich Xenon-Fernlicht die Steinmauern des Lagerhauses. Es wirkte abweisend und unnatürlich bleich wie in einem Schwarzweißfilm, der mit den Jahren schadhaft geworden war. Zusätzlich schaltete John die spärliche Außenbeleuchtung ein.

Gwen und Sophia traten aus dem Cottage ins Freie.

»Dann sehen wir mal nach.« Struan setzte sich in Bewegung, die Flinte im Anschlag. John wollte ihm folgen. »Du bleibst mit den anderen hier. Und nimm den Finger vom Abzug! Ich habe keine Lust, eine Ladung Schrot in den Rücken zu bekommen.«

Von seinem Rücken würde dann nämlich nur Knochenbrei übrig bleiben, dachte er, mit reichlich Mark zur Garnierung. Auf diese Entfernung war das Kaliber von Johns Flinte tödlich.

Durch den fortgesetzten Regen fühlte sich das Gras an wie ein feuchter Schwamm. Struan drehte sich um. »Wer ist denn überhaupt im Lagerhaus?«, rief er den anderen zu.

»Nur Meena!«, antwortete Gwen.

»Ganz allein«, sagte er und fluchte. »Verdammt.«

Vorsichtig näherte er sich dem Nebengebäude. Langsam schwenkte er den Gewehrlauf hin und her. Schaute gelegentlich zu Boden, um Spuren auszumachen. Die Taschenlampe hatte er unter die Achsel geklemmt. Falls John jemanden getroffen und nicht zu hoch gehalten hatte, wie es die meisten Hobbyjäger taten, musste etwas zurückgeblieben sein, eventuell sogar eine Leiche. Oder Blut. Doch bei den schlechten Sichtverhältnissen war es pures Glück, wenn er Hinweise fand. Dafür brauchte er Tageslicht.

Struan erreichte den Eingang des Lagerhauses. Eine Laterne hing über der Tür. Er schaltete sie ein. Wieder ein Blick zurück: Vor dem Cottage standen inzwischen auch Tim, der sich eine Zigarette anzündete, Carol, Lewis und Bell. Publikum.

Er ging hinein und betrat die Diele. Die Tür zu Meenas Zimmer war abgeschlossen, immerhin. Er klopfte an. »Meena? Alles in Ordnung? Ich bin's, Struan. Will nur mal nach dem Rechten sehen.«

Sie musste die Schüsse und das Licht der Autoscheinwerfer bemerkt haben – falls sie nicht tief und fest schlief.

Kein Lebenszeichen.

Struan hämmerte gegen die dicken Türbretter, wie bei einer Razzia, als er noch im Dienst gewesen war. In solchen Situationen hatte er allerdings eine kugelsichere Weste getragen. »Mach auf, Meena! Bist du okay?«

Nach einer gefühlten Ewigkeit drehte sich der Schlüssel im Schloss. Meena öffnete einen Spaltbreit. Sie war in eine Wolldecke gehüllt.

»Was ist los?«, sagte sie schlaftrunken und gähnte.

»Gerade erst aufgewacht?«

»Das war ein anstrengender Tag.«

Er musterte sie argwöhnisch. »Komm mal ins Licht, damit ich dich besser sehen kann.«

Sie blieb stehen. »Hörst dich ja wie ein Bulle an. Den Job wirst du wohl dein Lebtag nicht los.« Dann bemerkte sie die Flinte in seinen Händen. »Was hast du mit der Knarre vor?«

»John und Roddy haben etwas beobachtet, in der Nähe des Lagerhauses, und John hat drauf geschossen, das war überall zu hören. Ich möchte nur sichergehen, ob du unversehrt bist.«

»Unversehrt …«, wiederholte sie versonnen. »Was vorüber ist, ist nicht vorüber. Es wächst wieder.«

»Du phantasierst, Meena.« Er leuchtete ihr mit der Taschenlampe ins Gesicht. Ihre Augen waren gerötet, als habe sie geweint. »Geht's dir gut?«

Sie wandte sich schnell ab. »Den Umständen entsprechend.« Der Versuch eines Lächelns. »Hollie fehlt mir.«

»Mir auch, Kleine, mir auch.«

»Manchmal ist sie ganz anders als früher. Verletzend.« Sie hielt inne. »Die Erinnerungen, Struan, sie kommen zurück. Ich kann nichts dagegen tun.«

»Entschuldige.« Er schob sich an ihr vorbei ins Zimmer. Die Nachttischlampe brannte, das Bettzeug war zerwühlt, beide Fenster geschlossen. Mit vorgehaltener Flinte kontrollierte er das Bad. Alles okay.

»Tut mir leid, das musste sein.«

»Klar doch.« Sie machte immer noch den Eindruck, als schwebte sie in einer Zwischenwelt, in der Traum und Erwachen einander umarmten.

Er ließ Wasser ins Zahnputzglas laufen und reichte es ihr. »Trink das.«

Meena gehorchte. Sie setzte sich aufs Bett, weil sie etwas wacklig auf den Beinen war, nahm einen großen Schluck und betrachtete das Becherglas, als wäre es eine seltene Kostbarkeit. »Kein Wieder-Wiedersehen. Das Liebste ausgewandert.«

»Mein Zimmer ist gleich nebenan«, erklärte Struan. »Ich lege mich demnächst schlafen, zusammen mit der

Flinte, die ist geladen. Wenn dir irgendetwas merkwürdig vorkommt, schlägst du einfach gegen die Wand, das höre ich sofort.«

»Gut«, meinte sie nur.

Struan spürte, dass Meena jetzt menschliche Nähe brauchte. Aber dafür war er wohl der Falsche.

Zum Glück erschien Gwen in der Tür. Sie begriff sofort, was Sache war, und nahm neben Meena auf dem Bett Platz. Behutsam legte sie ihr einen Arm auf die Schulter. »Schlecht geträumt?«

»Sie verfolgt uns. Auf ewig.«

33

Struan ließ die beiden Frauen allein und ging zum Cottage zurück. »Entwarnung«, sagte er zu den anderen. »Es ist jetzt 1.15 Uhr, wir sind alle müde. Ich schlage vor, wir machen für heute Schluss und gehen alle ins Bett.«

»Ich schiebe weiter Wache«, sagte John.

»Fühlst dich wohl wie der große Beschützer?«, kommentierte Sophia.

Roddys Miene verfinsterte sich. »Halt bitte *ein Mal* die Klappe!«

Doch sie war nicht die Einzige, die etwas auszusetzen hatte.

»Schluss jetzt!«, ereiferte sich Tim und trat seine Zigarette in den Boden. »Ich bleibe keine Sekunde länger in diesem Irrenhaus. Ich hab die Schnauze gestrichen voll.«

»Was willst du denn machen?« Sophia ging der Spott nicht aus.

»Meine Sachen packen und aufs Festland zurückfahren.« Damit verschwand er im Cottage.

Struan sagte, was alle dachten: »Was für ein Ekel. Dabei war er früher mal ein echter Kumpel.« Er wandte sich an John. »Glaubst du, der Damm ist schon wieder passierbar?«

»Na ja, der Sturm hat nachgelassen, bald ist Ebbe. Kann schon sein.«

»Trotzdem riskant.«

»Tim ist für sich selbst verantwortlich. Er kann ja umkehren, wenn er nicht durchkommt.«

»Tim und Umkehren? Nach diesem Abgang?« Struan fand, dass man sogar ein Ekel vor sich selbst schützen musste. »Soll ich ihm die Autoschlüssel wegnehmen?«

John lachte. »Versuch's doch!«

Carol, Bell und Lewis gingen wieder ins Haus.

Roddy schloss sich ihnen an. »Das halten meine Nerven nicht aus, Leute. Ich brauch jetzt meinen Schlaf.«

Struan war unschlüssig. »Eigentlich sollte ich zu Meena und Gwen rüber, das hab ich der Kleinen versprochen.«

»Dann bleibe eben ich mit John hier«, sagte Sophia. »Wir lösen einander ab.«

»Sicher?«

»Nicht dass du denkst, ich könnte nur nörgeln und wäre ansonsten zu nichts nütze.« Ein zweideutiger Blick.

Doch Struan sah noch etwas anderes in ihren Augen, und das gefiel ihm gar nicht. Als Bulle hätte er auf Gier getippt, eine Form von Verschlagenheit, die sich darauf richtete, jemandem etwas zu missgönnen und gegebenenfalls wegzunehmen. Oder war es ein Wissensvorsprung, den sie mit niemandem teilen wollte?

Plötzlich ertönten Stimmen aus dem ersten Stock. Ein Streit. Es wurde laut.

»Das geht dich einen Scheiß an!«, war Tim zu vernehmen.

»Für wen ist dieses Blutgeld gedacht?« Lewis' weitreichende Stimme. »Raus damit!«

»Fick dich! Oder geh dein Goldkehlchen vögeln. Die kommt sonst wohl immer zu kurz?«

Dumpfe Geräusche, anscheinend ein Schlagabtausch. Dann Schritte auf der Treppe. Tim erschien mit seinem Koffer und wollte damit zu dem Aston Martin. »Das war's. Danke für diese beschissene Einladung!«

John trat ihm entgegen. »Was war da oben los?«

»Kleine Meinungsverschiedenheit zwischen Lewis und mir. Der Kerl spinnt.«

»Ging es um Geld?«, wollte Sophia wissen.

»Das habt ihr gehört, wie?« Tim kochte. »Ja, es ging um Geld! *Mein* Geld, in *meinem* Gepäck! Irgendwie hat Lewis davon Wind gekriegt – zu viel herumgeschnüffelt, nehme ich an.«

Sophia lächelte. »Wie viel hast du denn bei dir?«

»Kümmer dich um deinen eigenen Kram.«

»Hunderttausend?«

Tim starrte sie entgeistert an. Dann beschlich ihn ein Verdacht. »Steckst du mit Lewis unter einer Decke? Habt ihr meinen Koffer gemeinsam gefilzt?«

Diese Aggro-Masche konnte Sophia nicht beeindrucken. »War das Schweigegeld für Knowles? Damit er die Aufzeichnungen über dich und deine Vergangenheit vernichtet? Dann hat sich die Sache wohl erledigt. Der Professor ist tot, du kommst billig davon. Dein kleiner Ausflug nach Culls Cove hat sich voll gelohnt.«

Tim sah sich um wie ein gehetztes Tier, das bereit war, Gegenwehr zu leisten. Da waren Struan, John und Sophia, die ihn fragend betrachteten. Der Chor der Selbstgerechten. Sie hatten nichts begriffen. »Das Geld war für ein neues Experiment gedacht, mit jungen Probanden. Knowles sollte Dark House wiederholen, *das* wollte ich ihm vorschlagen. Aber es sollte wissenschaftlicher vonstattengehen, mit Fachpersonal, das den Versuch betreut und dokumentiert – und einschreitet, wenn die Dinge aus dem Ruder laufen. Nicht diese Scheiße auf Zuruf: Hetzen wir gute Freunde aufeinander und schauen, was passiert.«

»Verstehe ich das richtig?«, fragte Sophia. »Du wolltest eine Art Stipendium stiften?«

»Mir selbst hat Dark House nichts gebracht, im Gegenteil. Aber mir wurde klar, welches Potenzial darinsteckt. Zu beobachten, wie Menschen unter Stress auf gewisse Reize reagieren, Menschen, die sich in die Enge getrieben fühlen. Dann offenbaren sich ihre wahren Bedürfnisse – und die beeinflussen das Konsumverhalten. Für die Marktforschung ist das unbezahlbar.«

»Du warst schon immer ein Zyniker«, sagte John.

»Ich denke wirtschaftlich. Das wird ein Klugscheißer wie du nie begreifen.«

»Hübsche Geschichte«, schaltete sich Struan ein. Er wollte einen Tatverdächtigen nicht einfach so ziehen lassen. »Hast du dir gerade ausgedacht, oder?«

»Wusstet ihr, dass Hollie mit Stipendium studierte? Das ist eine sinnvolle Sache, davon kann es gar nicht genug geben!«

»Hat sie nicht vor dem Tod bewahrt«, sagte Sophia.

»Ist mir scheißegal, ob ihr mir glaubt.« Unvermittelt machte Tim einen Schritt auf John zu, entriss ihm die Flinte und stieß ihn mit dem Kolben weg. Er richtete den Doppellauf auf Struan, dann auf John und spannte beide Hähne. »Ich haue jetzt ab. Besser, ihr hindert mich nicht daran.«

Die anderen gingen unwillkürlich auf Abstand.

»Gib mir deine Waffe, Struan!«

»Die brauchen wir vielleicht noch.« Struans Finger

wanderte ganz langsam zum Abzug. Der Lauf seiner Flinte zeigte zu Boden. Noch.

Tim überlegte. »Gib sie mir! Ich lass das Ding neben dem Auto liegen, bevor ich wegfahre. Dort kannst du's dir zurückholen.«

»Willst du uns drei alle erschießen?«, fragte Sophia. »Mit zwei Patronen?«

»Ihr könnt ja wetten, wer übrig bleibt.«

Struan war sich sicher, dass Tim nicht abdrücken würde. Aber er wollte es nicht darauf ankommen lassen. »Wenn du uns hier schutzlos zurücklässt ...«

»Das mach ich nicht, versprochen. Ein Gewehr bleibt euch. Damit könnt ihr euch gegen die bösen Geister verteidigen.«

»Und das andere?«

»Nehme ich mit, keine weiteren Diskussionen!«

Struan legte die Flinte vor sich auf den Boden. Als Tim sich bückte und sie mit einer Hand aufhob, hätte er ihn mit Leichtigkeit entwaffnen können. So etwas lernte man schon, bevor man die erste Streife fuhr. Doch manchmal war es besser nachzugeben. Am Ende passierte noch was.

Glücklicherweise machten Sophia und John keine Dummheiten. Sie verfolgten nur fassungslos, wie Struan den Verräter gewähren ließ.

Tim schnappte sich die Flinte, fasste sie am Lauf und ging mit beiden Gewehren rückwärts zu seinem Aston Martin. Nachdem er dort angekommen war, schleuderte er das zweite Gewehr in einen Farnstrauch und öffnete die Fahrertür. »John, bring mir meinen Koffer!«

»Muss ich wirklich?«, wollte John von Struan wissen. »Dieser Clown könnte sich nicht mal selbst erschießen.«

»Mach es einfach. Dann sind wir ihn los.«

John brachte Tim den Trolley und verstaute ihn auch noch auf dem winzigen Rücksitz. »Hätte nie gedacht, dass du mich mal mit einer Waffe bedrohst«, sagte er.

»Hätte ich auch nicht gedacht.«

»Warum, Tim? Ich meine, wir könnten zur Polizei gehen, dann kriegst du echte Schwierigkeiten. Drei Aussagen gegen eine.«

»Ihr werdet nichts dergleichen tun.«

»So? Warum?«

»Ich glaube, das weißt du, John. Keine Ahnung, was für ein Spiel hier läuft. Ich steige jedenfalls aus. Ein Toter ist für mich ein Toter zu viel.«

»Warte doch erst mal ab! Das mit dem Stipendium finde ich eine tolle Idee. Lass uns drinnen darüber reden.«

»Dafür ist es zu spät.«

Tim stieg ein und lehnte die verbliebene Flinte gegen den Beifahrersitz. Er startete den Motor, stieß zurück und fuhr los. Die Reifen drehten auf dem nassen, vom Regen schwer gewordenen Kies kurz durch und ließen Steinchen wie eine Schrotladung gegen Johns Beine spritzen. Dann griffen sie. Die Rücklichter des Aston Martin verschwanden hinter der ersten Biegung.

34

Ich bring ihn um!« Bell kühlte Lewis' Beule mit einem Sack Eiswürfel. Sie hatte sich um ihren Mann gekümmert, während die Situation vor dem Cottage fast eskaliert war. »Ich schlag ihm den Schädel ein. Und die gelaserten Augen steche ich ihm aus!«

Tim hatte die Treibholz-Skulptur aus seinem Zimmer dafür benutzt, Lewis vorübergehend außer Gefecht zu setzen. Sophia und John vergewisserten sich, ob er halbwegs in Ordnung war.

»Nicht der Rede wert«, sagte Lewis. »Bin nur kurz weg gewesen.«

»Geht's wieder?«, fragte Sophia.

»Muss ja.« Er schaute sich um. »Wo ist Tim?«

»Ab durch die Mitte. Zusammen mit seinem Geld.«

Die hunderttausend hingen in der Luft wie Senfgas. Jedem war klar, dass so ein Batzen Kohle zumindest einen Teil mancher Sorgen gelöst hätte. Selbst Sophia überlegte, was mit einer solchen Summe möglich gewesen wäre, wenn sie das Geld einfach an sich genommen und mit Lewis geteilt hätte. Ein verlockender Gedanke. Lewis wäre ihr verpflichtet gewesen, Tim wäre ausgeflippt und hätte den Dieb gesucht. Während der Mörder von Knowles immer noch frei herumlief. Eine interessante Konstellation.

Die beiden Paare beschlossen, schlafen zu gehen, und verteilten sich auf ihre Räume, nachdem John die massive Tür des Cottage fest verschlossen hatte. Von »Wache halten« war keine Rede mehr, er war bedient – und unbewaffnet. Die einzige Flinte, die sie noch besaßen, hatte Struan.

Sophia sah ihn damit ums Haus patrouillieren, während sie die Vorhänge des Schlafzimmers zuzog. Struan hatte die Waffe aus dem Ginster geholt und sorgfältig gesäubert. Am nächsten Tag wollten sie Knowles' Leiche irgendwie bergen, nach dem Frühstück, falls das Wetter es erlaubte. Es kam ihnen falsch vor, wenn er da unten liegen bliebe.

Der Leuchtturm schickte sein Blinksignal in die Finsternis.

Irgendwann würde auch Struan schlafen. Irgendwann würden sie alle schlafen.

TAG ZWEI

35

Am Morgen regnete es noch immer. Das Tageslicht enthüllte eine zerzauste Graslandschaft. Ein paar kleinere Bäume waren umgeknickt. Die Platane hatte einen dicken Ast verloren. Er hing an einem Stück Rinde herunter wie ein gebrochener Knochen. Der Wind blies und pfiff in einem gleichförmigen Ton, als habe er vor, bis in alle Ewigkeit so weiterzumachen.

Gwen tat alles weh. Ihr Kopf kam ihr doppelt so groß vor und noch ein bisschen schwerer. An diese verdammten Hangover würde sie sich nie gewöhnen. Warum wurden die mit der Zeit nicht erträglicher?

Sie drehte sich vom Fenster weg und streckte die schmerzenden Glieder. Ihre Gelenke waren wie ausgeleiert. Ein Schluck aus der Whiskykaraffe, die sie vom Cottage hatte mitgehen lassen, richtig guter Stoff. John schien ein Kenner zu sein. Er griff wohl selbst ganz gern zur Flasche, konnte das Zeug noch richtig genießen. Schön für ihn.

Meena und Struan waren nicht in ihren Zimmern. Gwen spritzte sich im Bad kaltes Wasser ins Gesicht. Dann schlurfte sie zum Cottage, es war kurz vor neun. Die leere Karaffe nahm sie mit. Manchmal verschlief sie den halben Tag, gelegentlich sogar den ganzen, das war nichts Neues – und irgendwie auch Sinn der Sache. Sie fühlte sich unentwegt müde und alt, unabhängig davon, wie viel sie trank, sogar wenn sie es mal für ein paar Tage bleiben ließ.

Der Geruch von Speck und Kaffee hing in der Luft, benutztes Geschirr stand auf dem Tisch. Acht Tassen, das hieß, alle waren wach und hatten bereits gefrühstückt. Sie aß einen Toast mit Marmelade, in einer Kanne war noch lauwarmer Tee. Aus einem verstaubten Transistorradio, das John oder Sophia wieder aktiviert haben mussten, drang Popmusik.

Irgendwann hatte Meena in der vergangenen Nacht wieder allein sein wollen, woraufhin Gwen in ihr eigenes Zimmer gegangen war, um sich weiter dem Whisky zu widmen. Anfangs hatte ihr Meenas Psychonummer noch Angst eingejagt. Doch auf Dauer war ihr das konfuse Gebrabbel von einer untoten, ewig dräuenden Hollie gehörig auf den Keks gegangen. Das war unfair, klar, vermutlich wirkte Gwens Sauferei auf Außenstehende ebenso abstoßend wie das Suhlen in Trauer und Trennungsschmerz. Jeder pflegte seine eigene Sucht – und erinnerte dadurch die anderen unangenehm daran, wie hoffnungslos es war, von irgendetwas loskommen zu wollen, das einen seit Jahren beherrschte.

Die Popmusik aus dem Radio wurde ausgeblendet, zur vollen Stunde um neun kamen die Nachrichten. Gwen ignorierte den Politikscheiß, doch nach den neuesten Beschlüssen der Weltbank hörte sie genauer hin.

Schwerster Sturm im Süden und Südwesten seit mehr als dreißig Jahren. Zahlreiche Schiffshavarien im Ärmelkanal, Überflutungen an den Flussmündungen, Fährverkehr bis auf weiteres eingestellt. Anhaltende Tiefdrucklage, keine Besserung in Sicht. Es folgte eine Sondersendung zu den Auswirkungen des Klimawandels.

Toll, dass ihr das auch schon gemerkt habt, dachte Gwen. An der Garderobe hing ihre Bikerjacke, immer noch durchgeweicht. Sie stöberte in einem Schrank neben der Garderobe und stieß auf einen pinkfarbenen Regenschutz. Der musste Sophia gehören, sauteure Marke, kaum getragen, ein bisschen *bitchy*, falls ein Regenschutz das sein konnte. Im Grunde unterschied sich Sophia gar nicht so sehr von Tim, die beiden verhielten sich ähnlich arrogant, rücksichtslos. Aber sie blieb meist Herrin der Situation, das musste Gwen ihr lassen. Sophia war immer einen Gedanken voraus und wusste zugleich, wann es besser war, den Dingen ihren Lauf zu lassen.

Gwen machte sich auf den Weg zur Klippe, dorthin waren die anderen bestimmt gegangen. Doch nach den ersten Metern fiel ihr Blick auf die Autos. Sollte sie es Tim gleichtun und abhauen? Wurde sie hier noch gebraucht? Legte irgendjemand Wert auf ihre Anwesenheit? Bestimmt nicht.

Mal sehen. Die Reifen von dem roten Kombi und dem Range Rover waren tatsächlich allesamt zerstochen, unmöglich, die auf die Schnelle zu reparieren. Roddys BMW … fehlte. Warum denn das? War er Tim klammheimlich gefolgt?

Dann stand da noch ein neuer Ford Fiesta mit dem Aufkleber einer Mietwagenfirma. Der gehörte vermutlich Meena. Schien fahrbereit zu sein wie auch Struans klappriger Kleinbus mit dem Kajak obendrauf. Den konnte Gwen vielleicht knacken, das Ding war museumsreif.

Die Türen waren abgeschlossen. Aber die Heckklappe nicht, keine Zentralverriegelung. Übertrieben vorsichtig war der Ex-Bulle ja nicht. Möglicherweise ließ die Wachsamkeit nach, wenn man den Dienst quittierte.

Ein bisschen traurig. Es sei denn, Struan war abgebrühter oder gleichgültiger, als sie dachte.

Gwen kletterte hinein und stieg über Schwimmwesten und andere Kajakausrüstungsteile hinweg auf den Fahrersitz. Jetzt musste sie nur noch die Zündung kurzschließen, das hatte sie schon oft mit solchen Karren gemacht, um sich von einem Berliner Schrotthändler Geld für Schnaps zu beschaffen. Wenn die Karren so alt gewesen waren, dass der Händler sie nach dem Ausschlachten gleich in die Presse schickte, war sie ihm mit einem verschwitzten Schäferstündchen zwischen den Autowracks entgegengekommen. Das hatte zusätzlich hundert Euro gebracht und die Geschäftsbeziehung vertieft, 2008, als es ihr besonders dreckig gegangen war. Nach der Lehman-Pleite hatte sie im Auftrag ihrer Kanzlei mehrere betrügerische Broker vertreten – und dabei unwissentlich ein Mitglied der Regierung belastet. Dumm gelaufen. Sie war ein Bauernopfer geworden und hatte die volle Breitseite abbekommen, Ausschluss aus der Anwaltskammer, Berufsverbot. Außerdem machte sich eine Alkoholfahne bei Anhörungen immer schlecht – obwohl sie damals noch vergleichsweise wenig getrunken hatte. Nach der Schrotthändlerphase war es ihr gelungen, das Niveau der Schäferstündchen anzuheben und »Zufallsbekanntschaften« wie den Typen in London auszurauben. In die Rolle der nymphomanen Wirtschaftsanwältin zu schlüpfen bereitete ihr jedes Mal ein perverses Vergnügen. Sie redete sich ein, mit diesen Racheakten über das System zu triumphieren, ein System, von dem sie ausgespuckt worden war wie ein verdorbenes Stück Obst. Der Sex machte ihr nichts aus. An guten Tagen genoss sie ihn sogar in dem Bewusstsein, ihr jeweiliges Opfer dadurch zu überlisten. Auch das ein kleiner Sieg in einem Krieg, der letztlich nicht zu gewinnen war. Und wie in jedem Krieg war Alkohol ein zuverlässiger Helfer. Hielt alles am Laufen.

Wenn sie nicht diesen Hang zur Rückschau besäße, fiele ihr der Kampf auf verlorenem Posten viel leichter. Sie musste mehr in der Gegenwart leben, so hieß es doch überall. Gegenwart, diese Missgeburt, die fortwährend von der Vergangenheit in die Welt gepresst wurde. Als ob die Welt darauf gewartet hätte.

Die Abdeckung unter dem Lenkrad war mit zwei Flügelschrauben befestigt. Sie ließ sich einfacher entfernen als erwartet. Der Grund dafür fiel Gwen vor die Füße. Ein Revolver.

Kurzer Lauf, handlich. Geladen, wie sie feststellte. Ihr Dad hatte sie auf einem Schießstand der British Forces Germany unterwiesen, mit Waffen umzugehen. Bevor er sich seine Dienstpistole in die Mundhöhle gesteckt und abgedrückt hatte. Seine Nordirlandjahre, die schon Jahrzehnte zurücklagen, waren bei der Trauerfeier nur am Rande erwähnt worden.

Sie wog den Revolver in der Hand. All dieses Gequatsche wegen der beiden Flinten! Struan schien hier eine kleine Rückversicherung gebunkert zu haben, die er vor allen anderen geheim hielt. Weil es auf Culls Cove schlimmer kommen konnte und es dann gut war, einen kleinen Totmacher zur Verfügung zu haben? Was war denn schlimmer als eine Leiche, durchtrennte Telefonkabel und kaputte Reifen?

Es klopfte gegen die Scheibe.

Gwen zuckte zusammen. Roddy stand auf der Beifahrerseite.

Reflexartig verbarg sie den Revolver hinter ihrem Rücken und steckte ihn in den Hosenbund. Dann brachte sie die Abdeckung mit ein paar raschen Handgriffen wieder an, von außen konnte Roddy das schlecht sehen. Sie öffnete die Tür und stieg aus.

»Was hast du da drin verloren?«, fragte er.

»Nur mal checken, welche Autos noch funktionieren.«

Er lachte hintergründig. »Hab mir auch schon überlegt, die Biege zu machen. Aber das können wir vergessen. Die Straße ist blockiert.«

»Hat's den Damm weggeschwemmt?«

»Es gab einen Unfall.«

»Was?«

»Seltsame Geschichte.« Er kostete die Spannung aus. »Tim ist mit seinem Sportwagen gegen einen umgestürzten Baum geknallt. In einer unübersichtlichen Kurve, gar nicht weit von hier. Schau's dir an.«

36

Carol konnte es noch immer nicht fassen. Sie hatte einen frühen Spaziergang zum Damm unternommen und war dabei auf das Wrack des Aston Martin gestoßen. Kurz darauf hatte sie Tims entstellte Leiche entdeckt. Offenbar war er durch die Windschutzscheibe gekracht, weil er den Sicherheitsgurt nicht angelegt hatte. Durch die Wucht des Aufpralls war sein Körper an den Rand des Unterholzes geschleudert worden. Hortensien wuchsen dort, die hellblauen Blütenblätter wirkten ausgebleicht und verrottet. Zombieblumen. Es war Carol ein Rätsel, warum sie solchen Details Aufmerksamkeit schenkte. Na ja, es lenkte ab.

Sie hatte Tim auf dem Rücken liegend gefunden und als Erstes eine scheußliche Platzwunde am Kopf bemerkt. Sein Gesicht war von Schnittwunden übersät, überall verkrustetes Blut. Doch das war noch nicht alles. Wo sich sein Unterleib befunden hatte, klaffte ein dunkles, matschiges Loch. Seine Augen waren weit aufgerissen, als habe er den Tod in letzter Sekunde abwenden wollen.

Sie hatte so schnell wie möglich die anderen geholt. Mit dem BMW war sie mit John, Struan und Sophia vom Cottage zum Unfallort gefahren, die anderen waren zu Fuß nachgekommen – außer Gwen, die noch geschlafen hatte.

Nach der ersten Bestürzung war es immer schlimmer geworden. Schritt für Schritt hatten sie alles untersucht. Die umgekippte Ulme direkt hinter der Kurve war angesägt gewesen, an der gefährlichsten Stelle. Das hieß, irgendjemand hatte nicht nur die Straße blockieren, sondern absichtlich einen Unfall herbeiführen wollen.

Hinzu kam, dass Tim nach dem Crash vielleicht noch gelebt hatte. Seine Verletzungen seien laut John nicht tödlich gewesen, Tim habe sich sogar noch ein paar Meter zurück zur Straße schleppen können, trotz ausgekugelter Hüfte. Dort sei er aus nächster Nähe erschossen worden, exekutiert geradezu, vermutlich mit der Schrotflinte, die er John noch in der vergangenen Nacht abgenommen hatte. Und die jetzt nirgendwo zu finden war – wie auch das Geld aus dem Trolley, hunderttausend Euro, spurlos verschwunden.

Carol saß auf dem Baumstamm und ignorierte den Regen. Sie konnte sich nicht von dem Anblick des Tatorts lösen. Die Antidepressiva, die sie vor dem Schlafengehen geschluckt hatte, wirkten noch. Dadurch nahm sie all das Unheil wie durch einen löchrigen Schleier wahr. Tim tat ihr leid, obwohl er sich gestern reichlich danebenbenommen und sie im Bett zurückgelassen hatte wie ein Pfund Fleisch, was selbst für Carols Verhältnisse rücksichtslos gewesen war. Aber jeder baut mal Mist und flüchtet sich dann in Sarkasmus. Deshalb hatte er nicht so einen entsetzlichen Tod verdient.

Ihre Gefühle drangen nur gedämpft zu ihren Gedanken durch, blockiert von der chemischen Schranke. Ein Freund war tot, und das Einzige, was sie empfinden konnte, war eine unbestimmte Unruhe.

Sie betrachtete die Fleecedecke, die John aus dem BMW geholt und über Tims Leiche gebreitet hatte. Die

Konturen machten einen harmlosen Eindruck. Das blieb wohl übrig, wenn jemand starb. Ein paar aufgeweichte Umrisse.

Meena beendete ihren Rundgang. Sie schwieg, seit sie zu Fuß am Ort des Geschehens angekommen war. Aufmerksam hatte sie Struans und Johns Ermittlungsarbeit verfolgt. Als die beiden zusammen mit Sophia, Lewis und Bell zum Cragged Point losmarschiert waren und Roddy es übernommen hatte, Gwen im Cottage zu verständigen, war Meena dageblieben. Nicht um Carol Beistand zu leisten, wie die anderen gedacht hatten. Sie suchte nach Spuren in der Umgebung. Stakste mit ihren magersüchtigen Beinen durch die Vegetation und murmelte dabei Worte auf Kaschmiri vor sich hin. Nach einer Weile kehrte sie zu Carol zurück und setzte sich neben sie.

»Hast du Tim gemocht?«

»Ja.«

»Du hast mit ihm geschlafen heute Nacht.«

»War nicht so der Brüller.« Carol blieb ausnahmsweise bei der Wahrheit.

»Kein Wunder nach diesem verrückten Tag.«

»Tim konnte wirklich nett sein, wenn er wollte. Wir sind zusammen von London nach Culls Cove gefahren. Im Grunde war er in Ordnung.«

»Ich glaube, das spielt keine Rolle«, sagte Meena.

»Was?«

»Ob er ›nett‹ war. Wie er sich verhalten hat. Völlig egal.«

»Du musst ihn gehasst haben. Er hat dich verhöhnt.«

»Das war doch nur dummes Gerede. Wie Angstpissen.«

»Ich verstehe dich nicht.« Carol sah sie verwundert an. Meena wirkte wie ausgewechselt, kein Vergleich zu ihrer Hysterie am Vortag. »Worauf willst du hinaus?«

»Das hier war eine Falle. Es hat Tim erwischt, weil er versucht hat, Culls Cove zu verlassen. Wenn Roddy als Erster Fersengeld gegeben hätte, läge *er* jetzt hier.«

»Und der Schuss in den Unterleib? Entmannung. Was hat das zu bedeuten?«

»Vielleicht wollte ihn jemand bestrafen. Oder es soll nur so aussehen.«

Carol rückte ein Stück von Meena ab. »Wer sagt mir, dass du es nicht warst, die sich aus dem Lagerhaus herausgeschlichen und diesen Baum angesägt hat?«

»Womit denn? Mit einer Nagelfeile?«

Beide lachten. Und wurden abrupt wieder ernst, als sie merkten, wie gut sie sich plötzlich verstanden – direkt neben der Leiche. Carol hatte immer ganz genau gewusst, was sie wollte, und ihre Karriere gnadenlos vorangetrieben. Meena hatte immer nur reagiert und ihre Befindlichkeiten über alles gestellt. Aber das war in diesem Moment belanglos. Wie weit sie sich auch auseinanderentwickelt hatten – Tims Tod machte sie ein bisschen gleicher und erinnerte Carol daran, dass jetzt alles, was sie sich beruflich erarbeitet hatte, in den Hintergrund trat. Vielleicht war Meena durch ihr permanentes Leben am Limit sogar besser auf diese Situation vorbereitet. Sie schien ganz ruhig zu sein, verständnisvoll, tröstend, während Carol unter dem Einfluss der Medikamente schwankte zwischen unterdrückter Panik und Gleichgültigkeit. Erst hatte es Knowles erwischt, dann Tim. Man konnte nichts davon rückgängig machen. Was geschehen war, war geschehen. Bald würde der Sturm nachlassen, Polizisten träfen auf Culls Cove ein, bestimmt ein ganzes Aufgebot, um alles zu untersuchen und Carol und die anderen schließlich in Sicherheit zu bringen. In ein oder zwei Tagen wäre alles vorbei.

»Meinst du, dass wir hier lebend rauskommen?«, fragte Meena.

37

Im Gänsemarsch tasteten sie sich den Felsenpfad zur Bucht hinunter. John und Struan gingen voran, gefolgt von Sophia. Wind und Regen machten ihnen zu schaffen, direkt an der Küste waren die Witterungseinflüsse noch viel stärker als im Inneren der Halbinsel.

Lewis und Bell verloren den Anschluss. Irgendwann gaben sie es auf, mit den anderen Schritt halten zu wollen, und pausierten an einer Biegung des Weges. Dort waren sie etwas geschützt.

»Was machen wir hier eigentlich, Liebes?«

»Wenn du mich fragst, spinnen die alle.« Bell ließ sich auf einer Steinstufe nieder. »Knowles ist ein Felsbrocken auf den Kopf gefallen. Und Tim hatte einen Unfall. Die brauchen nur einen Thrill, damit dieses Wochenende noch außergewöhnlicher wird, als es ohnehin schon ist.«

»Tim sieht furchtbar aus. Diese Schusswunde. Wenn es noch eines Beweises bedurft hätte, dass sich ein Mörder auf Culls Cove herumtreibt …«

»Vielleicht ist die Flinte von allein losgegangen.«

»Hör auf! Du willst es nicht wahrhaben, wie?«

Bell zuckte mit den Schultern. »Jedenfalls hat er's verdient. Oder nicht? Er hat dich geschlagen. Was fiel diesem selbstgefälligen *dupek* ein?«

»Nichts Schlechtes über die Toten.«

Sie machte eine wegwerfende Handbewegung. »Tut mir leid. Es ist nur … Was hat das alles mit uns zu tun, Lew? Die letzte Nacht war wunderbar. Wir fangen noch mal neu an. Ich steige wieder ins Musikgeschäft ein. Dein Agent soll mir ein paar kleinere Rollen beschaffen. Oder wir singen im Duett, die schönsten Opernarien, ein Programm für Geburtstage und Jubiläen, zusammen mit ein paar Kammermusikern. Wir gründen eine exklusive Gruppe ...«

»Und die Jungs?«

»Wenn es gut läuft, können wir sie auf ein Internat schicken. Nicht unbedingt Winchester College, das ist zu nah, aber Radley oder Shrewsbury. Vielleicht sogar Eton.«

»Ich dachte, du bist ganz glücklich mit der staatlichen Schule.« Lewis starrte sie an. »Du bist nicht wiederzuerkennen.«

»Mir steht dieser Familienscheiß bis hier! Ich will noch was erreichen! Wenn ich es jetzt nicht versuche, bin ich zu alt für ein Comeback. Und meine Stimme ist mit den Jahren besser geworden, findest du nicht? Ich singe die großen Partien inzwischen mit viel mehr Ausdruck.«

»Mag sein. Aber du hast kaum Bühnenerfahrung.«

»Zweifelst du etwa an mir?« Sie richtete sich auf. Ihre Augen funkelten.

Lewis verharrte am Rande des Pfades, in der Hocke, weil er nicht ganz schwindelfrei war. »Das würde mir nie einfallen.«

»Oder willst du es lieber weiter mit deinem ungarischen Miststück treiben? Auf Tournee gehen, den Ruhm einheimsen und dein dummes Frauchen zu Hause sitzen lassen, damit sie sich um die Stammhalter kümmert? Ist schon klar, ich störe da nur mit meinen naiven Plänen.«

»Nein, verdammt! Du spinnst dir da was zusammen.«

»So? Tu ich das?« Bell versetzte ihm einen Stoß gegen die Schulter.

Lewis stützte sich ab, um nicht den Halt zu verlieren, und drehte sich ängstlich um. In der Tiefe sah er Wellen gegen den Fuß der Klippe klatschen. Die Flut war zurückgekehrt. »Was soll das? Willst du mich umbringen?«

Bell dachte daran, wie sie Roddy im Lagerhaus bedrängt hatte. »Wenn ich dich nicht haben kann, will ich niemanden haben.« Sie machte einen Schritt nach vorn, zog ihn am Kragen seiner Jacke hoch und presste sich an ihn. »Küss mich!«

Er tat es, widerstrebend zunächst, doch Bell konnte gar nicht genug kriegen. Also tat er ihr den Gefallen und machte mit. Vielleicht lag es an der Gefahr in luftiger Höhe, dass sich die Erregung seiner Frau auf ihn übertrug und sie sich plötzlich anfühlte wie ein Operngroupie, eine jener verhuschten Studentinnen, die nach der Vorstellung an seiner Garderobentür klopften und unter ihren altmodischen Klamotten vorsorglich keine Unterwäsche trugen. Die mussten ihm kein Kinderlied singen, damit er seinen Mann stand. Letzte Nacht war ihm das dauernd durch den Kopf gegangen, während Bell sich abgemüht und ihre Illusionen gelebt hatte. Schlecht war es nicht gewesen, in gewisser Weise nur eine Frage der Vorstellungskraft. Und der Bühnenerfahrung, die *er* definitiv besaß.

Bell liebte es, Lewis in Bedrängnis zu bringen – und zu merken, wie er nachgab. Warum hatte sie bloß Bedenken gehabt, nach Culls Cove zu fahren? Endlich klappte es wieder zwischen ihnen. Und es würde noch viel mehr klappen. Sie würden gemeinsam reisen und auftreten. Alles miteinander teilen.

Während sie ihn immer weiter küsste und an seiner Hose herumfummelte, hörte sie Schritte auf dem harten Untergrund, feste Wanderstiefel. Sie näherten sich von oben.

Das musste Roddy sein. Egal. Sollte er ruhig sehen, wie sie zurück ins Leben fand.

Etwas traf sie am Hinterkopf.

»Das ist … unmöglich!«, rief Lewis und hob abwehrend die Arme.

38

Ein besonders großer Brecher krachte von außen gegen die Wand des Bootshauses und erzeugte ein ohrenbetäubendes Getöse. Alles wackelte wie bei einem Erdbeben. Schäumendes Brandungswasser umspülte das Gestell, auf dem die Jolle in der rechteckigen Vertiefung festgelascht war, und lief gurgelnd wieder ab. Das Meer machte deutlich, wer hier der Boss war.

Dann wurde es etwas ruhiger.

John, Struan und Sophia starrten auf die Persenning, unter der Knowles' Leiche gelegen hatte. Der Körper war nicht mehr da.

»Aber … wie kann das sein?«, fragte John. »Träum ich oder was?«

Er suchte alles ab, doch es gab keinen Ort, wo die Leiche aus unerfindlichen Gründen hingerollt sein konnte.

»Ist das Wasser vielleicht so weit gestiegen, dass es Knowles mit sich gerissen hat?«, fragte Sophia.

John wies auf Wände und Bodenbretter. »Dann wäre hier drinnen alles feucht. Nein. Ich kann mir das nicht erklären.«

Struan betrachtete den Tisch. Darauf hatte der Stein gelegen, mit dem der Professor vermutlich erschlagen worden war. »Die Tatwaffe fehlt auch.«

»Als wäre es gar nicht passiert.« John ließ kraftlos die Arme sinken. »Um ehrlich zu sein, weiß ich nicht mehr, was ich denken soll. Wir haben die Leiche doch eigenhändig hier hingelegt!«

»Irgendjemand hat sie entfernt«, konstatierte Struan.

»Und die Klippe hochgetragen? Wohl kaum.«

»Oder nach draußen geschleppt und ins Meer geworfen.«

»Scheiße!«, entfuhr es Sophia. »Wer macht denn so was?«

»Jemand, der Knowles endgültig beseitigen wollte«, erwiderte Struan. »Bei der Ebbe heute Nacht hat es den Körper sicher weit hinausgetrieben. Den sehen wir nicht wieder.«

»Ein bisschen wie bei Tim.« Sophia biss sich auf die Unterlippe. »Noch eines nachlegen, damit er garantiert nicht wieder aufsteht.«

»Muss wohl die gleiche Person gewesen sein, die ums Cottage gestrichen ist und all den Schaden verursacht hat.«

»Und wen hast du im Verdacht? Einen von uns?«

»Weiß nicht. Im Grunde könnte es jeder gewesen sein. Ich habe mich um zwei Uhr schlafen gelegt. Irgendwann danach aus dem Cottage oder dem Lagerhaus nach draußen zu schleichen, vielleicht auch ein Fenster zu benutzen, und dann hier runterzugehen ist nicht so schwer. Wir hätten weiter Wache halten sollen. War ein Fehler, damit aufzuhören.«

»Und der Mord an Tim?«, fragte Sophia. »Das kann doch nur ein Unbekannter getan haben, jemand, der ihm aufgelauert hat, als er weggefahren ist.«

»Glaube ich auch. Doch es muss nicht zwangsläufig so gewesen sein. Der Baum wurde möglicherweise schon viel früher umgelegt. Nachdem Meena die Kurve gestern als Letzte passierte. Dann erwischte es Tim, weil er zufällig als Erster aufgebrochen ist.«

»Er hat nach dem Unfall noch gelebt.«

»Ich habe mir die Stelle, wo er lag, genau angeschaut. Der Abdruck seines Körpers ist dort ziemlich stark. Wahrscheinlich war er zuerst bewusstlos und ist erst nach einer Stunde oder so aufgewacht. Mit seinen schweren Verletzungen – Schädelbasisbruch und Hüftluxation, meinte John – hat es bestimmt eine Ewigkeit gedauert, sich zurück zur Straße zu schleppen. Genug Zeit für den Täter, Tim vom Cottage zu folgen und an der Ulme den Rest zu geben.« Struan machte eine Pause. »Außerdem wäre da noch die Komplizentheorie. Dann hätten wir es mit zwei Personen zu tun. Einer agiert vom Cottage aus und der andere von außerhalb. Arbeitsteilung.«

Sophia seufzte angestrengt. »Wir sind also kein bisschen klüger. Außer dass Tim aus dem Kreis der Verdächtigen ausgeschieden ist.«

Nur um sicherzugehen, entfernte Struan die Abdeckung der Jolle und stieß dort auf eine weitere Überraschung. Im Fiberglasboden klaffte ein Loch. Es war über einen Meter lang und so breit, dass es nicht notdürftig zu flicken war. Mit diesem Boot stach niemand mehr in See.

Er fuhr über die gezackten Ränder des Lecks. »Das wurde mit einer Axt gemacht. Einer ziemlich großen.«

»Um uns auch diese Fluchtmöglichkeit zu nehmen«, ergänzte Sophia. »Da denkt jemand wirklich an alles.«

John trat näher und betrachtete den Schaden. Seit sie Tims Leiche gefunden hatten, war er immer einsilbiger geworden, als würde er erst jetzt das Ausmaß des Wahnsinns begreifen, der sie umherirren ließ wie Getriebene. Dauernd schüttelte er den Kopf und sprach leise mit sich selbst von »Abweichungen« und »Unwägbarkeiten«. Er nahm einen großen Schluck aus seinem Flachmann. Das Zittern ließ ein wenig nach. »Mit der verdammten Jolle bin ich eh nie klargekommen. Und bei diesem Seegang würde sie ohnehin sofort voll Wasser laufen oder kentern.«

Wieder traf ein Brecher das Bootshaus. Diesmal gab eines der Wandbretter nach, Spritzwasser drang ein.

John rührte sich nicht von der Stelle. »Ich verstehe das nicht. Eigentlich sollte …«

»Hat jedenfalls keinen Sinn, hier weiter herumzurätseln«, sagte Sophia und öffnete die Tür. »Nichts wie weg!«

Struan wollte noch die Umgebung absuchen, aber der Sturm hatte an Heftigkeit zugenommen. Als er aufs Meer hinausblickte, stockte ihm der Atem. Wellenberge, so hoch wie zweistöckige Häuser, wälzten vor der Küste heran. Wenn ein paar vorgelagerte Riffe die Gewalt dieser Wassermassen nicht abschwächen würden …

Der Weg zum Fuß der Klippe war bereits überflutet. Sophia watete durchs knietiefe Wasser und versuchte, trotz der ein- und ablaufenden Brandung das Gleichgewicht zu halten. Sie nahmen John, der immer noch wie erstarrt schien, in die Mitte. Struan trieb sie schreiend an. Das Meer zog und zerrte an ihnen, wollte sie von den Beinen holen und mit sich reißen. Es regnete immer noch.

Nach einer Weile gelangten sie zu einem schmalen Streifen Kiesstrand, der leicht erhöht lag und relativ sicher wirkte. Direkt über ihnen wand sich der Pfad zum Cragged Point hoch.

Vor der Felswand lag ein Körper. Sophia stürzte auf ihn zu. »Das ist Lewis!«

Sein Schädel war bis zur Kehle gespalten.

39

Gwen hatte gesehen, was zu sehen war, und sogar einen Blick auf Tims Leiche geworfen. Ein bisschen heftig mit nichts als einem Marmeladentoast im Magen. Aber es gelang ihr, sich zu beherrschen.

Sie sammelten Carol und Meena ein, die erstaunlich gefasst waren. Roddy brachte sie alle mit dem BMW zurück zum Cottage.

»Was für ein Tod«, sagte Gwen. »Warum musste Tim auch unbedingt abhauen?«

»Ich möchte schleunigst von hier verschwinden.« Carol schaute aus dem Fenster. Mit einem zeitnahen Polizeieinsatz war wohl kaum zu rechnen. »Können wir es nicht zu Fuß probieren?«

»Der Damm steht quasi unter Wasser«, widersprach Meena. »Ich war vorhin dort. Keine Chance, heil rüberzukommen. Das Ding ist ziemlich lang, fast eine halbe Meile. Die erste größere Welle würde uns wegspülen wie nichts.«

»Und wenn das Meer wieder zurückweicht? Irgendwann muss es das doch!«

»Kommt auf die Höhe des Wasserstands an. Momentan ist es jedenfalls gefährlich, auf dem Damm langzugehen, sogar bei Ebbe.«

»Dann bleibt uns nichts anderes übrig, als auf besseres Wetter zu warten? Hallo, wir leben im einundzwanzigsten Jahrhundert!« Carol klang wie ein störrischer Teenager.

»Genau«, sagte Meena. »Und fürs Warten braucht man Geduld.«

»Aber es gibt Rettungshubschrauber. Bestimmt leitet die Küstenwache schon Evakuierungsmaßnahmen ein.«

»Die wissen doch gar nicht, dass Leute auf Culls Cove sind – und dass wir uns in einer Notlage befinden«, schaltete sich Gwen ein. »Außerdem werden die vollauf beschäftigt sein bei diesem Jahrhundertsturm. Nein, mit Hilfe von außen können wir nicht rechnen. Die Handys zu klauen war ein kluger Schachzug, von wem auch immer.«

»Und was sollen wir jetzt tun?«, fragte Carol.

»Flucht scheint mir der falsche Reflex zu sein. Wir müssen uns verteidigen.« Gwen dachte an den Revolver in ihrem Hosenbund. »Im Cottage ist es sicher. Wir sitzen die Sache einfach aus.«

»Seht ihr das?« Roddy gab Gas und deutete nach vorn. »Was ist da los?«

Die Straße stieg steil an, nur die Spitze des Leuchtturms war aus dieser Perspektive zu erkennen – und Rauchsäulen, die in den schiefergrauen Himmel stiegen. Sie erreichten die Auffahrt.

»Sofort anhalten!«, rief Gwen.

Roddy ging in die Eisen. Sie stiegen aus und sahen die Autos brennen. Alle, auch die mit zerstochenen Reifen. Johns Range Rover, der rote Kombi, Meenas Mietwagen, Struans Kleinbus, alles stand in Flammen. Aus den Motorhauben drang dicker, schwärzlicher Qualm. Es sah aus wie in einem Kriegsgebiet.

Carol reagierte als Erste. »Wir müssen das Kajak retten!«

Gwen war größer als die anderen. Sie nahm Anlauf, sprang auf die hintere Stoßstange des Vans und stieß sich nach oben ab. Auf diese Weise bekam sie ein spitzes Ende des Paddelboots zu fassen. Doch die Halterung gab nicht nach. Sie musste loslassen.

Glücklicherweise beschränkte sich das Feuer noch auf die Fahrerkabine des Wagens, wo sich der Motor befand. Roddy holte eine Decke aus dem Kofferraum seines BMW und warf sie über den Brandherd. Viel brachte das nicht, es war nur ein Aufschub. Gwen kletterte über eine Leiter am Heck aufs glühend heiße Dach hoch, löste die Schnallen der Halterung und stieß das Kajak herunter. Sie schleiften es zum Cottage und lehnten es gegen die Wand. Am Bug war der Kunststoff verschmort, doch ansonsten schien es intakt zu sein.

Machtlos mussten sie danach zusehen, wie sich die Autos in erbärmliche Wracks und Blechgerippe verwandelten. Der Nieselregen richtete nichts aus, dafür waren die Feuer zu heftig. Durch den Wind wurden sie sogar zusätzlich angefacht. Es stank nach verbranntem Gummi und Kunststoff.

Gwens Sorge galt jetzt dem Haus. »Die Brände dürfen nicht übergreifen. Wir müssen was unternehmen.«

Vorsorglich holten sie Wannen und Gießkannen mit Wasser aus dem Inneren des Cottage. »Haltet euch von den Autos fern!«, schrie Roddy. »Die können wir nicht löschen, schon gar nicht mit Wasser.«

Der Tank des Kombis explodierte, durch die Druckwelle wurden alle von den Beinen geholt. Danach waren Roddys Augenbrauen nur noch zwei qualmende Striche. Gwen hatte Brandblasen an den Händen vom Dach des Kleinbusses. Sie blieben auf dem Boden liegen und machten sich auf weitere Detonationen gefasst. Aber es kam nur zu vereinzelten Flammenstößen und Verpuffungen. Im Eingangsbereich des Cottage fühlten sie sich relativ sicher.

Carol richtete den Blick nach oben. Die gekreuzten Normannenäxte über der Haustür fehlten.

40

Er hatte schon viele Todesopfer gesehen. Aber wer richtete einen Menschen so übel zu? Lewis' tödliche Wunde wirkte archaisch. Sie reichte bis zum Halsansatz hinunter, das Gesicht war in zwei klaffende Hälften geteilt, mit einem einzigen Hieb, wie es aussah. Auf mittelalterlichen Schlachtfeldern war das vermutlich keine Seltenheit gewesen, dachte Struan. Doch man musste schon viel Kraft und Zorn aufbringen, um einen Schädel auf diese Weise zu spalten.

Während seiner Dienstzeit waren Axtmorde nicht gerade an der Tagesordnung gewesen. Die kamen eher in ländlichen Regionen vor. In Sheffield waren Messer ganz oben auf der Statistik gestanden, Messer und Schusswaffen, in einigem Abstand gefolgt von Baseballschlägern, Eisenstangen und Hämmern. Es hatte kein halbes Jahr gedauert, bis er abgestumpft war. Dann hatte ihn nur noch interessiert, ob die Kerle bei der Festnahme Schwierigkeiten machen würden. Messertypen stellten meist kein Problem dar. Vor einer Kanone hatten die einen Heidenrespekt, man durfte ihnen nur nicht zu nahe kommen. Revolverhelden waren gefährlicher, manchmal riskierten die eine Schießerei wegen der vermeintlichen Stärke, die ihnen das Gewicht der Waffe einflößte. Aber vor einem Mann mit einer Axt musste man sich in Acht nehmen. Der Hieb kam von oben, es steckte viel Gewalt dahinter, dagegen half keine Kevlarweste. Und wer so ein Ding in die Hand nahm und damit weit ausholend angriff, dem war es egal, ob er dabei draufging. Es sei denn, er agierte aus dem Hinterhalt und überraschte seine Opfer.

Struan behielt seine Gedanken für sich. Panik war das Letzte, was sie jetzt brauchten. Die Gischt peitschte ihm eiskalt ins Gesicht und vermischte sich mit dem Regenwasser. Wusch vieles weg.

Sophia kniete neben der Leiche und strich Lewis über die Wange. Zärtlich, weil er ihren Verführungskünsten im Cottage widerstanden und dennoch Rat bei ihr gesucht hatte. In dieser Kombination kam das selten vor.

»Erinnerungen?«, fragte John mit verächtlichem Unterton.

»Das weißt du doch!«, herrschte sie ihn an. »Was im Dark House geschah, lässt einen nie los.«

»Jetzt ist er tot.«

»Eben. Und deshalb gibt es auch keinen Grund für kleinliche Eifersucht!«

Sie stritten weiter. Die Brandung übertönte ihre Worte.

Struan blickte den Pfad hinauf. So wie Lewis dort auf dem Kiesstrand lag, musste er nach seinem Tod von weiter oben heruntergestürzt sein. Vor zwanzig Minuten waren Lewis und Bell noch hinter ihnen gegangen. Dann waren sie zurückgeblieben, hatten anscheinend Rast gemacht. Der Mörder musste ihnen also vom Cragged Point gefolgt sein und sie mehr oder weniger überrascht haben.

Dann entdeckte er Bell. Sie lag zehn Meter oberhalb, auf einem Felsvorsprung. Offenbar war sie ebenfalls gestürzt und im Fallen hängen geblieben. Struan kletterte ein Stück, kam aber nicht nahe genug heran. Es fehlten etwa drei Meter. Die Steine waren zu glitschig, um Halt zu bieten.

Bells leblose Augen ließen keinen Zweifel, sie war tot. Ihr Hals schien merkwürdig abgeknickt zu sein, der Nacken wies eine tiefe Verletzung auf. Vielleicht war ihr die gleiche Axt zum Verhängnis geworden, die auch Lewis erledigt hatte. Die dunklen Flecken um sie herum auf Flechten, Moos und Steinen stammten von einer Menge Blut.

Struan stieg wieder zum Strand hinunter und machte John und Sophia auf die Leiche aufmerksam. In ruhigem Tonfall teilte er ihnen seine Beobachtungen mit. Endlich verstummten die beiden. Ihr Streit hatte sie abgelenkt. Als sie begriffen, dass auch Bell unter den Toten war, starrten sie einander entsetzt an. Es hatte ein Paar erwischt, noch dazu ein ziemlich harmloses, und das erst vor kurzem, ganz in der Nähe. Das Meer leckte an ihren Trekkingstiefeln.

»Das erste weibliche Opfer«, sagte Sophia nachdenklich. »Bell konnte keiner Fliege was zuleide tun.«

»Sag das mal dem Mörder«, versetzte John. »Ich fürchte nur, dass der sich einen Dreck um unser Sündenregister schert. Sonst hätte er dich zuerst geholt.« Er kicherte dämlich und wollte einen Schluck Whisky nehmen, doch der Flachmann war leer. »Na toll! *Das* nenn ich mal 'ne Katastrophe!«

»Hat keinen Sinn, noch länger hierzubleiben.« Struan deutete zur Klippe hoch. »Wir müssen da wieder rauf und es den anderen sagen. Aber zuvor kümmern wir uns um Lewis.«

Gemeinsam trugen sie den Körper ins Bootshaus und legten ihn dort ab. Es war eine unheimliche Wiederholung der gestrigen Ereignisse. Das Gleiche hatten sie mit Knowles getan, der verschwunden war, als hätte es ihn nie gegeben. Was würde mit Lewis passieren? Blieben nicht einmal die Toten unangetastet?

Bells Leiche war unmöglich zu bergen. Sie mussten sie auf dem Felsvorsprung liegen lassen wie ein verendetes Stück Wild.

Struan ging voran. Er blieb an jeder Biegung des Weges stehen und spähte vorsichtig um die Ecke in der Hoffnung, dem tödlichen Hieb in letzter Sekunde ausweichen zu können. Als sein Partner in Sheffield ums Leben gekommen war, hatte Struan ihn vorausgeschickt. Eine Villa in einem Vorort, kurz vor Morgengrauen. Dietrichspuren am Schloss der Eingangstür. Kein Fluchtwagen, sie hatten angenommen, die Einbrecher seien längst stiften gegangen. Raum für Raum waren sie vorgerückt, anfangs noch mit der Waffe im Anschlag, um sich gegenseitig zu sichern. Dann das Schlafzimmer im ersten Stock, totale Dunkelheit, keine noch so kleine Lichtquelle, weil die Stromversorgung gekappt worden war, nur ihre Taschenlampen. Ein begehbarer Kleiderschrank. Dort hatte sich der Safe befunden, in der Wand, das Erste, was sie sahen. Und es stimmte, die Einbrecher waren über alle Berge gewesen. Bis auf einen. Der hatte völlig zugedröhnt und gegen jede Vernunft an der Leiche des Hausmädchens herumgemacht. Doch Meth erhöhte die Reaktionsgeschwindigkeit. Seine Kugel war Struans Partner durchs Auge ins Gehirn gedrungen und hatte die Schädeldecke in einem Stück weggerissen. Das meiste davon war in Struans Gesicht gelandet, auf seinen Wangen, den Nasenlöchern, in seinem Mund. Den metallischen, leicht süßlichen Geschmack war er bis heute nicht losgeworden. Er hatte seinen toten Partner als Deckung benutzt, den Einbrecher erschossen und einen Tag später seine Kündigung eingereicht. So war das gewesen, so hatte er es dem Untersuchungsausschuss dargelegt, so geisterte es durch seine Wachträume.

Manchmal beschlich ihn das Gefühl, als ginge Nigel immer noch ein paar Schritte vor ihm her. Bescheuerter Name, Nigel. Er hatte ihn immer damit aufgezogen.

In der Ferne waren Explosionen zu hören.

41

Es klopfte an der Tür.
»Wer ist da?«, fragte Gwen.

»Wir sind's, Sophia, John und ich. Lass uns rein!«

»Na endlich!« Zusammen mit Roddy schob sie eine Kommode zur Seite, mit der sie die Tür zusätzlich gesichert hatten. Dann sperrte Gwen auf und ließ Struan und die anderen eintreten. »Ihr seid ja eine Ewigkeit weg gewesen.«

»Fenster geschlossen, Türen verrammelt«, lobte Struan. »Gute Arbeit.« Er zog sein Kajak hinter sich her und legte es im Gang ab. Ein zusammensteckbares Paddel lag noch darin. »Das habt ihr vergessen reinzuholen. Was ist da draußen bloß los? Wer hat die Autos angezündet?«

»Keine Ahnung. Wir waren alle bei Tims Leiche, und als wir gemeinsam zurückkamen, brannte es schon. Wo sind Lewis und Bell?«

»Tot. Ermordet.«

Gwen rang um Atem. Sie sah hilfesuchend zu Roddy, der Struan nur zweifelnd anstarrte und darauf zu warten schien, dass hinter John und Sophia doch noch Lewis und Bell auftauchten. Aber es war kein schlechter Scherz gewesen. Warum sollte Struan auch so grausam sein?

Am Küchentisch versammelten sie sich. Carol und Meena hatten Tee und Kaffee gemacht. Schweigend nahmen sie sich Tassen. Zwei blieben übrig.

Sie erzählten sich gegenseitig, was geschehen war. Die erneuten Morde, das unerklärliche Verschwinden von Knowles' Leiche, die zerstörte Jolle, die Brandanschläge auf die Autos. Roddys BMW stand direkt neben dem Küchenfenster, dem einzigen, das geöffnet war, damit sie den Wagen im Blick behielten. Wenn sie damit Hilfe holen wollten, mussten sie erst die umgestürzte Ulme von der Fahrbahn entfernen.

»Kein Ding der Unmöglichkeit«, meinte Struan. »Wenn jeder mit anpackt und wenn wir ein Abschleppseil benutzen, kriegen wir den Baum schon irgendwie weg. Am Nachmittag ist Ebbe. Dann können wir's probieren.« Er schaute auf die Standuhr, es war kurz nach elf. »Dauert also noch ein bisschen.«

»Das ist wie bei diesem Amokschützen in Norwegen, der auf eine Insel schipperte und wahllos Leute tötete.« Gwen trank einen Schluck Tee. Seit ihrer Rückkehr ins Cottage hatte sie keinen Tropfen Alk mehr angerührt. »Aber das war was Politisches, oder?«

»Könnte es hier auch sein«, meinte Carol. »Ein Verrückter, der die Besserverdienenden aufs Korn nimmt.«

»Da darf ich mich ja geehrt fühlen«, spottete Gwen.

»Schluss damit! Wir wissen nur, dass wir es mit jemandem tun haben, der vor nichts zurückschreckt.« Struan holte die verbliebene Flinte aus dem Gewehrschrank. Am Morgen hatte er sie dummerweise weggeschlossen in der Annahme, er würde sie bei Tage nicht brauchen. Von John hatte er den einzigen Schlüssel zum Waffenschrank erhalten. Er legte die Flinte demonstrativ auf den Tisch. An seinen Revolver war er nicht rangekommen, als er das Wrack des Vans untersucht hatte. Die Türen waren total verklemmt gewesen. Er hätte ihn schon viel früher holen sollen, das war ihm jetzt klar.

»Keiner geht mehr ohne Schutz da raus«, fuhr er fort. »Auf mich wirkt es so, als würde sich der Mörder die schwächsten Glieder der Kette herauspicken. Tim auf seiner unüberlegten, nächtlichen Flucht. Lewis und Bell allein auf dem tückischen Felsenpfad. Das Prinzip der natürlichen Auslese. Oder einfach nur Mittel und Gelegenheit?«

»Was die Mittel betrifft ...«, begann Carol. »Die Äxte über der Eingangstür sind weg.«

»Aber das sind Museumsstücke«, erwiderte Sophia. »Damit kann man niemanden derart abmetzgern. Oder doch?«

»Um genau zu sein, sind es Replikate.« John klammerte sich an seinen Kaffee. »Echt antike Äxte würde ich nie den Witterungseinflüssen aussetzen.« Er zögerte. »Ich habe sie schärfen lassen, damit sie gefährlicher aussehen. Mit ein bisschen Übung kann man sie sogar werfen. Irgendwo habe ich eine Zielscheibe. Wenn man den Bogen raushat ...«

»Wie krank ist das denn?«, stieß Meena hervor. »Wieder so ein Macho-Ding wie deine Flinten? Hasenjagd und so? Ein echter Mann muss alles plattmachen, was ihm in die Quere kommt?«

»Wie konnte ich denn ahnen, was hier passiert? Diese unglaubliche ... Eskalation?« John spürte die bohrenden Blicke der anderen. Die Verzweiflung stand ihm ins Gesicht geschrieben. »Wir haben nur eine Wiedersehensfeier geplant, mit allen, die damals im Dark House dabei waren. Ein Akt der Versöhnung. Viele Leute, die sich aus ihrer Studienzeit kennen, machen das. Nach dem Examen hat man erst mal genug voneinander und geht seiner Wege. Und wenn die Zeit reif ist, kommt man wieder zusammen und tauscht sich darüber aus, wie es jedem ergangen ist. Was aus uns geworden ist. Wir dachten, das wäre eine gute Idee. Nostalgisch, sentimental, ich gebe es zu. Aber vielleicht auch ... von wissenschaftlichem Nutzen.«

»Von wem sprichst du?«, fragte Sophia. »Wer ist *wir?*«

»Der Professor und ich.«

»Knowles kam auf diese Idee?«

»Er hat es angeregt, ja. Dass wir uns in Culls Cove treffen. Er kannte das Anwesen.«

»Knowles empfahl John sogar den Kauf der Immobilie«, sagte Roddy. »Vor Jahren schon. Das hat er mir gestern erzählt.«

Struan horchte auf. »Das heißt, Knowles hat die Wiedersehensfeier eingefädelt? Von langer Hand?«

John nickte. »Tut mir leid, aber ich brauche jetzt unbedingt einen Drink.« Er stand auf, ging ins Kaminzimmer und kam mit der Whiskykaraffe und ein paar Gläsern zurück. »Möchte sonst jemand ...?« Er schenkte sich einen Doppelten ein und setzte sich wieder.

»Wer wusste sonst noch von diesem Grundstücksdeal?«, wollte Struan wissen. »Damals, als er über die Bühne ging?«

»Sophia natürlich. Ein paar Kollegen, Freunde. Was soll die Frage?«

»Aus militärischer Sicht hat Knowles Zeit und Ort dieses Zusammentreffens bestimmt. Berühmte Feldherren haben das so gemacht, Alexander der Große, Hannibal, Napoleon. Häufig waren sie mit ihren Armeen zahlenmäßig unterlegen. Aber die Wahl des Schlachtfelds und die Kenntnis des Terrains brachten ihnen entscheidende Vorteile. Sie manövrierten ihre Gegner aus. Genau das macht jetzt jemand mit uns.«

»Was hatte Knowles vor?«, fragte Gwen. »Du weißt doch mehr, als du zugeben willst, John!«

»Knowles ist als Erster gestorben«, winkte Roddy ab. »Ich habe seine Leiche gesehen. Was auch immer er ausgebrütet hat, es wurde mit seinem Tod Makulatur.«

John wand sich, als sei ihm übel. Er trank einen großen Schluck Whisky. »Ich war sein Assistent an der Uni, das wisst ihr ja. Obwohl ich später nicht in die Psychologie ging, fand ich seine Theorien immer faszinierend, wegweisend. Und als er mich bat, dieses Treffen zu inszenieren, da war ich gleich Feuer und Flamme. Außerdem wollte ich euch wiedersehen. Das bedeutet mir viel.« Er lachte hohl. »Zu erfahren, dass ich nicht der Einzige bin, der in die Scheiße geschlittert ist. Dass einen der beste Abschluss und die besten Startbedingungen nicht davor bewahren, Mist zu bauen. Ihr könnt euch nicht vorstellen, wie entlastend das für mich ist, befreiend geradezu. Schaut euch doch an mit euren kleinen und großen Fehltritten, all euren Unzulänglichkeiten und Lügen. Ihr habt eure Träume immer weiter zurechtgestutzt und sie darüber längst verloren. Und diejenigen von euch, die sich einreden, wirklich etwas erreicht zu haben, mussten dafür verdammt viele Kröten schlucken und Kompromisse in Kauf nehmen, oder? Das hat euch nicht gerade zu besseren Menschen gemacht – und ich nehme mich da nicht aus. Wir alle sind an falschen Versprechungen gescheitert, an Idealbildern, die wir irgendwann widerspruchslos übernommen haben. Unter diesen Voraussetzungen, unter völlig neuen Parametern, aber mit den gleichen Probanden, da lag es doch nahe, das Dark-House-Experiment zu erneuern.« Erschöpft von seinem Redefluss schenkte er sich wieder ein und trank das Glas in einem Zug aus. »Ich bin Mediziner. Frederic verlangte von mir … ich sollte so tun …« John griff sich an die Kehle und stieß Würgelaute aus. Weißliche Blasen traten vor seinen Mund. Er kippte vom Stuhl.

Struan kniete sich neben ihn auf den Boden und hielt seinen Kopf. »Was ist los?«, wollte er noch fragen, doch Johns Gliedmaßen waren bereits in einem letzten Krampf erstarrt, die Augen blicklos und matt.

Alle waren aufgesprungen und scharten sich um den Toten. Nach einer Reihe von Reanimierungsversuchen, bei denen ihm Roddy half, gab Struan auf. »Wir haben ihn verloren.«

»Aber wie ist das möglich?«, fragte Sophie und schaute ungläubig auf John herunter, als wollte sie ihn auffordern, die Scharade zu beenden und seinen peinlichen, pathetischen Monolog ein wenig zu relativieren.

Gwen wies auf die Whiskykaraffe. »Heute Morgen, als ich aufgestanden bin, habe ich das Ding vom Lagerhaus zurückgebracht. Da war es noch leer, und ihr wart alle schon auf Culls Cove unterwegs. Jemand muss die Karaffe in der Zwischenzeit aufgefüllt haben.«

»Mit einem torfigen Scotch.« Struan roch vorsichtig daran. »Und mit Gift, vermutlich einem geruch- und geschmacklosen, obwohl das bei dem intensiven Whiskyaroma schwer festzustellen ist. Hat binnen weniger Minuten zum Herzstillstand geführt.« Er schaute sich um. »Jemand ist in unserer Abwesenheit hier eingedrungen. Die Tür war unverschlossen, oder?«

»Der Schlüssel steckte von innen«, sagte Gwen betreten. »Ich hätte absperren sollen, als ich das Haus verließ.«

»Ist ja wohl selbstverständlich, dass der Letzte absperrt«, zischte Sophia. »Da draußen läuft ein Mörder herum und killt einen nach dem anderen. Wie kann man nur so gedankenlos sein!«

»Ich konnte doch nicht ahnen …«

»Was kannst du überhaupt? Wozu ist eine Schlampe wie du zu gebrauchen?« Sophia schrie Gwen aus nächster Nähe an. Der Schock über Johns Tod, Angst und Verzweiflung brachen endlich aus ihr hervor. Und Scham, weil sie sich mit ihrem Mann am Fuß der Klippe noch gestritten hatte. Die letzten Worte, die sie miteinander gewechselt hatten, waren Sticheleien und Verdächtigungen gewesen, in denen das Ungesagte der vergangenen Jahre mitgeschwungen war. »Du müsstest an Johns Stelle da liegen!«, kreischte sie und packte Gwen an den Schultern. »Das Gift war für dich bestimmt, du miese Alkoholikerin!«

Roddy zog Sophia zur Seite. »Ist ja schon gut. Beruhige dich.« Behutsam führte er sie ins Kaminzimmer und nahm mit ihr auf einem Sofa Platz. Sie senkte den Kopf und klammerte sich schluchzend an ihn. Ihre unzusammenhängenden Anschuldigungen wurden nach und nach leiser und erstarben.

Struan brachte Johns Leiche vorläufig in eine Abstellkammer, wo allerlei Vorräte lagerten. Wie gelähmt schauten ihm Gwen, Meena und Carol dabei zu. Als er fertig war, steckte er den Stöpsel mit Hilfe eines Papiertaschentuchs auf die Karaffe und schloss sie in den Gewehrschrank ein. Dann bedeutete er den anderen, sich wieder an den Küchentisch zu setzen. Sie mussten reden, um die Ereignisse halbwegs zu verarbeiten – und sich auf alles, was noch kam, vorzubereiten.

»Oberste Regel ab sofort«, setzte er an. »Keiner nimmt mehr offene Getränke zu sich. Wir trinken nur aus Flaschen, von denen wir selbst den Verschluss entfernt haben. Mit Tee und Kaffee sollten wir ebenfalls vorsichtig sein.«

Sie betrachteten ihre Tassen. Jeder hatte schon ein paar Schlucke genommen.

»Das Gleiche gilt für Speisen. Nur noch Fertiggerichte und Konserven. Verstanden?«

»Hab sowieso keinen Appetit«, meinte Carol.

Struan sprach so laut, dass ihn auch Roddy und Sophia von nebenan hörten. »Den vergifteten Whisky hätte jeder von uns trinken können nach all den schrecklichen Entdeckungen, die wir heute Morgen auf Culls Cove gemacht haben. Hier könnten jetzt noch mehr Leichen liegen.«

»Ich hab einfach nur Glück gehabt.« Gwen starrte auf die leeren Whiskygläser, sie standen noch unberührt auf dem Tisch. Welches davon hatte John gehört? Sie roch an jedem, bis sie es ausfindig gemacht hatte. »Willst du das auch zur Beweissicherung wegschließen?«, fragte sie Struan. »Glaubst du allen Ernstes, das bringt was? Fingerabdrücke auf der Karaffe, falls der Täter welche zurückgelassen hat … Das ist doch Pillepalle.«

»Wir müssen das Mögliche tun.«

»Für mich heißt das: überleben.«

Unbeirrt setzte Struan seinen Gedankengang fort. »Diese Morde kommen mir nicht zielgerichtet vor. Knowles geht allein an der Klippe spazieren. Das hätte auch einer von uns sein können. Tim haut mit dem Auto ab – keine abwegige Idee. Ich habe zum Beispiel vermutet, dass Meena als Erste aufbricht. Oder Carol zusammen mit Tim. Ich habe mir sogar selbst überlegt, mit dem Van zum Damm zu fahren und die Lage zu checken. Dann hätte es mich erwischt. In meiner alten Kiste gab's ebenfalls keinen Airbag.«

»Und Lewis und Bell hatten das Pech, sich von euch getrennt zu haben«, ergänzte Carol. »Es machte die beiden zu einem leichten Ziel.« Sie spürte, wie die Wirkung ihrer Pillen nachließ. Gar nicht gut. Sie musste demnächst in ihr Zimmer hoch und was nachwerfen. Noch gelang es ihr, das Grauen auf Distanz zu halten.

»Meines Erachtens herrscht hier die reine Willkür.« Struan blickte ratlos zu Boden.

»Gwen war am längsten von uns allen allein«, rief Sophia aus dem Kaminzimmer. »Warum lebt *sie* eigentlich noch?« Sie schüttelte Roddy ab und erhob sich. »Keine Sorge, ich raste nicht aus. Ich habe nur Fragen. An jemanden, der sich auf Culls Cove unbehelligt bewegen darf, während ringsum Freunde sterben. Erklärt mir das mal.«

»Lass Gwen in Ruhe, das bringt doch nichts«, sagte Meena. Sie hatte bislang geschwiegen und das Gespräch ungerührt, fast gelangweilt verfolgt. »Was wollte John uns mitteilen, bevor er starb? Sollte es nicht darum gehen? Dass er mit Knowles irgendetwas ausgeheckt hat und die beiden uns hierhergelockt haben? Um Dark House zu wiederholen, was immer das heißen mag?« Inzwischen war sie davon überzeugt, dass der Mörder sie letzte Nacht besucht hatte. Im Traum war es ihr so vorgekommen, als sei es Hollie gewesen – ein Hirngespinst, leider. Doch sie war verschont worden. Das Raubtier hatte an ihr geschnuppert und war unverrichteter Dinge abgezogen. Warum? Weil sie noch nicht an der Reihe war?

Eine gewaltige Explosion machte alle auf einen Schlag taub. Die Fensterscheiben zerbarsten. Carol saß direkt daneben, sie wurde förmlich durchsiebt. Ein keilförmiger Holzsplitter fuhr ihr in die Stirn und blieb dort stecken wie ein Mützenschild. Glassplitter rissen große Gewebestücke aus ihrem Gesicht und Oberkörper, Kieferknochen und Halswirbel verwandelten sich in einen klumpigen Brei. Als hätte der Tod sie angespuckt.

Meena wurde von Carol quasi gedeckt und mit ihr nach hinten geschleudert. Bis auf ein paar Prellungen blieb sie wundersamerweise unverletzt. Struan hatte instinktiv den Kopf eingezogen und nur die Druckwelle und ein paar oberflächliche Kratzer abbekommen. Gwen riss sich die Wange auf, als sie zu Boden geschleudert wurde. Roddy und Sophia trugen im Kaminzimmer keine nennenswerten Blessuren davon, da der Raum auf der anderen Seite des Cottage lag.

Der BMW war in die Luft geflogen. Ein Sprengsatz, C4 oder handelsübliches Dynamit – gar nicht so schwer zu beschaffen, dachte Struan. Er kannte die Zerstörungskraft solcher Bomben. Der Killer musste sie unbemerkt am Tank des Autos angebracht haben.

Es dauerte eine Weile, bis sie sich wieder problemlos verständigen konnten. Niemand verlor viele Worte. Sie vermieden Blickkontakt und starrten dumpf vor sich hin. Roddy zitterte, als erwartete er jede Sekunde den Todesstoß. Meena schien taub zu sein. Sie öffnete und schloss den Mund, um das Knalltrauma loszuwerden.

Struan verarztete Gwen, die eine Zeitlang nicht stillhalten konnte und angespannt und gelähmt zugleich war, ein Zustand, in dem sie alle mehr oder weniger verharrten, wie Soldaten unter Beschuss. Doch panisch ins Freie zu rennen und eine ideale Zielscheibe abzugeben schien genau das zu sein, was der Typ da draußen erwartete. Struan schärfte es allen ein und hielt Sophia, die völlig aufgelöst war, davon ab, das Haus zu verlassen. »Wir bleiben vorerst, wo wir sind, auch wenn's schwerfällt.«

Carols Blut war überall. Sie legten ihre schrecklich zugerichtete Leiche zu der von John in die Abstellkammer. Struan ging schließlich doch nach draußen und feuerte die Flinte ab, obwohl kein Ziel auszumachen war. Zur Abschreckung, aus altem Bullentrotz. Und weil er nicht mehr weiterwusste.

An der Stelle des Fensters befand sich ein großes Loch. Der Wind drang ungebremst herein. Er war schwächer geworden, der Regen hatte mittlerweile ganz aufgehört. Stattdessen bildete sich Nebel, was aufgrund der hohen Feuchtigkeit und der Nähe zur Küste nicht ungewöhnlich war.

Sie fühlten sich wehrlos.

42

Struan stand vor dem Kamin. Asche vom Vorabend lag noch darin. Als Erstes verriegelte er den Abzug, damit durch den Schornstein kein weiterer Sprengsatz in das Cottage geworfen werden konnte. Er tat das wenige, was in seiner Macht stand – und was ihm gerade in den Sinn kam. Allerdings glaubte er nicht, dass es viel nützte. Womit ließ sich jemand aufhalten, der imstande war, eine Bombe in unmittelbarer Nähe des Cottage zu zünden?

Verängstigt drängten sich die anderen ums Sofa. Die massive Einfassung der Feuerstelle verlieh ihnen zumindest das Gefühl, ein wenig geschützt zu sein. Sie lauschten ihrem eigenen Atem. Draußen war es still geworden, der Nebel dämpfte jedes Geräusch.

»Rückzug ins Lagerhaus«, sagte Struan schließlich. »Da können wir uns besser verteidigen.«

»Warum nicht in den Leuchtturm?« Sophia ging rasch zur Garderobe, holte ein Lederetui aus Johns Jackentasche und suchte einen großen Sicherheitsschlüssel heraus. »Damit kommen wir da rein.«

»Der Leuchtturm ist nur über einen schmalen Grat zu erreichen«, wandte Struan ein. »Dort säßen wir vollends in der Falle.«

»Aber es gibt nur einen einzigen Eingang. Keine Fenster, an die man vom Boden aus heranreicht. Das ist wie eine Festung. Und war nicht mal von einem Notsignal die Rede, das sich mit Hilfe des Blinklichts absetzen lässt?« Sophia hatte wieder Vernunft angenommen, ihr analytisch arbeitender Verstand gewann die Oberhand.

»Wer weiß, was uns dort erwartet?«, fragte Struan. »Vielleicht der Mörder? Von wo aus agiert er überhaupt? Sitzt er irgendwo im Gebüsch? Hat er an einem versteckten Ort ein Zelt aufgeschlagen, wo er seine Ausrüstung aufbewahrt?«

»Er könnte sich inzwischen auch Zugang zum Lagerhaus verschafft haben ...«

Die anderen lösten sich aus der Erstarrung. Das Vertrauen in Struan war geschwunden. Keiner seiner Vorschläge hatte ihnen bislang weitergeholfen. Doch bekanntes Terrain zu verlassen behagte niemandem. Im Cottage und im Lagerhaus meinten sie sich auszukennen. Der Leuchtturm stellte dagegen ein unkalkulierbares Wagnis dar.

»Was auch immer – wir sollten uns schnell entscheiden«, drängte Gwen. »Fünf von uns sind heute gestorben, fünf sind noch übrig. Bei diesem Tempo ist es heute Abend mit uns allen vorbei. Wir haben keine Zeit für lange Diskussionen.«

»Stimmen wir ab. Leuchtturm oder Lagerhaus.« Sophia hob die Hand. »Ich bin für Leuchtturm.«

Roddy tat es ihr gleich, sonst keiner.

»Also Lagerhaus«, sagte Struan. Gwen nickte. »Meena?«

»Ist mir egal.«

»Wie bitte?«

»Wer sterben soll, wird sterben. Man muss das akzeptieren.«

Verblüfft wechselten sie Blicke. »Heißt das, du gibst

auf?«, fragte Gwen. »Willst du dich einfach abschlachten lassen?«

Meena zuckte mit den Schultern. Sollten die anderen doch denken, was sie wollten.

»Meinst du etwa, du bleibst am Ende als Einzige übrig?«, wollte Sophia wissen. »Bist du die Komplizin dieses Irren und machst mit ihm gemeinsame Sache, wie wir es von Anfang an vermutet haben? Weil du uns alle hasst, du neurotische Spinnerin?«

»Kann schon sein«, gab sie tonlos zurück. »Ich stimme fürs Lagerhaus, damit wir uns nicht weiter streiten.« Sie lächelte verbindlich, als unterhielten sie sich darüber, in welchen Pub sie als Nächstes gehen sollten. Ein leiser Nachhall der früheren Meena.

»Ich schaue mal im Leuchtturm nach«, lenkte Struan wider besseres Wissen ein. »Nur um auszuschließen, dass der Mörder dort seine Operationsbasis hat. Und den Schalter für das Notsignal werde ich schon finden.«

Gwen packte seinen Arm. »Kommt nicht in Frage.«

»Außerdem bringt ein Notsignal kaum etwas.« Roddy erinnerte sich an seine Kindheit, als er sich für Land- und Seezeichen interessiert und allerlei Bausätze zusammengebastelt hatte. »Der Leuchtturm von Culls Cove ist nicht besonders hoch, vielleicht zwanzig Meter, er steht ja auf einer Klippe. Sein Leuchtfeuer ist vor allem für Schiffe bestimmt, die nah an der Küste fahren und an den Riffen vorbeinavigieren müssen. Bei niedrig hängendem Nebel, wie er für diese Region typisch ist, wäre das Licht auf einem höheren Leuchtturm nutzlos. Das sieht man gar nicht vom Wasser aus.«

»Und wegen der Schlechtwetterwarnung ist in diesen

Gewässern bestimmt niemand unterwegs«, ergänzte Gwen.

Struan widersprach. »Es gibt zumindest die Möglichkeit, dass es ein Hubschrauber der Seenotrettung oder der Küstenwache bemerkt. Falls die hier in der Gegend im Einsatz sind.«

»Warum sollten sie? Hier liegt weder ein Hafen in der Nähe noch eine größere Ortschaft.« Gwen wandte sich wieder Struan zu. »Und du gehst ganz bestimmt nicht allein in diesen Leuchtturm. Wir müssen jetzt zusammenbleiben, das ist unsere einzige Chance.«

»Na gut.« Struan schaute in die Runde. Er wollte noch ein wenig Hoffnung verbreiten. »Wir harren im Lagerhaus aus. Wenn das Hochwasser zurückgeht, versuchen wir, zu Fuß über den Damm aufs Festland zu gelangen. Das ist der Plan. Hat jemand eine bessere Idee?«

Darauf ließen sie es beruhen, Sophia und Roddy gaben nach. In Eile nahmen sie alles mit, was ihnen irgendwie nützlich erschien, Proviant in Konservenform, Essbesteck, einen Campingkocher, Getränke, wetterfeste Kleidung, Taschenlampen, Johns Arzttasche, Küchenmesser, die sich als Waffen eigneten, den Schürhaken vom Kamin und natürlich Flintenmunition aus dem Gewehrschrank, an dem sich anscheinend niemand zu schaffen gemacht hatte – wenigstens das. Ihre hektischen Aktivitäten machten ihnen bewusst, was die Stunde geschlagen hatte. Der Tod wartete auf die nächste Gelegenheit.

Gwens Blick fiel auf das Gemälde, das einen Schiffsuntergang zeigte. Als würden sie ein Wrack evakuieren und in ein Beiboot steigen, fand sie. Von wem ging die größere Bedrohung aus, von den Naturgewalten oder den Leidensgenossen? Die alten Bilder ließen das offen.

Sie stellte eine Kiste mit Dosengerichten zusammen. Der Revolver in ihrem Hosenbund verursachte schmerzhafte Druckstellen. Da sie Sophias Regenjacke trug, fiel es niemandem auf, dass sie eine Schusswaffe bei sich hatte. Roddy schleppte die Kiste ins Lagerhaus, wo Struan mit der Flinte im Anschlag stand, um ihm bei Bedarf Feuerschutz zu geben. In einem unbeobachteten Augenblick schob Gwen den Revolver vorne in ihre Jeans. So hatte sie ihn weiter griffbereit. Sie zog den Reißverschluss der Jacke zu.

Dann betrat sie Johns Arbeitszimmer. Zielstrebig öffnete sie die Schubladen seines Schreibtisches und stieß auf seine Whiskysammlung. Eigentlich verachtete sie Genusstrinker. Einige Flaschen waren ungeöffnet. Von einem besonders alten Malt entfernte sie Kapsel und Korken – Gift konnte da nicht drin sein – und hielt inne.

Sollte sie nicht besser nüchtern bleiben? Ihr Kater war verflogen, aufgrund dieser Mordorgie kaum verwunderlich. Trotzdem fühlte sie sich beschissen. Wie war dieser Alptraum bloß zu ertragen?

Sie trank, bis ihr das Zeug zu den Mundwinkeln herauslief. Als sie die Flasche absetzte, bemerkte sie ein Blatt Papier auf der Schreibtischplatte. Es war handschriftlich abgefasst, mit schwarzer Tinte. Schwungvolle, nach rechts geneigte Buchstaben.

Gwen nahm es in die Hand und las die Unterschrift.

Hollie.

43

Es war ein Abschiedsbrief. *Der* Abschiedsbrief. Von dem alle angenommen hatten, dass er nach Hollies Selbstmord irgendwo existieren musste, der aber niemals aufgetaucht war. Ihr Tod war für alle schon traumatisch genug gewesen. Doch ohne letzte Worte aus dem Leben zu scheiden, ohne eine Botschaft an ihre besten Freunde, eine Erklärung oder dergleichen, das hatte die Trauer um Hollie zu einem ratlosen Brüten gemacht. Was um alles in der Welt hatte sie bewogen, diesen Schritt ins Nichts zu gehen und darüber zu schweigen?

Gwen rief die anderen.

Die Handschrift war echt, das bestätigte Meena. Der Kleinen fiel noch mehr auf. »Das Bücherregal wurde in Unordnung gebracht. Jemand hat den Raum durchsucht.«

Ein schwerer Bildband mit anatomischen Studien und Abbildungen lag auf dem Boden neben dem Schreibtisch. Roddy hob ihn auf. »Gutes Versteck. Wer blättert schon in so einem alten Wälzer? Vielleicht hat John den Brief hier drin aufbewahrt.«

»Dann hat er ihn uns all die Jahre vorenthalten«, sagte Gwen bitter. »Warum zum Teufel?«

Sie wandten sich dem Brief zu. Er trug sogar ein Datum, 4. September 2002, der Tag vor dem Selbstmord, als die verstümmelten Überreste von Hollies Leiche auf den Bahngleisen zwischen Bristol und Bath gefunden worden waren. Es gab keine Anrede oder dergleichen.

Frederic öffnete uns im Dark House die Augen. Er zeigte uns Orte, von denen wir zuvor nicht geahnt hatten, dass sie überhaupt existierten. Wir ließen ihn Dinge sehen, die wir vor uns selbst verborgen hatten, eingemauert in den Nischen unserer Erinnerungen. Wir brachten ihm unsere Geheimnisse dar, Opfergaben von unschätzbarem Wert in der Hoffnung, dass er sie lüften und vor allem deuten konnte und am Ende wie ein antiker Gott Urteil sprach. All die Misshandlungen, die an uns begangen worden waren und aus welchen Gründen wir sie klaglos ertragen hatten. Alles, was uns erspart geblieben war, und die Schuld, die wir deshalb auf uns luden. Frederic nahm uns an die Hand und führte uns sicher durch die Vergangenheit. Er wurde unsere große, alles überstrahlende Liebe, und meine ganz besonders. Doch dann schreckte er vor dem letzten Schritt zurück. So können wir nicht weiterleben.

Nacheinander lasen sie den Brief. Trotz der Bedrohung, von der sie umgeben waren und die ihre Herzen einschnürte wie Stacheldraht, kam es ihnen so vor, als stünde die Zeit still. Hollies Zeilen waren eine Flaschenpost aus einem früheren Leben und zugleich eine Ergänzung der Erinnerungen, die ihnen selbst immer wieder durch den Kopf schossen. Die Tote sprach und gesellte sich dadurch zu ihnen. Sie fühlten sich aufs Neue mit ihr verbunden, auch wenn ihnen vieles rätselhaft erschien, was da geschrieben stand.

Meena kämpfte mit den Tränen. »Ich … hab das nicht gewusst. Nichts davon. Wie sie gelitten haben muss.«

»Hollie hatte ein Verhältnis mit Knowles«, sagte Struan ungewohnt brutal. »Oder sie wünschte sich eines.«

»Könnte auch eine platonische Beziehung gewesen sein«, wandte Sophia ein. »Mit dem ›letzten Schritt‹ ist dann Sex gemeint. Aber ich glaube nicht, dass Knowles so weit gegangen wäre – obwohl er sie immer bevorzugt behandelt hat.«

»Warum steht da dauernd ›wir‹?« Roddy deutete auf das Blatt, das er noch in der Hand hielt.

»So dachten wir doch damals«, meinte Gwen, die Zunge schwer vom Alkohol, »kollektiv. Knowles brachte uns das bei.«

Sophia nickte. »Um die Ausdrucksfähigkeit und die Perspektive zu erweitern. So ähnlich wie bei einer Fremdsprache. Wenn man Ideen im ›wir‹ formulieren muss, denkt man intensiver nach. Er nannte das den Pluralis concordiae. Stammt von irgendeinem Deutschen, der längere Zeit in England gelebt hat.«

»Hildesheimer«, ergänzte Struan. »Ein Schriftsteller. Gab das Schreiben am Ende auf, weil er der Ansicht war, sich mit Literatur nichts erreichen ließe.«

»Oh Mann, du wusstest immer alles«, sagte Roddy. »Du kanntest jede Scheißquelle. Knowles hatte bestimmt schwer daran zu knabbern, dass du Bulle geworden bist. Hat er dich nicht immer in der Forschung gesehen?«

»Wo ist der Unterschied?«

»Na ja ...«

»Außerdem hasse ich Schreibtische.«

Gwen driftete kurz weg. Knowles hatte einigen von ihnen Karrieren eröffnet oder wenigstens aufgezeigt. Bei Carol hatte es sogar geklappt, und Tim war von ihm auch auf die richtige Bahn geschubst worden. Sie alle hatten damals vor Selbstbewusstsein nur so gestrotzt und sich wie eine Art Elite gefühlt. Doch nach dem Dark House hatten die meisten von ihnen den Einfluss des Professors abgeschüttelt wie eine übel riechende Hundedecke. Emanzipation hatte oft eine undankbare Seite.

»Was ich nicht verstehe …«, begann Struan. »Das ist doch kein Abschiedsbrief. *So können wir nicht weiterleben.* Na und? Schmeißt man sich deshalb gleich vor den Zug? Und warum hat ihn John hier bei sich im Arbeitszimmer aufbewahrt?«

»Vergesst nicht, der Mörder war mit seinen dreckigen Fingern überall hier im Cottage.« Sophia schaute sich demonstrativ um. »Er hat den Brief absichtlich auf den Schreibtisch gelegt. Wir sollten ihn lesen.«

»Damit wir Hollie nicht vergessen?«, fragte Roddy.

»Vielleicht betrachtet er Hollies Tod gar nicht als Selbstmord im herkömmlichen Sinn«, warf Gwen ein. »Er gibt uns allen die Schuld daran. Er denkt, wir hätten sie in den Tod getrieben, wir und Knowles als Kopf des Ganzen. Deshalb musste der Professor auch als Erster sterben.«

Roddy lächelte schmal. »Das würde vieles erklären …«

»Und wenn der Mörder uns alle verantwortlich macht für Hollies Tod, wird er niemanden entkommen lassen«, fuhr Gwen fort. »Keinen Einzigen von uns, versteht ihr? Dann gehen wir alle drauf.«

»Aber was kann ich denn dafür?« Roddy hob aufgebracht die Arme. »Ich habe Hollie nicht mal näher gekannt. Ich hatte im Dark House nichts mit ihr zu tun, und weder zuvor noch danach …«

»Ich glaube kaum, dass wir Gelegenheit bekommen werden, das richtigzustellen. Der Brief ist nur ein Fingerzeig, damit wir nicht völlig ahnungslos sterben.«

Gleich einem Fallbeil senkten sich Gwens Worte herab. Es gab kein Entrinnen, das wurde ihnen noch deutlicher klar, als es ohnehin schon war, während sie um Johns Schreibtisch herumstanden wie eine unentschlossene Planungsgruppe, die das nächste schwierige Projekt diskutiert. Wer noch zweifelte, brauchte nur an die Leichen von Carol und den anderen zu denken. Keine Gnade.

Meena musterte die entsetzten Gesichter. Zeit für einen alten, lange gehegten Verdacht. »Möglicherweise war es damals gar kein Selbstmord, sondern Mord.«

Es war, als hätte sie jedem einen Tritt in die Magengrube versetzt. Roddy schnappte vernehmlich nach Luft.

Ungerührt sprach Meena weiter. »Bei einer Leiche, die vom Zug überrollt wird, lässt sich die genaue Todesursache nicht mehr feststellen. Spuren, die auf menschliche Gewalteinwirkung hindeuten, werden unkenntlich gemacht. Stichwunden, zum Beispiel, Schädel- oder Genickbruch. Das stimmt doch, Struan.«

Er schwieg. Mit der Flinte im Anschlag hatte er neben dem einzigen Fenster des Arbeitszimmers Posten bezogen. Damals war er wie alle anderen von Selbstmord ausgegangen. Aber Meena hatte recht, die Umstände von Hollies Tod ließen rückblickend tatsächlich viele Fragen offen. Ihre labile psychische Verfassung, die ihnen nach der Nacht im Dark House aufgefallen war, hatte der Polizei vor zehn Jahren genügt, um nicht weiter zu ermitteln. Inzwischen gab es mehr als genug Anlass für Skepsis, das sagte ihm auch seine kriminalistische Erfahrung.

»Wisst ihr noch?«, beharrte Meena. »Wir konnten Hollie nur mit Mühe identifizieren. Das spielte ihrem

Mörder in die Hände. Außer ihrem Ausweis und der Fahrkarte nach Bath, die man bei ihr fand …«

»Online über Hollies Konto gelöst«, ergänzte Sophia.

»Außer diesem Bahnticket gab es keinen Hinweis. Was, wenn jemand sie umgebracht und danach auf die Gleise gelegt hat?«

»Und wer soll das getan haben?«, fragte Gwen.

»Einer von uns.« Meena wies mit lockerer Geste in die Runde.

»Von den Lebenden oder den Toten?«

»Keine Ahnung. Vielleicht weiß das nicht mal unser Serienkiller. Und weil er Hollies wahren Mörder nicht kennt, tötet er einfach alle in der Annahme, dass der Richtige schon dabei sein wird.« Meena zuckte mit den Schultern. »So würde ich es jedenfalls machen. Der Rest fällt unter Kollateralschaden oder Zeugenbeseitigung.«

»Aber das wäre … ungerecht!«, fuhr Gwen sie an und ärgerte sich sogleich über den naiven Begriff. Gerechtigkeit. Davon hatten sie sich längst meilenweit entfernt, oder?

»Wie bei diesen Erschießungen im Zweiten Weltkrieg, als die Nazis ganze Dörfer auslöschten.« Struan begann die grausame Logik zu verstehen. »Für einen Partisanen, der einen deutschen Soldaten erschoss, mussten zahllose Unschuldige dran glauben.«

»Das waren Kriegsverbrechen«, widersprach Roddy.

»Genau! Wir befinden uns nämlich mitten in einem Krieg!« Gwen verlor die Beherrschung. »Einem Privatkrieg, falls dir das entgangen ist. Die Leute sterben hier wie die Fliegen, nach keinem erkennbaren Muster. Das Einzige, was uns verbindet, ist das Dark House.«

»Und Knowles«, ergänzte Sophia.

Roddy schob Gwen die Whiskyflasche hin. »Trink doch noch was. Dann kapierst du möglicherweise, dass sich die Regeln des Spiels geändert haben.«

»Das ist kein Spiel!«

»Hier geht's um Rache. Momentan wirkt es wie blinde Rache, und wir verhalten uns wie die Lämmer auf der Schlachtbank.« Roddy schaute sich vielsagend um.

»Und?«

»Nehmen wir mal an, einer von uns ist wirklich Hollies Mörder. Vielleicht leben wir nur deswegen noch, weil wir zum engeren Kreis der Verdächtigen gehören. Der Typ, der da draußen herumstreicht, tötet nach einer festgelegten Ordnung, das ist *meine* Meinung. Zuerst killt er den geistigen Vater des Ganzen, Knowles. Dann nimmt er sich Hollies Freunde vor, quasi in aufsteigender Reihenfolge, er fängt mit den am wenigsten Verdächtigen an. Ob sich die Gelegenheit dazu ergibt, spielt sicher auch eine Rolle wie bei Tim, der hat ja förmlich drum gebettelt mit seiner überstürzten Flucht. Meena ist bei dem Sprengsatz noch mal davongekommen, aber das war nur Glück. Jedenfalls geht das jetzt so weiter. Wer als Letzter stirbt, wird wahrscheinlich noch eine Predigt zu hören kriegen, warum er zum Hauptverdächtigen gekürt wurde.« Roddy grinste gequält. »Ich werde das bestimmt nicht sein. Aber ich möchte gern weiterleben. Ich möchte, dass diese Jagd aufhört. Dieser Typ soll mich laufen lassen. Und das wird er nur tun, wenn wir ihm Hollies Mörder ausliefern.«

Niemand rührte sich. Seitenblicke, keiner schaute den anderen offen an. Sie spürten, dass sie über den Punkt hinausgelangt waren, an dem sich noch etwas zum Guten wenden konnte. Sechs Leichen. Geplant? Oder willkürlich? Alles verschwamm. Und jetzt auch noch diese Geschichte mit Hollies Tod.

»Will jemand ein Geständnis ablegen?«, fragte Roddy. »Jetzt wäre der perfekte Zeitpunkt dafür.«

Die Stille stand zwischen ihnen wie ein Denkmal.

44

Das Lagerhaus besaß wie der Leuchtturm ebenfalls nur einen Eingang. Meenas Zimmer war das größte, dort schafften sie die Vorräte hin. Sie holten Matratzen und schoben sie vor die beiden Sprossenfenster zum Schutz gegen erneute Sprengsätze. Nebenan gab es eine kleine Teeküche, wo sie sich bei Bedarf Essen warm machen konnten und dergleichen, doch niemand wollte etwas. Struan verriegelte erst die Haupttür, die sie von innen zusätzlich mit Stühlen und einem Schrank verbarrikadierten. Mit der Tür zu Meenas Zimmer machten sie das Gleiche. Das Ganze dauerte etwa zehn Minuten. Danach setzten sich Sophia und Meena aufs Bett, Roddy und Gwen nahmen Stühle, Struan blieb stehen. Er hatte das Gespräch im Cottage abgewürgt unter dem Hinweis, dass sie für gegenseitige Anschuldigungen noch genug Zeit haben würden. Seither fraß sich die Theorie von Hollies Ermordung und der Verdacht, dass es einer von ihnen gewesen sein könnte, durch ihre Köpfe. Und dass sich alle im selben Raum aufhielten, machte es nicht einfacher.

Sich im Lagerhaus verschanzen, sich einigeln und auf besseres Wetter warten – schon nach wenigen Minuten begann sich Struan über seine Taktik zu ärgern. Warum hatte er bloß dem ersten Reflex nachgegeben? Um die anderen zu beschützen? Das wäre im Ernstfall gar nicht so einfach. Wer Sprengstoff besaß, verfügte vielleicht auch über Rauch- oder Gasgranaten. Der Killer brauchte nur ein Fenster einzudrücken und so ein Ding ins Innere kullern zu lassen. Dagegen waren die Matratzen nutzlos, ihr Schlupfwinkel würde zur Falle werden. Dann konnten sie höchstens in ein anderes Zimmer wechseln und säßen dort ebenso auf dem Präsentierteller, bis sie gezwungen sein würden, ins Freie zu fliehen – wo sie eine noch leichtere Beute darstellten.

Überdies waren sie zum Nichtstun verdammt. Wie lange konnte das gutgehen? Die Spannung war schon jetzt greifbar, verstärkt durch das Schweigen. Bald würde sich die Selbstzerfleischung fortsetzen, es war nur eine Frage der Zeit.

Struans Trost bestand darin, dass sie in einer ähnlich limitierten Lage wären, wenn sie sich im Leuchtturm befänden. Dort mochte es zwar sicherer sein, aber sie säßen in einer Sackgasse, während sie das Lagerhaus bei einem Angriff noch in jede Richtung verlassen konnten.

Er postierte sich zwischen den beiden Fenstern und hielt Ausschau nach allem, was sich im Nebel regte.

Knowles hatte ihm einst das Handlungsspektrum aufgezeigt, zu dem die meisten Menschen in Drucksituationen neigten. Sie trafen entweder falsche Entscheidungen, die sofort ins Verderben führten; oder überhastete Entscheidungen, die sie ihr Ziel aus den Augen verlieren ließen; oder gar keine Entscheidungen, was mit Lähmung und Stillstand gleichzusetzen war. Alternativ gab es noch irrationale Entscheidungen wie Amoklauf oder unkontrollierte Ausbrüche. Dass man das Richtige tat, sei es aus Zufall, Instinkt oder Logik – oder aus einer Mischung von allen dreien –, war relativ selten. Die Polizeistatistik sprach jedenfalls dagegen. Nigels Tod sprach dagegen.

Rein wissenschaftlich betrachtet hatten sie also schlechte Karten.

Sophia ergriff das Wort. Sie wickelte sich einen Seidenschal um den Hals, den sie bei Lewis' Sachen gefunden hatte, ein Souvenir. Es war kalt im Lagerhaus. »Da wären wir nun. Irgendwelche Vorschläge, wie wir uns die Zeit bis zu unserem Tod vertreiben?«

»Diese Einstellung ist nicht gerade hilfreich«, sagte Gwen.

»Was wäre denn hilfreich? Einen von uns zu Hollies Mörder erklären und ihn mit einem Schild um den Hals vor die Tür setzen?«

»Vielleicht finden wir ja mehr darüber heraus.« Roddy blickte in die Runde.

Struan stützte den Kolben der Flinte auf dem Oberschenkel ab. »Wie soll das gehen? Dafür haben wir viel zu wenig Informationen. Ich weiß nur noch, dass Hollie irgendwann in der Nacht vom Zug überrollt wurde.«

»Um kurz nach eins«, ergänzte Meena. »5. September 2002. An einer Stelle, wo die A4 die Bahngleise überquert, in der Nähe eines Campingplatzes.«

»Newton Mill Holiday Park.« Gwen nickte. »Das liegt am Stadtrand von Bath.«

»Von dort strömten am Morgen Urlauber herbei, die wollten sich nichts entgehen lassen.« Meena erinnerte sich an die Schaulustigen auf den Bildern der Zeitungsausschnitte. Sie hatte damals in allen verfügbaren Blättern recherchiert und die entsprechenden Artikel gesammelt. Von Hollies Tod hatte sie erst durch die Medien erfahren. »Wir können versuchen, das alles zu rekonstruieren. Aber wer damals gelogen hat, würde es auch heute tun.«

»Woher stammte Hollie eigentlich?«, fragte Sophia. »Du müsstest das doch wissen.«

»Aus einem Kaff in Dorset. Wo genau hat sie nie gesagt.«

»Wir sind hier in Dorset. Komisch, oder?«

Struan horchte auf. »Heißt das, Hollie ist hier in der Gegend aufgewachsen?«

»Die Grafschaft ist groß«, meinte Roddy.

»Könnte aber ein Hinweis sein, warum wir uns jetzt auf Culls Cove befinden. Knowles hat darauf hingearbeitet, dass John dieses Anwesen kauft. Das muss einen Grund haben.«

»Wahrscheinlich wusste er mehr über Hollie als wir alle zusammen – Meena eingeschlossen.« Gwen dachte wieder an das Verhalten des Professors am Bahnhof. Er hatte mit »Auseinandersetzungen« gerechnet. Was war damit gemeint gewesen? Hatte er dieses Massaker vorausgeahnt?

»Hollie sprach oft vom Meer«, sagte Meena. »Vermutlich ist sie an der Küste aufgewachsen. Mehr fällt mir dazu nicht ein.«

»Es ist also möglich, dass sie Culls Cove gekannt hat.« Struan verfiel wieder in seine Ermittlerroutine. Man musste die Leute zum Reden bringen, um dem Gedächtnis auf die Sprünge zu helfen und Erinnerungen hervorzulocken. »Konzentrieren wir uns auf die Zeit unmittelbar vor der Nacht im Dark House. Ihr habt euch doch damals bestimmt über Knowles' verrückte Idee unterhalten.«

»Wir wussten nur, was alle wussten: Dass geplant war, in einem abgelegenen Gebäude verschiedene Szenarien durchzuspielen.«

»Ohne irgendeine Lichtquelle«, fügte Gwen hinzu.

»Und was hat Hollie davon gehalten?«, fragte Struan.

»Sie war ganz heiß drauf – im Gegensatz zu mir.« Meena dachte nach. »Ich hatte Bedenken wegen der Dunkelheit. Aber Hollie machte das nichts aus. Sie meinte, sie hätte sich schon früh daran gewöhnt.«

Struan runzelte die Stirn. »Wie gewöhnt man sich an absolute Dunkelheit?«

»Du schließt dich in einem Kleiderschrank ein«, sagte Roddy. »Oder im Klo.«

Gwen nickte. »Oder du wirst dort eingeschlossen.«

»Wird das eine Kindheitsanamnese?«, fragte Sophia. »Na gut, bei mir war es Blinde Kuh.« Sie nahm ihren Schal ab, Hermès mit einem Paisley-Muster, Lewis hatte Geschmack besessen. Gewissenhaft faltete sie ihn zu einer Binde.

»Musst du alles ins Lächerliche ziehen?« Struan warf ihr einen verärgerten Blick zu.

»Tut mir leid, wenn es auf dich so wirkt«, sagte Sophia. »Manchmal muss man sich mit einfachen Mitteln behelfen.«

»Und was hat die große Psychologin beizutragen?«, fragte Gwen.

Sophia drehte sich zu Meena, die neben ihr auf dem Bett saß, und nahm den gefalteten Schal in beide Hände. »Bereit für ein bisschen Dunkelheit? Keine Angst, Liebes.«

Meena zögerte kurz. »Von mir aus. Wir haben ja nichts Besseres zu tun.«

Geschickt verband Sophia ihr die Augen. »Okay so? Siehst du noch was?«

»Nein.«

»Dann mal los.« Sophia rückte ein Stück von der kerzengerade aufgerichteten Meena ab und überlegte. »Hollie. Wir alle sehen sie vor uns mit ihren knappen T-Shirts, die gerade mal zum Bauchnabel reichten, ihrer rattenscharfen Frisur, Annie-Lennox-Style in Schwarz. Impulsiv, attraktiv, klüger als Gwen, und das will was heißen.« Sie zog eine Grimasse. »Keine Drogen, das hat uns Respekt eingeflößt. Hollie war klar wie ein Kristall.«

»Das war sie«, sagte Meena.

»Und sie hat sich für dich entschieden, Kleines. Darauf kannst du stolz sein. Du warst ihre Einzige.«

Nicken. Meena durchlief ein Schauer.

»Ihr liegt zusammen im Bett, und Hollie erzählt von sich. Ihr redet über früher …«

»Im Bett haben wir nie viel geredet.«

»Gut, dann in einem Café …«

»Das war bei Roddy auf der Sonnenterrasse. Es hat geregnet.« Meena kicherte wie ein kleines Mädchen. »Weiß nicht, wer sich da jemals gesonnt hat.«

»Die ... Terrasse, warum nicht? Also, es pisst wie immer in Bristol, ihr sitzt unter einem Schirm und quatscht über alles Mögliche. Wo ihr herkommt, wie ihr tickt, was mal wichtig war vor langer Zeit, als es nur die Eltern gab und vielleicht noch Geschwister, und als die Welt sich noch ohne euch drehte.«

»Ja.«

»Dein Daddy hat dich auf die Schaukel gesetzt.«

»Ganz oft.« Meenas Stimme klang erstickt. »Wir gingen zusammen zum Spielplatz, immer am Samstag gegen vier, da kam er vom Büro zurück.«

»Und Hollie, wie war das bei ihr?«

»Weiß nicht.«

»Gab es da auch einen Daddy?«

»Nein.«

»Eine Mom?«

»Auch nicht. Nie davon gehört.«

Sophia räusperte sich. »Hollie war also ganz allein?«

»Ich glaube ... sie hatte ein Schwester. Ja, das hat sie mal erwähnt. Eine ältere Schwester, mit der sie sich ganz gut verstand. Pris? Kann das sein?«

»Pris für Priscilla?«

»Nur ... Pris. Komisch, was einem wieder einfällt.« Meena wollte die Augenbinde abnehmen. »War's das?«

Sophia hielt ihre Handgelenke fest. »Wir sind gleich fertig, Kleines. Lass uns noch kurz bei dieser Pris bleiben, und bei Hollie ...«

»Sie haben zusammen gespielt.« Meena konzentrierte sich. »In einer Höhle? Nein, Hollie hat ein anderes Wort benutzt. Stollen, genau! Stollen in ... einer Mine. Oder einem Steinbruch?«

»Da ist es dunkel, oder?«

»Stockdunkel.«

45

Struan fiel ein, dass John von den Limestone-Höhlen erzählt hatte, die sich unten an der Bucht befanden. Doch Sophia wusste weitaus mehr zu erzählen.

»Diese Höhlen können wir vergessen, da kommt man gar nicht hin. Aber in entgegengesetzter Richtung gibt es tatsächlich Überreste eines alten Steinbruchs.«

»Echt?«

»Sicher. Ich bin dort mit John spazieren gewesen.«

»Wie weit ist das von hier?«

»Keine Ahnung. Eine Meile? Ich kann das schwer schätzen.«

»Und was erwartet uns da?«

»Löcher im Abhang, größtenteils zugewachsen, mehr ist von außen nicht zu sehen. Die Stollen enden nach ein paar Metern, früher krochen Leute da rein und haben den Fels mit Spitzhacken bearbeitet. Verrückte Zeit.«

»Die hatten keine Wahl«, meinte Gwen.

»Haben wir auch nicht.« Struan verließ seinen Posten am Fenster. »Ich geh raus und schau mir diesen Steinbruch an. Bislang hatten wir den überhaupt nicht auf dem Plan. Ich will wissen, was da ist.«

Meena erhob sich. Sie hatte den Schal abgenommen und betrachtete ihn verwundert. »Bin dabei. Wenn Hollie als Kind wirklich dort war …«

»Ich schließe mich an«, sagte Gwen. »Besser, als hier rumzusitzen.«

Sophia und Roddy tauschten Blicke. Sie nickten.

»Wir bleiben zusammen«, sagte Sophia. »Also kommen wir mit.«

Alle schienen froh zu sein, das Lagerhaus verlassen zu dürfen und eine Art Aufgabe vor sich zu haben. »12.40 Uhr«, verkündete Struan. »Auf dem Rückweg können wir ja am Damm nach dem Rechten sehen, dann müsste die Ebbe ihren niedrigsten Stand erreicht haben.«

»Gute Idee.« Sophia zog ein schweres Wax-Jackett an, die anderen hüllten sich ebenfalls in wetterfeste Kleidung.

»Und seid leise«, mahnte Struan. »Wir wollen möglichst wenig Aufmerksamkeit auf uns lenken. Es ist gefährlich, was wir da vorhaben, das brauche ich ja wohl keinem extra zu sagen. Niemand darf trödeln oder zurückfallen. Der Killer kann uns aus dem Nichts heraus angreifen.«

Er ging als Erster nach draußen und sondierte die Lage. Alles wirkte ruhig, doch das hatte nichts zu bedeuten. Der Nebel wallte in Schwaden über die feuchten Wiesen, als besäße er ein Eigenleben. Vom Himmel war nur eine graue, einförmige Fläche zu erkennen, es regnete schwach. Die eingeschränkte Sicht hatte wenigstens einen Vorteil: Für einen Gewehrschützen boten sie kein leichtes Ziel.

Roddy und Gwen nahmen Taschenlampen mit, ließen sie aber ausgeschaltet. Sophia verriegelte das Lagerhaus. Sie setzten sich in Bewegung.

Der Steinbruch lag im Osten von Culls Cove. Diesen Teil der Halbinsel hatten sie bislang noch nicht betreten. Cragged Point befand sich im Westen, der Damm im Norden. An der Südseite fiel das Terrain sanft zum Meer hin ab, doch dichtes Buschwerk, Gräben und Gehölze, die einstmals zur Abtrennung der Weiden dienten, bildeten dort einen unpassierbaren Riegel.

Struan machte einen weiten Bogen um das Cottage und folgte dem Rand des Buschwerks. Sophia ging hinter ihm, dann kamen Roddy, Meena und Gwen. An einer Stelle, wo das macchiaartige Gestrüpp aufhörte, stießen sie auf einen Trampelpfad, der parallel zur Küste ostwärts führte – zumindest nahm Struan das an. Er verließ sich auf sein Gefühl. An der unsichtbaren Sonne konnte er sich nicht orientieren.

»Das müsste der Weg sein«, flüsterte Sophia, doch Struan hob nur kurz die Hand, um sie zum Schweigen zu bringen. »Läuft doch ganz gut«, setzte sie trotzig hinzu.

Der Untergrund fühlte sich weich und schlammig an, wer nicht trittsicher war, rutschte weg. Nebelbank um Nebelbank quoll von der Meerseite empor. Gwen drehte sich immer wieder um und sicherte nach hinten ab. Sie hatte die Regenjacke hochgeschoben, um die Hand schnell am Revolver zu haben. Ihre Sneakers waren zwei Erdklumpen. Meena hielt sich ganz gut, sie stapfte unbeeindruckt vor sich hin. Sophia landete mehr als ein Mal im Matsch, genauso wie Roddy. Bei Sophia lag es an Unerfahrenheit, bei Roddy war es Nervosität.

Der Gedanke an Hollies Mörder wollte ihm nicht mehr aus dem Kopf. Das war der Schlüssel zu all dem Töten auf Culls Cove. Er kannte auch schon die Schuldige. Meena hatte recht. Als sie im Cottage angekommen war, hatte sie Sophia beschuldigt, Hollie gehasst zu haben. Genauso war es.

Richmond Park, vor zehn Jahren. Sophia hatte Hollie von Anfang an als Rivalin betrachtet, niemandem blieb das verborgen. Hollie war ihr in allen Belangen überlegen. Auf fachlicher Ebene konnte sich kein Student mit der Intelligenz der kleinen, blassen Schwarzhaarigen messen. Knowles nahm sie sogar zu Psychologie-Kongressen mit, nicht als Gehilfin, sondern als Rednerin. Sophia, die sich für ähnlich talentiert hielt, war das ein steter Dorn im Auge. Bei einem Empfang an der Uni kippte sie Hollie, die sich mit Knowles und dessen Kollegen an der Cocktailbar unterhielt, mal wie zufällig ein Glas Rotwein übers helle Top. Und dergleichen mehr.

Vom Aussehen her musste sich Sophia stets aufhübschen und mit teuren Klamotten stylen, was in Studentenkreisen gar nicht gut ankam. Hollie brauchte dagegen nicht mal Make-up, damit ihr Männer und Frauen zu Füßen lagen. Sie wurde von allen geliebt, jeder suchte ihre Nähe und ihren Rat, wie von selbst stand sie im Mittelpunkt – eine Rolle, die Sophia eigentlich für sich vorgesehen hatte und dadurch zu erringen suchte, indem sie sich allen an den Hals warf. Einmal blies sie Roddy einen, im Badezimmer während einer Party, und tat es danach als Champagnerlaune ab. John bekam nichts davon mit, dafür aber alle anderen. Gwen und Carol machte das fuchsteufelswild, doch Hollie zeigte daran eher wissenschaftliches Interesse – wie auch Knowles. Vielleicht entstand damals die Idee für die späteren Experimente.

Roddy stellte sich vor, wie in der Nacht nach dem Dark House ein simpler Streit eskaliert war. Zurück in Bristol lockte Sophia Hollie in ihr Nobel-Appartement, das übrigens nie für irgendwelche Feiern zur Verfügung stand. Ein Wort gab das andere, und Sophia langte etwas fester zu. Vielleicht war es ein Unfall, Hollie knallte irgendwo dagegen – Ende, aus. Daraufhin musste Sophia etwas konstruieren und legte die Leiche auf die Bahngleise.

So oder so ähnlich war das damals passiert, davon war Roddy überzeugt. Und dieses Treffen in Culls Cove hatte Knowles zusammen mit John eingefädelt, weil er dem Mörder von Hollie auf die Spur kommen wollte. John, dieser Traumtänzer, hatte natürlich nicht geahnt, dass seine eigene Frau der Stein des Anstoßes war. Der konnte ja nur Whiskysorten unterscheiden und seine Klinik in den Ruin treiben.

Anders Meena. Nach der Einladung auf die Halbinsel war ihr alter Verdacht wieder aufgekeimt, dass Hollie keinen Selbstmord begangen hatte. Und weil sie nicht mit Sicherheit wusste, wer Hollie umgebracht hatte, und sie durch ihre Racheobsession über die Jahre zu einem unzurechnungsfähigen Freak geworden war, hatte sie einen Killer beauftragt, einfach alle abzuschlachten.

Roddy verlor den Halt und fiel wieder in den Schlamm. Es gab für all das keine Beweise, und Struan und Gwen würden ihm bestimmt nicht glauben, aber wann hatte er sich in Bezug auf seine Freunde je geirrt? Im Grunde passte er mit seinem gesunden Menschenverstand gar nicht zu diesen intellektuellen Arschlöchern. Und er wollte nicht sterben.

Sophia half ihm hoch. »Weiche Knie, oder was?«

Sie kannte den Blick, mit dem er sie ansah. Sein kleines Licht wollte gern heller brennen, aber immer war jemand anderes schuld, wenn es verlosch.

Wir liebten und betrogen einander, vor allem in der Phase, als sich die Gruppen auflösten und vermischten, als keiner mehr wusste, an wen er geriet, was er oder sie gerade wollte, ersehnte, ablehnte. Sex mit Fremden ist langweilig. Sex mit den besten Freunden war entgrenzend. Es war die reine, die wahre Liebe. Umarmt, was euch in die Finger gerät, greift mit aller Macht zu, haltet es fest, bezwingt es und lasst es euch bezwingen. Gemeinsam waren wir unglaublich stark in jener Nacht, unsere Einzigartigkeit zeigte sich erst im Kollektiv. Wir wurden größer und älter, unwiederholbar. In der Dunkelheit wächst man schneller als im Licht.

»Ich glaube, wir sind da«, sagte Struan mit gesenkter Stimme. Er wies auf eine Öffnung im Abhang, die aussah wie ein zahnloses, von Grassoden und Strandhafer gesäumtes Maul.

Sie hielten staunend inne.

46

Es war nur der erste von vier dicht nebeneinanderliegenden Stollen. Vor mehr als dreihundert Jahren waren sie mit primitiven Werkzeugen in das Gestein von Culls Cove getrieben worden – das wusste Sophia von John. Als die Halbinsel noch für die Öffentlichkeit zugänglich gewesen war, hatten sich an den Eingängen Gitter befunden, um Wanderer und Touristen fernzuhalten. Doch John hatte die hässlichen Dinger eigenhändig entfernt wegen des authentischen Eindrucks. Nur ein paar rostige Scharniere waren übrig geblieben.

Oberhalb der Böschung wucherte dichtes Gestrüpp. Über den Eingang des dritten und größten Stollens wölbte sich eine dornenbewachsene Erdlippe. Darunter standen vor Regen und Wind geschützt – ein Campingtisch und ein Klappstuhl.

»Da hat sich jemand häuslich eingerichtet.« Struan nahm den versteckt gelegenen Ort näher in Augenschein. Vorsichtig setzte er einen Schritt vor den anderen. »Bleibt, wo ihr seid!«, raunte er.

Immerhin, Sprengfallen oder dergleichen schien es nicht zu geben. Stattdessen stieß er auf Lebensmittelvorräte, Toilettenpapier und einen kleinen Generator. »Ich glaube, wir haben das Lager des Killers gefunden.«

Die anderen kamen zögerlich näher. »Ist nicht wahr«, flüsterte Gwen. »Hier verschanzt er sich?«

»Sieht so aus.«

»Und wo schläft er? In dem Stollen?«

»Durchaus möglich.« Struan spannte die Hähne der Flinte. »Kein Wort mehr. Vielleicht überraschen wir ihn.«

Stumm verlangte er eine Taschenlampe. Roddy reichte ihm seine, und er steckte sie sich unter den Gürtel am Rücken. Kein Licht machen jetzt. Der Typ musste ja auch mal ausruhen, dachte er, zum Beispiel für den nächsten Mord. Er schob sich an einem Sixpack Wasserflaschen vorbei und kroch bäuchlings in das Loch.

Der Gang war nur einen Meter breit, aber so hoch, dass Struan darin gebückt hätte stehen können. Zunehmend felsiger Untergrund, leicht abschüssig, Stützbalken zu beiden Seiten. Der Lichtschein von draußen wurde immer schwächer, je weiter Struan vordrang. Langsam robbte er auf den Ellbogen weiter und hielt die Flinte schräg vor sich wie einen Blindenstock. Hin und wieder berührte der Doppellauf Steine an den Wänden. In dem Stollen war es relativ trocken, offenbar saugte der Kalkstein die Nässe auf.

Es ging stetig abwärts, dann wurde es ebener. Struan konnte nichts mehr sehen. Eine Fliege summte an seinem Ohr, muffiger Geruch drang ihm entgegen. Plötzlich spürte er direkt vor sich einen Widerstand, mitten im Gang.

Er richtete sich halb auf. Mit dem linken Knie stützte er sich auf dem Boden ab, das rechte benutzte er als Auflage für die schussbereite Flinte.

Er schaltete die schmutzverschmierte Taschenlampe ein.

Trekkingstiefel, die zu einem Körper gehörten.

Das Licht flackerte und ging aus.

Verdammt, das Ding war kaputt. Roddy hatte es wohl in den Schlamm fallen lassen. Vollidiot.

Struan wartete auf ein Geräusch, irgendetwas, woraus er schließen konnte, ob der Killer aufwachte.

Nichts rührte sich.

Sollte er auf Verdacht abdrücken? Dann würden sie nie erfahren, was es mit der Mordserie auf sich hatte.

Er rutschte näher heran und rammte den Doppellauf an eine Stelle, von der er glaubte, dass sich dort der Unterleib des Mannes befand.

»Keine Bewegung!«, schrie er in dem Bewusstsein, dass ihn der Killer jederzeit abknallen konnte. Vielleicht besaß das Schwein sogar ein Nachtsichtgerät. »Sag was, na los! Sonst blas ich dir deine Scheißeier weg!«

Kein Laut aus dem Dunkeln. Es war, als spräche er in Watte hinein.

Struan beschloss, etwas zu riskieren. Er hob den Lauf an und drückte ab.

Das Mündungsfeuer des Schusses erhellte den Gang für Sekundenbruchteile. Aber es war kaum etwas zu erkennen, nur eine seltsame, bärtige Fratze. Und da der Schall von den Wänden zurückgeworfen wurde, war Struan mit einem Schlag taub. Gesteinssand rieselte von der Decke.

Was zum Teufel konnte er jetzt tun? Darauf hatten ihn weder Knowles noch die Polizeiausbildung oder seine Kajaktouren vorbereitet. Er steckte wie ein Embryo im Geburtskanal.

Mit dem rechten Zeigefinger am Abzug tastete er sich voran und griff in eine nachgiebige, feuchte Masse. Er bekam etwas zwischen die Finger, das sich wie Gedärm anfühlte. Es war noch warm.

Hier lag eine Leiche.

Er drehte sich um. »Kommt mit 'ner Taschenlampe

hier rein!«, rief er, ohne sich selbst hören zu können. »Schnell! Ich brauche Licht!«

Es dauerte nicht lange, bis er sah, wie sich jemand näherte. Der Halogenschein blendete ihn. Dann erkannte er Gwen, sie hielt eine Waffe in der Hand.

»Wo hast du den Revolver her?«

Er konnte ihre Antwort nicht verstehen. Sie leuchtete dorthin, wo die Leiche wie schlafend auf dem Rücken lag.

Der Körper war regelrecht ausgeweidet worden. Brustkorb, Bauchdecke und Leistenbereich bildeten eine einzige Wunde, auf den Innereien hatten sich winzige Fliegen niedergelassen. Nur der Kopf schien oberhalb der Kehle noch unversehrt zu sein.

Es war Knowles.

47

Struans Hörsinn kehrte langsam zurück. »Fühl doch, der Körper ist noch warm. Eigentlich hätte er seit gestern Abend auf Umgebungstemperatur abkühlen müssen. Das heißt, der Professor hat bis vor kurzem noch gelebt.«

Gwen schob sich an der Leiche vorbei und leuchtete in die Finsternis. »Der Gang endet dahinten.«

»Schau dir all das Blut an. Er muss hier gestorben sein, vor einer Stunde, würde ich sagen. Wie ist er in diesen Stollen gelangt?«

»Auf die gleiche Art, wie er das Bootshaus verlassen hat. Zu Fuß.«

»Aber wie ist das möglich?«

Sie zuckte mit den Schultern. »Er war gar nicht tot. Denk doch mal nach. John hat Knowles untersucht und seinen Tod festgestellt, keiner von uns hat das exakt überprüft, warum auch? Wir haben ihm einfach geglaubt. Außerdem standen wir unter Schock, ich konnte gar nicht richtig hinschauen. Und weißt du noch, wie schnell John im Bootshaus die angebliche Leiche verhüllt hat unter dem Vorwand, die Würde des Verstorbenen zu wahren? Die beiden haben uns was vorgemacht. Ich denke, das wollte uns John sagen, bevor er …«

Struan versuchte, die Hände an den Hosenbeinen der Leiche abzuwischen. Doch auch sie waren blutdurchtränkt. Es war eine robuste Outdoorhose im Gegensatz zu der feinen Anzughose, die er zuletzt an Knowles gesehen hatte. »Die Kopfverletzung könnte manipuliert gewesen sein. Mit bestimmten Medikamenten lässt sich die Atmung extrem verlangsamen und eine Art Scheintod herbeiführen. John kam an so ein Zeug leicht ran.«

»Für Inszenierungen hatte der Professor ja eine Schwäche. Vielleicht wollte er beobachten, wie wir auf seinen Tod reagieren – auf eine neue Grenzerfahrung.«

»Oder er wollte Hollies Mörder finden. Indem er sich selbst aus dem Spiel nahm, konnte er alles von außen verfolgen und war keinen unangenehmen Fragen ausgesetzt.« Struan blickte sich um. »Das hier war *sein* Unterschlupf, er hat das genau geplant. Deswegen hat uns John auch nichts von diesen Stollen erzählt. Nachdem Knowles unten an der Bucht den toten Mann gemimt hat und wir wieder abgezogen waren, ist er irgendwann in der Nacht, als er sich wieder erholt hatte, zu den Steinbrüchen spaziert. Vermutlich hat John im Bootshaus Outdoorsachen deponiert, damit er sich umziehen konnte.«

Unauffällig steckte Gwen den Revolver weg und ging weiter in den Gang hinein. »Dahinten liegen ein Schlafsack und eine Isomatte, Campingsachen. Ein Koffer steht da auch.« Sie machte sich daran zu schaffen. »Warum gibt's hier keine Lampe oder so was?«

»Leuchte mal hierhin.« Struan beugte sich über die Leiche. »Die Position der Arme ... Irgendwas stimmt da nicht.«

Gwen kam zurück. Gemeinsam untersuchten sie den Körper. Der Rumpf war ein Schlachtfeld, man konnte nicht sagen, wo die Bekleidung aufhörte und die furchtbare Wunde begann. Mehrere offen liegende Rippen und ein Teil des Brustbeins waren zu erkennen.

Sie drehten ihn auf die Seite.

Knowles' Handgelenke waren im Rücken mit Kabelbindern gefesselt.

»Warum nur die Arme?«, fragte Struan. »So konnte er doch fliehen.«

Gwen wies auf die Beine. Der Hosenstoff war an den Knien zerfetzt und zu einer blutigen Masse verklumpt. Sie legte etwas davon frei. »Die Sehnen sind durchtrennt. Der ging nirgendwohin.«

»Möglicherweise hat er versucht zu kriechen, indem er sich mit den Füßen von den Wänden abstieß.« Er wies auf abgeschabte Stellen an den Steinen. »Weit ist er nicht gekommen.«

Sie richtete den Strahl der Taschenlampe auf das Gesicht des Professors in Erwartung weiterer Folterspuren. Ein Streifen Klebeband bedeckte den Mund. »Vor einer Stunde gestorben, sagst du? Kann schon sein, aber da hat sich jemand Zeit genommen. Knowles lag wahrscheinlich eine ganze Weile hier, bevor die lebenswichtigen Organe drankamen, ganz allein, während der Killer uns mit Axt, Gift und Sprengstoff zugesetzt hat. Das war keine Hinrichtung wie bei den anderen. Das war ein Martyrium.«

Struan lud den Lauf der Flinte nach, den er abgefeuert hatte. »Aus dem Scheintod ist bitterer Ernst geworden. Der Killer hat Knowles' Auferstehung durchkreuzt und sich zunutze gemacht. Und er hat sich aufs übelste gerächt. Wofür?«

»Nicht schießen, Kumpel.« Roddy stand gebückt hinter ihnen. Sie fuhren herum.

»Musst du dich so anschleichen!«, herrschte Struan ihn an.

»Tut mir leid. Wollte nur mal sehen, ob ich hier was verpasse.« Dann bemerkte er die Leiche. »Großer Gott!«

Gwen erklärte kurz, was sie entdeckt und daraus geschlussfolgert hatten. Ihre Taschenlampe war immer noch die einzige Beleuchtung. Schattenrisse tanzten über ihre staubbedeckten Gesichter. Hin und wieder löste sich Sand von der Decke. An den Wänden waren die stufenförmigen Schichten des Limestone zu erkennen.

Es war eine merkwürdige Versammlung dort unter der Erde. Als befänden sie sich in einem uralten Heiligtum und huldigten ein letztes Mal ihrem einstigen Mentor, dessen Schmerzens- und Todesschreie ungehört verhallt waren. Hatte der Mörder eine Lampe aufgestellt, als er mit dem Schneiden begonnen hatte? Oder war die Tortur im Dunkeln vollzogen worden, stumm, ohne Erklärungen oder Aussicht auf Rettung, umgeben von Tonnen von Gestein? Dieser Stollen war ein schrecklicher Ort zum Sterben. Ein Grab.

»Wir müssen wieder zurück«, sagte Struan. Die Enge machte ihm langsam zu schaffen. »Ich möchte Meena und Sophia nicht so lange allein lassen. Wer weiß, wo der Killer sich rumtreibt.«

Gwen klopfte gegen einen maroden Stützbalken. »Verschwinden wir.«

»Moment noch.« Roddy quetschte sich an ihnen vorbei und kroch zum Ende des Gangs. Er hielt ein Benzinfeuerzeug hoch, das Tim gehört hatte, und machte damit Licht. »Hier gibt's eine Felsspalte, die weiter ins Gestein hineinreicht – zu schmal, um sich da reinzuzwängen. Und habt ihr den Koffer gesehen?«

»Knowles' Höhlenausrüstung«, sagte Gwen. »Hab ich schon gecheckt. Das ist sein dritter Koffer, derjenige, den wir bei der Durchsuchung seiner Sachen vermisst haben. Verschwand kurz nach seiner Ankunft aus dem Cottage.« Sie setzte sich in Bewegung.

Roddy wühlte mit einer Hand in dem Trolley. »Klamotten, Schokoriegel … Bücher, ist das zu fassen?« Dann ein triumphierendes Ha! »Und ganz unten: sein Laptop!«

»Der hilft uns sicher weiter. Nimm ihn mit.« Struan folgte Gwen. Die Flinte war ihm im Weg. Geduckt schob er sich halb gehend, halb robbend Richtung Tageslicht. Von fern rumpelte es. Vielleicht Steinschlag.

»Den Hauptgewinn hast du übersehen!«, rief Roddy, seine Stimme überschlug sich. »Ein Haufen Kohle! Sind das die hunderttausend, die Tim dabeihatte? Yessir!« Er stellte das Feuerzeug auf eine vorstehende Steinstufe und zerrte einen Umschlag heraus. Gebündelte Scheine fielen auf den Boden. »Wer's findet, darf's behalten! Heilige Scheiße, damit bin ich saniert.« Er raffte das Geld zusammen und begann, es sich in die Taschen zu stopfen.

Wieder gab es eine Erschütterung, einzelne Limestone-Brocken fielen von der Decke herab. Gwen zog den Kopf ein und schützte sich mit den Armen. »Was geht hier vor?«

Struan war dicht hinter ihr. »Der Killer hat uns hier reingelockt.« Er ließ die Flinte fallen, um auf allen vieren schneller voranzukommen. »Das Geld ist ein Köder. Er will uns lebendig begraben.«

»Komm schon, Roddy! Beeil dich!« Gwen stolperte weiter. Sie sah schon den Lichtschein am Eingang.

»Wenn ich einmal im Leben Glück habe!«, kam es zurück.

Mehr hörten sie nicht mehr von ihm. Der Stollen stürzte ein.

Plastiksprengstoff, dachte Struan, hinter den Stützbalken angebracht, mit Fernzündern per Funk ausgelöst. Er war wie ein Anfänger in die Falle getappt.

Gwen hechtete ins Freie. Hinter ihr krachte alles zusammen.

48

Die Haut an Meenas Handflächen war an vielen Stellen aufgeschürft. Sie stemmte den nächsten scharfkantigen Stein hoch und warf ihn hinter sich. Sophia tat es ihr fluchend gleich, längst waren ihre manikürten Fingernägel abgebrochen. Größere Brocken nahmen sie sich gemeinsam vor und schaufelten nachrutschendes Geröll beiseite. Besonders effektiv waren die Bemühungen der beiden zierlichen Frauen nicht, doch sie taten, was sie konnten. Es war Knochenarbeit. Die Nachricht von Knowles' entsetzlichem Tod und Roddys Dummheit saß ihnen zusätzlich in den Gliedern.

»Strengt euch an!«, keuchte Gwen. »Nicht schlappmachen!« Sie schuftete wie eine Berserkerin, um den Stolleneingang freizulegen, der Schweiß rann ihr in Bächen herunter. Struan hatte es knapp nicht geschafft, nach ihrer Schätzung war er höchstens zwei Meter hinter ihr gewesen, als ihn die Decke unter sich begraben hatte. Falls er nicht zerquetscht worden war, würde er ersticken. Die Zeit lief ihnen davon.

Alkohol drang ihr aus den Poren, sie konnte es riechen, während sie Stein um Stein wegwälzte. Den Revolver hatte sie in die Regenjacke gewickelt und in Reichweite auf einen Felsbrocken gelegt.

»Als ihr in der Höhle wart, hat sich was in dem Gebüsch da oben geregt.« Meena hielt zum Verschnaufen inne. »Wir haben uns an die Böschung gepresst, um nicht gesehen zu werden.«

»Das war der Killer«, sagte Sophia. »Hat vielleicht gedacht, dass wir alle in den Stollen gekrochen sind.«

»Und wo ist er jetzt?«

»Bestimmt noch irgendwo in der Nähe.« Sophia richtete sich auf. »Knall uns doch einfach ab! Bring es zu Ende, du feiges Arschloch!«, schrie sie. »Wozu der Aufwand?«

»Um uns leiden zu sehen.« Gwen hob eine schwere Steinplatte hoch und ließ sie auf dem Haufen mit den weggeräumten Brocken zerschellen. »Scheint so, als ob außer uns noch jemand im Dark House war.«

»Noch jemand?«, fragte Meena ungläubig. »Aber ...«

»Wäre doch möglich.«

»Du meinst ... Hollies Mörder!«

»Vergiss das mal für einen Augenblick. Falls Hollie wirklich umgebracht wurde, war es ein Resultat dieser Nacht, nicht der Anstoß oder die Ursache.« Gwen arbeitete unverdrossen weiter. »Hast du dir jemals Gedanken darüber gemacht, warum uns Knowles in diese sogenannten Experimente getrieben hat? Aus purer Dekadenz? Aus wissenschaftlicher Neugier? Dafür war er mit uns doch viel zu gut befreundet.«

Sophia schloss die Augen und überlegte. »Er hat sich das nicht allein für uns ausgedacht. Eine zusätzliche Person war damals mit dabei, ohne dass wir es wussten. Jemand, dem Knowles vielleicht ebenso nahestand.«

»Unsichtbar in der Dunkelheit«, setzte Meena hinzu.

»Erinnert ihr euch?«, begann Sophia. »Es gab diese Phase, als es wild durcheinanderging. Als wir unsere jeweiligen Partner ignorieren und auf Erkundungstour gehen durften. Da wusste ich nicht mehr, wo oben und unten war.«

»Das diente alles einem bestimmten Zweck. Ich weiß nur noch nicht, welchem.« Gwen beförderte weitere Steine den Abhang hinunter. Inzwischen hatten sie eine Art Durchstich gegraben. »Aber was ich ganz sicher weiß: Knowles hätte für Hollie alles getan.«

»Schsch!« Meena hob die Hand. »Habt ihr das gehört?«

Sie horchten.

»Hier!«, kam es aus dem Stollen. »Ich bin hier!«

Wie Wahnsinnige fielen sie über den Einsturz her.

»Durchhalten, Struan!«, brüllte Gwen und wies die beiden anderen an, eine Kette zu bilden. Es regnete wieder stärker, das Blut ihrer Hände vermischte sich mit dem schmierigen Limestone-Staub, jegliches Gefühl wich aus ihren Fingern. Gwen riss die Felsbrocken aus dem Haufen förmlich heraus – bis eine tastende Hand erschien. Sie griff danach und hielt sie fest.

49

Die Reste des vorderen Stützbalkens waren massiv genug gewesen, um einen Hohlraum zu bilden und den Gesteinsmassen standzuhalten. Das hatte Struan gerettet.

Gwen wühlte sich zu ihm durch und schloss ihn in die Arme. Er klammerte sich an sie, mit dem Unterleib steckte er noch fest. »Das vergess ich dir nie.«

»Meinst du, ich lass dich im Stich?« Sie küsste ihn stürmisch. »Gute … Gelegenheit. Hier kannst du … nicht weg.«

»Will ich … auch gar nicht.«

War das Liebe oder nur Erleichterung, dem Tod von der Schippe gesprungen zu sein? Egal, Gwen nahm es, wie es kam. An Liebe glaubte sie schon lange nicht mehr. Aber Zuneigung war doch auch schon etwas.

Nachdem sie ihn gänzlich befreit hatten, stellte sich heraus, dass er das rechte Bein nur unter starken Schmerzen belasten konnte. Außerdem hatte er Platzwunden am Kopf, Quetschungen an den Armen und zahllose andere, jedoch vergleichsweise harmlose Blessuren.

»Was ist mit Roddy?«, fragte Sophia.

Gwen schüttelte den Kopf. »Unwahrscheinlich, dass er's überlebt hat. Um ihn da rauszuholen, müssten wir den halben Hügel abtragen.« Sie deutete zu den Stollen, die neben der verschütteten Öffnung lagen. »Die anderen Gänge hab ich schon untersucht, bevor wir dich ausgebuddelt haben. Da geht's jeweils nur ein paar Meter rein. Alles offenbar schon seit längerem verschüttet.«

»Und was jetzt?«, wollte Meena wissen.

»Bald setzt die Flut wieder ein.« Struan blickte mit schmerzverzerrtem Gesicht die Böschung hoch. »Aber bis zum Damm schaff ich's nicht. Lasst mich hier liegen. Probiert euer Glück ohne mich.«

»Wie viele Scheißideen hast du heute eigentlich noch?« Sophia kümmerte sich um sein Bein. Vieles von ihrer medizinischen Ausbildung war ihr entfallen, aber anatomische Grundkenntnisse und das Wissen um Wundversorgung verlernte man nicht. Als Erstes schlitzte sie die Hose auf.

Kein Blut oder hervorstehende Splitter, das war schon mal gut. Es schien eine glatte Fraktur des Wadenbeins zu sein. »Haltet ihn fest!«, sagte sie zu Meena und Gwen und zeigte ihnen die entsprechenden Stellen am Knie und am Fuß. »Hier und hier.«

»Was hast du vor?«, fragte Struan.

»Den Knochen richten.« Bevor er protestieren konnte, verlagerte sie ihr Gewicht, packte mit beiden Händen zu und drückte, so fest sie konnte. Er stöhnte auf.

»Sorry, ich hätte wohl erst bis drei zählen müssen.« Sophia tastete über den reponierten Bruch. »Fast wie neu. Muss nur noch zusammenwachsen.« Unter Zuhilfenahme zweier Stangen des Campingtisches, die Gwen herbeischaffte, schiente sie den Unterschenkel und umwickelte das Ganze mit Stofffetzen. Meena zog zu diesem Zweck ihren Sweater aus und riss ihn entzwei. »Versuch, nicht aufzutreten. Das schaffen wir schon.«

Sie machten sich auf den Rückweg zum Cottage. Es regnete wieder stärker, der Nebel verschwand. Gwen stützte Struan. Sie kamen nur langsam voran. Immer wieder hielten sie Ausschau nach ihrem Widersacher, um notfalls in Deckung zu gehen. Alle fünf Minuten legten sie eine Pause ein. Es war mühsam, und der Untergrund wurde immer glitschiger, aber es funktionierte. Trotz ihrer wetterfesten Jacken waren sie von der Hüfte abwärts bald völlig durchnässt. Nach einer Stunde schöpften sie hinter einigen Ginstersträuchern Atem.

»Wir müssen es mit einem Soldaten zu tun haben«, presste Struan erschöpft hervor. »Der Einsatz von Sprengstoff, dieses taktische Vorgehen, das Ausnutzen des Geländes – da steckt ein militärisch geschulter Verstand dahinter.«

»Warum putzt er uns dann nicht einfach weg?«, fragte Gwen. »Mit einem Scharfschützengewehr wäre das doch kein Problem, oder?«

»Kann ja noch passieren. Aber es scheint ihm keine Genugtuung zu bereiten. Die meisten Morde hatten ... nun ja, eine individuelle Note.«

»Eine Axt schlägt alles entzwei«, sagte Sophia, »bei Lewis und Bell, dem einzigen halbwegs glücklichen Paar. Vielleicht hat er was gegen Beziehungen.«

»Und gegen Tims Unterleib«, ergänzte Gwen. »Oder gegen Sex im Allgemeinen.«

»Etwas simpel gedacht, aber warum nicht?« Sophia verfolgte den Gedanken weiter. »Bei John, dem großen Verdränger, war es Gift im Whisky, dem Verdrängungsstoff par excellence. Obwohl einer von uns genauso gut von dem Zeug hätte trinken können.«

Gwen nickte. »Bei dem Mord an Carol hätten wir auch alle draufgehen können.«

»Dieser Typ weiß genau, was er tut«, wandte Struan ein. »Irgendwie hat er herausgefunden, dass John eine Whiskysammlung besitzt. Und wahrscheinlich hat er uns durchs Fenster beobachtet und die Bombe im richtigen Moment gezündet, so dass es nur Carol erwischte. Der Sprengstoff war genau dosiert.«

»Mit einem Schlag ausgelöscht«, sagte Gwen. »Wie beim Fernsehen, wenn Carols Sendung zu Ende ist und das Programm wechselt. Das heißt, er kennt uns. Er hat sich für jeden eine besondere Todesart ausgedacht. Wir sollen hübsch der Reihe nach sterben.«

»Bei Roddy war es die Gier.« Struan nestelte an der provisorischen Beinschiene herum, die sich gelockert hatte. »Aus Geld scheint sich der Killer nichts zu machen. War wohl nur Mittel zum Zweck, um uns möglichst lange in dem Stollen festzuhalten.«

»Aber er konnte doch nicht sehen, was da drin vor sich ging«, erwiderte Gwen.

»Mit einer extrem lichtempfindlichen Kamera schon. War vielleicht versteckt angebracht, eingekeilt zwischen den Steinen, das wäre uns gar nicht aufgefallen. Dadurch war es ihm auch möglich, Knowles zu überwachen, bevor er ihn so zugerichtet hat.«

»Wenn ich mir das vorstelle ...« Meena stocherte mit ihren Schuhen im Schlamm herum. »Wie kann man bloß so grausam sein?«

»Das Innerste nach außen kehren«, sagte Gwen ungerührt, »darum geht es doch bei der Psychologie. Darum ging es im Dark House.«

Die anderen wechselten betretene Blicke. Unter normalen Umständen hätten sie über makabre Bemerkungen wie diese gelacht. Doch momentan stand ihnen nicht der Sinn nach Galgenhumor. Sophia und Meena hatten Angst. Angst auf ähnliche Weise zu enden wie Knowles. Sogar Struan hatte Angst, das war in seinem eingefallenen, regennassen Gesicht zu lesen. Sich todgeweiht zu fühlen war schon schlimm genug, aber die Aussicht, gefoltert zu werden, überstieg alles, was sie sich zu denken erlaubten.

Gwen hasste es, Angst zu haben. Sie hasste es, eingeschüchtert zu werden. Für einen Augenblick verachtete sie die anderen in deren Bemühen, sich an die Enden ihrer Lebensfäden zu klammern. Das machte sie verwundbar, sie alle. »Manche Menschen wollen nichts über sich selbst erfahren«, fuhr sie fort. »Aber wir, wir waren freiwillig im Dark House, darauf hat Knowles besonderen Wert gelegt, er hat niemanden gezwungen. Wir hätten sogar aussteigen können, wenn es uns zu viel geworden wäre. Keiner von uns hat das getan. Wofür will sich der Killer also rächen?«

»Für den Mord an Hollie«, antwortete Meena.

»Oder weil sie in den Selbstmord getrieben wurde.« Struan wollte immer noch alle Möglichkeiten berücksichtigen.

»Irgendetwas ist damals passiert, was wir nicht mitgekriegt haben«, sagte Sophia. »Möglicherweise erst am Schluss, kurz vor Sonnenaufgang. Und es hat mit Hollie zu tun.« Sie wandte sich an Struan. »Du warst mit ihr damals in einer Gruppe, bei diesem Master-and-Servant-Spiel. Wie hat sich Hollie dabei genau verhalten?«

»Seltsam.« Struan überlegte. »Ganz anders als sonst.«

»Wie denn?«

Er wusste nicht recht, wo er anfangen sollte. Außerdem tat ihm das Bein höllisch weh. »Können wir uns darüber nicht im Trockenen unterhalten?«

»Und wo sollen wir hingehen?«, fragte Gwen. »Zurück ins Lagerhaus? Da wartet vielleicht der Killer auf uns.«

»Ich fürchte, er wartet überall.« Sophia sah Struan durchdringend an. »Und irgendwann schlägt er wieder zu. Bis dahin müssen wir unser Wissen teilen.«

»Letzte Nacht ist er bei mir gewesen«, sagte Meena und versuchte zu lächeln. »Wir hätten uns fast geliebt.«

Fassungslos wandten sich ihr die anderen zu.

Meena zog Schuhe und Socken aus, streifte die Jacke ab und legte den Kopf in den Nacken. Der Regen rann ihr über die knochigen Wangen. Ihr Haar klebte am Schädel. Die Augäpfel traten hervor wie zwei milchige Murmeln.

»Was wird das?«, fragte Gwen.

»Anfangs fühlte es sich an wie die frühere Hollie.« Meena schob ihre Hand in die Hose. »Ihr wisst gar nicht, wie schön das sein kann.«

»Die Kleine ist nicht bei Verstand«, sagte Sophia.

»Er kehrt zurück, wenn es dunkel wird. Ich rede mit ihm, dann wird es vielleicht nicht so schlimm. Und wenn ihr alle tot seid, gehen wir beide ganz weit weg.«

»So? Und wohin?«

»Wo niemand uns kennt.« Meena entledigte sich ihrer Hose und pflückte sich das Unterhemd und ihren Slip vom Leib. »Vielleicht nach Australien?« Kichernd hüpfte sie auf der Stelle. Sie war splitternackt.

Gwen erschrak. Bei Meena konnte man jede Rippe unter der blau geäderten Haut zählen, ihre Magersucht hatte ein bedrohliches Stadium erreicht.

»Freunde?«, fragte Meena wie ein kleines Kind.

»Freunde«, sagte Gwen und versuchte, sie am Handgelenk zu packen, um sie beschützend an sich zu ziehen. War ja nicht so schlimm, dass sie die Nerven verlor. Ein paar beruhigende Worte ...

Plötzlich drehte sich Meena um und rannte ein Stück des Weges zurück, den sie gekommen waren. Es ging rasend schnell. An einer Stelle, wo der Ginster niedrig war, sprang sie ins Gestrüpp – ohne Rücksicht auf die Dornen. Ein paar Zweige regten sich noch, dann war sie verschwunden.

50

Worauf wartet ihr noch?«, rief Struan und richtete sich auf. »Holt sie zurück!«

»Hat doch keinen Sinn.« Sophia winkte ab. »Früher oder später musste das ja passieren. Schon als wir vor dem Steinbruch auf euch gewartet haben, stand sie völlig neben sich.«

»Allein da draußen, bei diesem Wetter – das ist ihr Tod. Ganz zu schweigen von dem Killer. Unternehmt doch was!«

Gwen schüttelte den Kopf. »Möglicherweise ist etwas Wahres dran an dem, was sie gesagt hat. Wir haben Meena doch schon öfter verdächtigt, die Komplizin dieses Schlächters zu sein.«

»Blödsinn!«, widersprach Struan. »Das war alles zu viel für sie. Sich nackt ausziehen – muss ich euch erst erklären, was eine Übersprungshandlung ist?«

»Wir haben etwa zehn Grad«, meinte Sophia. »Erfrieren wird sie schon mal nicht.«

»Man kann auch an Unterkühlung sterben – so dünn, wie sie ist.«

»Ich habe eher den Eindruck, dass sie sich opfern will«, sagte Gwen. »Oder sie möchte verhandeln. Das war ein Abschied, auf Meenas verquere Art.«

Struan konnte diese Gedankensprünge nicht nachvollziehen. Er setzte sich wieder, um sein Bein zu schonen. »Was denn nun, Komplizin oder Unterhändlerin?«

»Vielleicht beides«, antwortete Gwen. »Keiner von

uns hat je daran gedacht, mit dem Killer Kontakt aufzunehmen. Sich ihm zu stellen. Wir haben immer nur herumspekuliert.«

»Sie hat davon gesprochen, dass sie letzte Nacht Besuch hatte«, sagte Sophia. »Was haltet ihr davon?«

»Einbildung?« Gwen schaute zu der Stelle, wo sie Meena zuletzt gesehen hatte. Das Buschwerk schien undurchdringlich, es fetzte ihr bestimmt die Haut vom Körper. Unbekleidet dem Feind in die Arme zu laufen war so etwas wie eine Kapitulationsgeste, das Schwenken einer Parlamentärsfahne. Mutig von der Kleinen – und total verrückt.

Struan räusperte sich. »Ich war gestern zur Kontrolle bei ihr, nachdem das mit den zerstochenen Reifen angefangen hatte und wir mit den Gewehren draußen gewesen waren. Sie wirkte auf mich, als habe sie schlecht geträumt, war ziemlich durcheinander. Ich hab mir nichts weiter dabei gedacht, aber jetzt ... Könnte schon was dran sein, dass jemand bei ihr war. Durchs Fenster eingestiegen. Oder sie hat ihn selbst reingelassen.«

»Sie dachte, er wäre Hollie«, sagte Sophia zweifelnd. »Da gehört schon einiges an Vorstellungskraft dazu.«

»Wir können jedenfalls nichts ausschließen, bei all dem Irrsinn, der bisher passiert ist.«

»Lasst uns zurückgehen, es ist nicht mehr weit. Dann reden wir weiter.« Gwen half Struan hoch.

»Du hast meinen Revolver, oder?«

»Hab ich in deinem Van gefunden«, sagte sie entschuldigend und holte die Waffe hervor, »beim Rumstöbern. Irgendwas brauchte ich, um mich zu verteidigen.«

Er nickte vielsagend.

»Hier.« Sie streckte ihm den Revolver entgegen.

»Kannst du damit umgehen?«

»Schätze schon.«

»Das ist ein 357 Magnum, hohe Mannstoppwirkung, mit entsprechendem Rückstoß.«

»Merk ich mir«, sagte Gwen.

»Behalt ihn.« Struan wies auf die Trommel. »Da sind aber nur sechs Schuss drin. Wir haben keine zusätzliche Munition.«

»Müsste reichen.« Sophias Zynismus brach durch. »Wir sind ja nur noch zu dritt. Macht zwei Kugeln für jeden, wenn's zum Äußersten kommt.«

»Du meinst ...«, begann Gwen.

»Erschieß mich, bevor dieses kranke Schwein mich zu seinem Haustier macht. Oder was immer er mit mir – oder dir – vorhat.«

»Warum sollte es uns so schlimm ergehen wie Knowles?«

»Denkst du, es wird leichter? Gnädiger? Es steigert sich, von Exekution zu Exekution. Roddy ist vielleicht noch am Leben. Vielleicht läuft diese lichtempfindliche Kamera noch, dann kann der Killer ihm beim Ersticken zuschauen. Und was wird er wohl mit Meena machen, wenn er sie aufgabelt? Dem Kerl geht's nur um Macht. Kann schon sein, dass er letzte Nacht bei der Kleinen war – um sie in den Wahnsinn zu treiben. Scheint ihm gelungen zu sein.«

Gwen steckte den Revolver weg. Schweigend nahmen sie den Rest des Weges in Angriff.

51

Zwanzig Minuten später kam das langgezogene Cottage in Sicht. An der Stelle, wo der BMW explodiert und das Fenster samt Einfassung zerstört worden war, klaffte ein hässliches Loch, davor lag das Autowrack mit deformierter Frontpartie. Unschlüssig blieben sie stehen. Um sein Bein zu entlasten, setzte sich Struan am Rande des Buschwerks auf eine Steinbank mit kunstvoll verschlungenen Ornamenten.

»John hat den Klotz aufstellen lassen«, sagte Sophia. »Er war ganz vernarrt in diesen alten Kram. Normannen, Wikinger, Kelten. Hauptsache alt. Die Bank stammt von einem Händler aus Dublin. Da verscheuern sie halb Irland.«

»Wen stört's?« Struan streckte das Bein aus. »Die Nationalisten?«

Gwen musste an die Autobomben denken, die in den vergangenen Jahren in Nordirland hochgegangen waren. Trotz des angeblichen Friedensprozesses flammten die alten Aggressionen immer wieder auf. Seit langem verfolgte sie diesen »Konflikt«. Open-Source-Kriegsführung nannte man das, Terrorismus ohne eindeutige Befehlshierarchien. Und ohne dass jemand dem Ganzen Einhalt gebot. Ihr Vater hatte es seiner Teenagertochter einst so erklärt, nachdem sie ihn mit Fragen gelöchert hatte, damals im Februar 1996. Die IRA hatte die Waffenruhe wieder einmal gebrochen und Sprengsätze in London und Manchester hochgehen lassen. So würden

Kriege jetzt ablaufen, hatte ihr Dad gesagt, sie hörten nie richtig auf im Gegensatz zu früher. Eigentlich sei es ganz einfach: Kriege wurden nicht mehr offiziell erklärt, von Staaten beispielsweise oder von Regierungen, und deshalb konnten sie auch nicht offiziell zu einem Abschluss gebracht werden, ganz gleich, was die Politiker verlauten ließen. Soldaten waren Individuen, und weil Individuen dazu tendierten, immer weiterzumachen mit einer Sache, die sie einmal begonnen und für überlebenswichtig befunden hatten, weil sie gegen Gewaltanwendung jeder Art abstumpften und weil die Mittel dafür inzwischen leicht zu beschaffen waren, würde das Ganze zu einem Dauerzustand werden, weltweit. Es kämen sogar immer neue Kriege hinzu, unaufhaltsam, sich selbst potenzierend, aufs zivile Leben übergreifend, auch in vermeintlich friedlichen Ländern. Militärisch sei das längst nicht mehr zu lösen, globale Eindämmungsmaßnahmen, falls sie denn existierten, halfen nicht. Im Grunde steuerte die Menschheit auf einen Abgrund zu. Sie wusste es nur noch nicht. Ob es denn wirklich keine Hoffnung gäbe, hatte Gwen ihren Vater gefragt. Daraufhin hatte er ihr eine Geschichte erzählt von einem IRA-Attentäter, den er einmal vernommen hatte, zusammen mit einem Captain der britischen Spezialeinheit SAS. Das Verhör sei richtig hässlich geworden, trotz seiner wiederholten Interventionen, und die Folgen – weitere Autobomben – seien noch viel schlimmer gewesen als der ursprüngliche Anschlag. Es war das einzige Mal, dass Gwen etwas über die Dienstzeit ihres Dads in Belfast erfahren hatte. Sein Fazit war für die Fünfzehnjährige niederschmetternd gewesen: »Ich glaube, es gibt keinen Ausweg.« Ein paar Tage später hatte sich Colonel Harding erschossen. In bestimmten Armeekreisen keine Seltenheit, hatte es hinter vorgehaltener Hand geheißen. Gwen hatte damals ihre erste Flasche Whisky geleert und war in der Berliner Charité wieder aufgewacht.

Culls Cove lag weit weg von den Krisenherden dieser Welt, dachte sie, auch von London und anderen britischen Metropolen, erst recht von Israel oder dem Irak. Das Cottage war kein Regierungsgebäude oder so etwas, nichts Symbolträchtiges wie das World Trade Center. Und doch hatte sie das Gefühl, als sei nicht nur ein bestimmter Bewohner des Hauses, sondern auch das Haus selbst Ziel der Vernichtungswut des Killers gewesen. Ein mutwillig verwüstetes Idyll mit einer Vergangenheit, die sie nicht kannten. Hatte es für den Killer eine bestimmte Bedeutung?

»Wenn Hollie früher tatsächlich auf Culls Cove gelebt hat«, überlegte Gwen, »was ist hier passiert? Warum wurde das Anwesen verkauft?«

Sophia kämpfte mit dem Regen und der Kapuze ihrer Jacke. Ihr war nicht wohl dabei, dass sie auf den letzten Metern noch eine Rast einlegten. »John hat mal einen psychisch gestörten Vorbesitzer erwähnt. Der Mann musste dauerhaft in Behandlung – ich vermute, dadurch hat Knowles von der Immobilie erfahren, er war ja gut vernetzt mit den Kollegen in den südlichen Grafschaften.«

»Sagen wir mal, der Vorbesitzer war Hollies Vater«, begann Struan. »Und stellen wir uns vor, welchen Schaden er bei seiner Tochter angerichtet haben könnte. Eine Missbrauchsgeschichte in diesem abgelegenen Teil von Dorset würde vieles erklären.«

»Was denn?«

»Na ja … was Hollie im Dark House mit Tim und mir veranstaltet hat.«

Gwen und Sophia sahen einander an. Endlich rückte Struan mit Details heraus.

»Nasser können wir nicht werden«, meinte Gwen und ließ sich neben der Bank ins Gras sinken. »Wir sind ganz Ohr: Master and Servant.«

»Also, ich hab wenig Ahnung von S/M, aber es fing damit an, dass Hollie uns herumkommandiert hat, um klarzustellen, wer das Sagen hat. Liegestütze, Sit-ups und solche Sachen, sie brachte uns erst mal ins Schwitzen. Alles im Dunkeln, klar. Ich hab mich richtig verausgabt, und sie hat Schläge verteilt, ziemlich heftig, obwohl sie nur eine halbe Portion war. Ihre knochigen kleinen Fäuste haben trotzdem weh getan. Irgendwann hieß es dann: Stopp. Tim und ich hörten auf mit der Fitnessscheiße – diente wohl nur dazu, den Blutkreislauf anzukurbeln.«

»Wofür?« Sophias Interesse war erwacht. Manchmal konnte man sich den Ort für ein Bekenntnis nicht aussuchen.

»Sie hat uns ... stimuliert, mit dem Mund.«

»Na toll, sie hat euch einen geblasen.« Gwen verdrehte die Augen. »Warum so schüchtern?«

»Es fällt mir schwer, darüber zu sprechen. Schon damals brachte ich das alles nicht mit dem Bild, das ich ursprünglich von Hollie hatte, überein. In Bezug auf Sex war sie doch immer so zugeknöpft.« Struan blickte hilfesuchend in den aschgrauen Himmel. Auch seine Probleme mit Shirley waren letztlich darauf zurückgegangen, dass er nicht imstande war, über seine körperlichen Erfahrungen frei zu reden.

»Du hast S/M erwähnt …«, sagte Sophia.

Er nickte wie ein geständiger Zeuge. »Ich kann ja nicht für Tim sprechen, aber als ich kurz davor war zu kommen, da hat sie einfach reingebissen. Ohne Vorwarnung, richtig fest.«

Gwen konnte sich einen Blick auf seine Hose nicht verkneifen. »Scheinst es ja überlebt zu haben.«

»Du verstehst das nicht. Das ging mindestens eine Stunde so, Stimulation und … Bestrafung – oder wie man es nennen möchte. Wir mussten ganz still dabei sein, keiner durfte ein Wort sagen oder irgendwelche Laute von sich geben. Und wir durften Hollie nicht anfassen. Ich hab versucht, den Schmerz zu unterdrücken und nicht zu schreien – das war echt grenzwertig, zumindest am Anfang. Sicher hat der Adrenalinschub geholfen, macht einen weniger empfindlich. Sie hat uns abwechselnd bearbeitet, dadurch wussten wir nicht, wann wir wieder dran waren. Wann sie sich mit ihren kleinen, flinken Fingern wieder an einem zu schaffen machte, und mit ihren Lippen und der Zunge, ich meine, sie konnte das verdammt gut. Unglaublich gut. Manchmal hab ich mir gedacht, ist das überhaupt Hollie? Und irgendwann nahm ich den Schmerz in Kauf – für den nächsten Kick.«

»Deshalb hast du dir das gefallen lassen?«

»Tim hat genauso wenig protestiert.«

»Hätte mich auch gewundert«, sagte Gwen.

»Wir haben ja mitgekriegt, in was für einen seltsamen Dreier wir da geraten waren, und ausgerechnet mit Hollie, der Unantastbaren, das war schon etwas Besonderes. Trotz des Sprechverbots entstanden natürlich die üblichen Geräusche, mehr war nicht zu hören. In der Dunkelheit wirkte das völlig abgefahren, gar nicht wie in einem Porno, sondern … gierig, animalisch. Vorzeitlich? Ich kann's nicht beschreiben. Ein bisschen kam es mir auch wie ein Wettbewerb vor zwischen Tim und mir: Wer hatte mehr Selbstbeherrschung? Wer stöhnte oder schrie zuerst? Dagegen waren unsere eigenen Erniedrigungsspielchen harmlos.«

»Du meinst, als du und Tim der Master sein durften?«, warf Gwen ein.

»Das lief vor allem verbal ab, über Beschimpfungen und dergleichen. Sex war da kein Thema.«

»Bootcamp. So hat Tim es charakterisiert.«

»Ich hab zum Beispiel Fesseln benutzt«, gab Struan zurück. »Kabelbinder, die lagen schon bereit, mit denen kommt man auch im Dunkeln klar. Außerdem gab es da noch Schlagstöcke, Peitschen, was auch immer. War mir aber zu drastisch. Ich hab Hollie und Tim nur bewegungsunfähig gemacht und auf sie eingebrüllt.«

»Klingt nach Guantanamo-Methoden.« Gwen begriff langsam. »Mit Kabelbindern hat Knowles heute ja auch Bekanntschaft gemacht.«

»Stimmt. Vielleicht gibt es einen Zusammenhang, aber …«

»Und im Endeffekt hast du Meena gestern Abend angeschwindelt.«

Er sah sie fragend an.

»Du hast abgestritten, dass du im Dark House mit Hollie Sex hattest.«

»Ach so. Na ja, sonst wäre sie mir an die Gurgel gegangen. Ich wollte sie nicht zusätzlich aufregen.«

»Meena kam nach Culls Cove, um Wahrheiten zu erfahren. Sie wusste viel mehr über Hollie als wir alle zusammen. Aber du hast sie belogen.«

»Weil's niemanden was anging, nicht zu diesem Zeitpunkt.«

»Vielleicht vermutete sie bereits, in welche Richtung sich diese Wiedersehensfeier entwickeln würde. Deine Enthüllung über Hollie hätte sie – hätte uns auf die richtige Spur geführt.«

»Und die wäre?«

Sekunden verstrichen. Sie spürten den Regen nicht mehr. In einem Meer vermeintlicher Logik und Vernunft, in dem doch nur Ungeheuer lauerten, waren ihre Fragen nicht mehr als einzelne Wassertropfen, so kam es ihnen vor. Das Gefühl, einer unmenschlichen Strafe nicht entrinnen zu können, wurde übermächtig.

»War das alles?« Sophia hatte den beiden aufmerksam zugehört und sich im Hintergrund gehalten. Warten war die beste Waffe einer Psychologin.

»Der Ablauf blieb immer gleich«, wiederholte Struan. »Lust, unmittelbar gefolgt von Schmerz, dann Leere, Schweigen. Es war gespenstisch.«

»Und wie hörte es auf?«

»Hollie war urplötzlich weg. Sie verschwand und ließ uns quasi mit heruntergelassenen Hosen zurück, ohne Kommentar oder ein Signal, dass es vorbei war. Wir haben sie erst draußen wiedergesehen, im Freien hinter dem Haus. Da wirkte sie wie ausgewechselt, tat so, als sei sie froh, dass wir's überstanden hatten. Was dem Ganzen die Krone aufsetzte.«

»So waren die Regeln«, sagte Sophia. »Wir durften nicht darüber reden, was im Dark House vorgefallen war, das stand von vorneherein fest. Knowles hatte diesen Bruch zwischen Experiment und Realität beabsichtigt. Ohne das Wissen um diesen Bruch hätten wir nicht so frei agiert, wie wir es getan haben. Eine Form der Anonymität, wenn man so will.«

»Schon klar, aber wie Hollie uns angeschaut hat, war einfach merkwürdig. Als ob sie uns bedauern würde, aufrichtig, ohne Spott. Wir taten ihr leid, das spürte man.«

Gwen schüttelte den Kopf. »Wie lautet deine Diagnose?«, fragte sie Sophia.

»Ganz klassisch, wie Struan gestern schon vermutet hat. Hollie litt unter einer starken Traumatisierung, die wahrscheinlich in der Kindheit oder der Jugend entstand, das ist meistens die Ursache für zwanghafte, extreme Verhaltensweisen, gepaart mit schizoiden Anfällen. Oralverkehr scheint dabei eine Rolle gespielt zu haben, das ist offensichtlich. Ich nehme an, sie wurde von ihrem Vater oder Stiefvater missbraucht – darauf deutet ja auch Hollies Abschiedsbrief hin, in dem wörtlich von Misshandlungen die Rede ist. Und die Mutter verdrängte, schaute weg, das ist das häufigste Schema. Irgendwann hörte es auf, vielleicht als Hollie älter wurde und ihrem Peiniger dadurch weniger attraktiv erschien. Sie ging zum Studieren nach Bristol und führte ein ganz normales Leben, bis zu der Nacht im Dark House, als das Trauma wieder aufbrach und kurz darauf zu ihrem Selbstmord führte – das Gerede von Mord ist wohl nur unserer und Meenas übersteigerter Phantasie zuzuschreiben. Jahre später kam der Missbrauch wohl heraus, die Familie zerbrach, der Vater wurde von den Behörden aus dem Verkehr gezogen, und Culls Cove wurde verkauft.«

»Klingt schrecklich, aber plausibel«, sagte Gwen. »Ich hatte also recht: Der Killer macht uns für Hollies Selbstmord verantwortlich. Wegen der Ereignisse, die wir im Dark House geschehen ließen. Möglicherweise war die Dunkelheit der Auslöser für … wie nennt man das?«

»Posttraumatische Belastungsreaktion.«

»Sie ging doch zum Spielen in den Steinbruch – um sich vor ihrem Vater zu verstecken? Oder hat er sie dorthin geschleppt, um mit ihr ungestört zu sein?«

»Bestimmt hatte Hollie intensive Flashbacks, in denen die Vergangenheit wieder hochkam. Wie es genau ablief, was bei ihr positiv oder negativ konnotiert war, lässt sich kaum noch rekonstruieren.« Sophia machte eine abwägende Geste. »Außerdem habe ich nur eine naheliegende Version skizziert. Meistens ist es komplexer.«

»Meena hat eine ältere Schwester erwähnt«, überlegte Struan. »Was ist aus der geworden?«

»Pris.« Gwen erinnerte sich an den Namen. Und an Hollies Telefonat im *Hole in the Wall*, das ihr gestern in den Sinn gekommen war. Vielleicht hatte Hollie damals mit ihrer Schwester gesprochen. »Habt ihr seinerzeit irgendwas von dieser Pris mitgekriegt?«

»Nein«, erwiderte Sophia. »Aber wenn an unserer Theorie etwas dran ist, muss auch sie betroffen gewesen sein. Entweder wurde sie ebenfalls missbraucht, oder sie wurde aus welchen Gründen auch immer verschont, und es traf nur die Jüngere der beiden Schwestern, Hollie. In beiden Fällen trug auch Pris ein Trauma davon.«

»Vielleicht hat sie es leichter verarbeitet«, meinte Gwen.

»Oder nie«, ergänzte Sophia.

»Oder es wurde schlimmer.« Struan wies auf das Cottage, das ihnen plötzlich in viel düstererem Licht erschien. »So schlimm, dass sie irgendwann auf den Gedanken verfiel, sämtliche Ursachen ihres Leids zu beseitigen, unterschiedslos, der große Kahlschlag.« Er hielt kurz inne, bevor er es aussprach. »Vielleicht ist der Killer da draußen eine Frau.«

Gwen nickte unheilvoll. »Dann könnte Pris sich gestern zu Meena ins Zimmer geschlichen haben.«

Struan ging noch einen Schritt weiter. »Möglicherweise war sie schon im Dark House dabei. Dadurch würde sich der Kreis schließen. Pris hat Tim und mich in den Mund genommen, an Hollies Stelle, in ihrer Anwesenheit. Aber warum?«

»Knowles kannte die Antwort«, sagte Gwen. »Da bin ich mir sicher. Inzwischen frage ich mich, ob dieser Schwachsinn in dem abgedunkelten Haus einzig und allein darauf zielte, ein Szenario für Hollie zu erschaffen, ohne dass sich jemand wunderte, was das Ganze sollte.«

»Einen Therapierahmen.« Für Sophia ergab vieles plötzlich Sinn. »Hollie und der Professor standen einander nahe, er war der gütige, intellektuelle Vater, den sie nie hatte. Denkt mal an das ›Wir‹ in dem Abschiedsbrief. Damit sind die beiden Schwestern gemeint, ›Wir‹, das sind Hollie und Pris. Wenn man den Brief so liest, würde es bedeuten, dass sie Knowles über alles liebten, so ungefähr steht es da, eine Formulierung, die mich stutzig gemacht hat. Knowles war vermutlich der einzige Mensch, dem sie sich offenbarten.«

»Doch er schreckte vor dem letzten Schritt zurück. Das steht da auch.« Gwen hatte sich den Wortlaut gut eingeprägt. »Letzter Schritt. Was ist damit gemeint?«

»Falls einer von uns Pris begegnet und es lange genug überlebt, wird er es vielleicht erfahren«, sagte Struan. »Aber bislang hat sie sich auf keine Diskussionen eingelassen.« Er hievte sich hoch. »Sie hat Taten sprechen lassen.«

52

Vorsichtig gingen sie weiter zum Lagerhaus. Sophia sperrte die Tür auf. Gwen prüfte, ob sie im Inneren eine unangenehme Überraschung erwartete. Doch alles wirkte unverändert.

Sie zogen trockene Sachen an und hüllten sich in Decken. Struan gelang es, in eine Ersatzhose zu schlüpfen, die er zu Shorts umfunktionierte. Gwen machte Tee, während Sophia in Johns Arzttasche kramte und einen Castverband fand. Der war wie ein Gips, sogar besser, weil er laut Gebrauchsanweisung weniger wog und eine höhere Festigkeit besaß.

»Zitronengelb«, sagte sie zu Struan. »Ich hoffe, das macht dir nichts aus.«

Sie bestrich das Bein vorsichtig mit entzündungshemmender Salbe, legte eine Schicht Mullbinde darüber und wickelte den Castverband, den sie zuvor in Wasser eingeweicht hatte, um Unterschenkel und Fußgelenk. »Härtet in einer halben Stunde aus. Hab ein bisschen Geduld.«

»Gute Arbeit«, sagte Struan. »Warum bist du keine richtige Ärztin geworden?«

Sophia dachte kurz nach. »Wegen der Berührungen. Ich mag keine fremden Leute anfassen. Reden ist viel neutraler.«

»Schade.«

»John war nicht zu beneiden. Als Arzt kannst du heutzutage nicht einfach die Arbeit eines besseren Sanitäters machen, damit ist nichts verdient. Du musst unternehmerisch denken, eine Klinik führen. Herz, Beauty-OPs, Sportmedizin. Und eventuell noch Entzug, die Detox-Welle. Was mich zu den Whiskyvorräten bringt. Gwen? Hast du nicht ein paar Flaschen aus Johns Beständen gebunkert?«

»Wollt ihr keinen Tee?«

»Wir brauchen alles, was wir kriegen können.«

Sie tranken erst das heiße Gebräu und aßen ein paar Energie-Riegel. Schweigend klammerten sie sich an ihre Tassen. Gwen spürte, wie die Anspannung ein wenig nachließ. Vielleicht lag es daran, dass ihr Feind jetzt endlich ein Gesicht zu haben schien, auch wenn sie es nicht kannten. Vermutlich ähnelte es Hollie. Körperlich mussten sich die beiden Schwestern allerdings stark unterschieden haben. Hollie war nicht besonders kräftig gewesen. Für die Axtmorde an Lewis und Bell brauchte es jedoch Muskeln und ein gewisses Geschick im Umgang mit schweren Werkzeugen. Dann diese Sprengstoffanschläge. Wo lernte man das? Und wie kaputt musste man sein, um so weit zu gehen?

All dieses Leid. Im Dark House hatten sie mit Schmerzen gespielt wie Kleinkinder, die Formen in ein Raster steckten. Für Hollie war es dagegen bittere Realität gewesen. Und für Pris. Von ihrem eigenen Vater konnte Gwen sich nicht im Entferntesten vorstellen, dass er ihr jemals etwas angetan hätte, trotz seiner Kriegserlebnisse. Oder gerade deswegen.

Mit einem Malt wärmten sie sich weiter auf.

»Nur ein Glas.« Struan richtete sich auf. »Wir müssen nüchtern bleiben.«

»Wofür?«, fragte Sophia.

»Um von hier wegzukommen. Ich glaube, ich habe eine Fluchtmöglichkeit entdeckt.«

Sie starrten ihn an.

»Seht ihr das?« Er deutete auf ein Bild an der Wand. Es zeigte den Leuchtturm von Culls Cove auf seinem Felssporn, von Brechern umtost, eine gestochen scharfe Fotografie.

»Und?«, wunderte sich Gwen.

»Da führt eine Treppe nach unten ins Meer. Die Aufnahme wurde vermutlich bei Flut gemacht, schön dramatisch, anbrandende Wellen, die den Leuchtturm fast verschlingen. Aber jetzt haben wir noch Niedrigwasser. Das heißt, der Fuß dieses Felssporns müsste freiliegen, und dort müsste es eine Anlegestelle geben, ein bisschen geschützt, nicht mehr als eine Plattform aus Beton oder Gestein.«

»Wie hilft uns das weiter?«

»Um mein Kajak zu Wasser zu lassen, reicht es.«

»Aber dein Bein …«

»Dafür brauch ich keine Beine. Nur die Arme. Und mit meinem neuen Gips …«

»Der Verband ist wasserfest«, erklärte Sophia. »Zumindest für eine Weile. Es könnte klappen.«

»Wenn ich das Festland erreiche, rufe ich um Hilfe. Der Sturm hat nachgelassen. Vielleicht bekommen wir sogar eine Rettungsmannschaft für Roddy. Manchmal überleben Bergleute nach Einstürzen tagelang. Die Sprengladungen sind im vorderen Bereich des Stollens detoniert. Er hat eine Chance.«

Sophia pflichtete Struan bei. »Die Idee ist verzweifelt, aber was bleibt uns anderes übrig?«

»Du kannst mit dem Gips nicht richtig laufen«, widersprach Gwen. »Und es sind mindestens fünf Meilen bis Pelham.«

»Ich begleite ihn«, sagte Sophia. »Ich schwimme neben dem Kajak her. Notfalls halte ich mich daran fest.«

»Seit wann bist du sportlich?« Gwen konnte ihren Hohn nicht verbergen. »Fitnessstudio oder was du darunter verstehst, zählt nicht.«

»Ich habe einen Neoprenanzug, drüben im Cottage. Ist von einem Urlaub auf den Kapverden übrig geblieben. Ich fürchte, er passt dir nicht.«

Es stimmte, Gwen war über einen Kopf größer und vor allem breiter gebaut als Sophia. »Trotzdem wäre es besser, wenn ich mitkomme. Teamwork, bisher hat das doch super geklappt …«

»Vergiss es. Wir müssen die ganze Bucht durchqueren, und dann ist es immer noch ein Stück bis zum Festland. Du würdest im Nu auskühlen, dann wärst du nur eine Belastung.«

»Das heißt, ich bleibe allein zurück?«

»Geh in den Leuchtturm. Da bist du sicher.«

»Als ob irgendein Ort auf Culls Cove sicher wäre.«

Gwen und Sophia maßen einander mit Blicken. Es ging um das Ticket in die Freiheit, klar. Aber es ging auch darum, zu wem Struan hielt.

»Es ist unsere einzige Option«, sagte er mit einer entschuldigenden Geste. »Ich hätte dich gern an meiner Seite, Gwen, aber wir müssen von dieser Halbinsel runter, sonst sind wir geliefert. Sophia hat recht. Ohne entsprechende Ausrüstung schafft man es nicht. Wir sollten unsere Gefühle aus dieser Sache heraushalten.«

Sie nickte. So viel zu dem Kuss am Steinbruch.

53

Während der Castverband aushärtete, holten Gwen und Sophia das Kajak aus dem Cottage. Es war nach wie vor unbeschädigt, ein zusammensteckbares Paddel lag darin, Struans Funktionskleidung, ein Helm und eine Spritzdecke. Die Schwimmweste war im Van verbrannt. Sophia ging nach oben und kam kurz darauf mit ihrem Neoprenanzug zurück. Das Ding war Gwen wirklich viel zu klein.

»Falls du mich beneidest – der Stoff ist zwar ziemlich dick, aber man friert trotzdem erbärmlich.«

Gwen zuckte mit den Schultern. »Jeder sucht seinen Vorteil. Warum solltest du eine Ausnahme bilden?«

Sophia legte den Anzug ins Kajak. »Probier es auf dem Landweg, wenn du nicht allein zurückbleiben willst.«

»Ich glaube nicht, dass sich das Meer schon wieder beruhigt hat, der Damm ist frühestens morgen passierbar. Außerdem würde ich mit ziemlicher Sicherheit Pris begegnen. Sie kennt sich auf Culls Cove bestimmt bestens aus und lauert mir auf, egal, wo ich langgehe.«

»Du hast doch den Revolver.«

»Weiß nicht, ob der eine große Hilfe ist.«

Der Wind blies durch die geöffnete Haustür herein. Sie standen im Gang des Cottage. Es war zu einem schaurigen Ort geworden. Die weißen, ein wenig schiefen Wände, der grobe Holzboden, die feuchte Luft wirkten feindselig. Ein Gefängnis, dessen Mauern nur mit frischer Farbe übertüncht worden waren und das in seiner Abgeschiedenheit dazu gedient hatte, das Unerträgliche unausgesprochen zu lassen.

Sophia beugte sich vor. Sie sprach leise, als hätte sie Angst, jemand hörte mit. »Langsam geht es auf den Abend zu. Dann kommt die Nacht und mit ihr die Ungewissheit. Wenn wir im Lagerhaus oder im Leuchtturm bleiben würden, hieße das wieder Warten. Ich stehe das nicht durch, nicht nach all dem, was wir uns über Culls Cove zusammengereimt haben. Bei diesem Cottage hatte ich schon immer ein mieses Gefühl, muss eine Vorahnung gewesen sein.« Sie deutete auf die Tür zur Abstellkammer, in der immer noch die Leichen von John und Carol lagen, das hatte Gwen kontrolliert, bewundernswert gründlich, wie Sophia fand, sie selbst konnte das nicht. »John ist tot. Wir hatten zwar unsere Unstimmigkeiten, vielleicht hätte ich ... bescheidener sein sollen. Treuer. Liebevoller? Aber er war immer da, wenn ich ihn gebraucht habe. Wenn ich zu ihm zurückgekehrt bin. Wir waren so lange zusammen. Er fehlt mir, ich hab keine Ahnung, wie es ohne ihn weitergeht. Ich weiß nur, dass ich von hier verschwinden muss, solange es noch einigermaßen hell ist. Sonst garantiere ich für nichts mehr. Kann sein, dass ich dann auch ausraste, aber auf andere Weise als Meena.«

Ihr Gesicht hatte sich verhärtet, alle Farbe war daraus gewichen. Sie sah an Gwen vorbei den Gang hinab zur offenen Tür, als erwartete sie, dort jede Sekunde ihren Henker auftauchen zu sehen. »Warum sind wir noch übrig? Heißt das, unsere Strafe fällt noch härter aus als Foltertod und Wahnsinn?«

»Meinst du, Pris würde es bis zum Ende durchziehen, wenn wir ihr nicht entkommen? Kann es nicht sein, dass sie von uns ablässt, weil sie nach Knowles … genug hat?«

Sophia sah eine Weile zu Boden. Dann hob sie den Blick zu der größeren Frau und fragte sich für einen Moment, unter welchen Traumata Gwen wohl zu leiden hatte und warum sie angesichts des nahenden Todes so beherrscht war. Sie schien ihm nicht das erste Mal ins Auge zu sehen. Sophias Berufserfahrung meldete sich wieder zu Wort.

»Pris ist verloren«, begann sie, »irreparabel beschädigt, ein Instrument ihres Wahns, der andere zwanghaft mit in den Abgrund reißt, das hat sie sich zur Aufgabe gemacht. Ich stelle mir vor, wie sich bei jedem Mord etwas in ihr löst. Sie verspürt eine Form tiefer, umfassender Erleichterung, die den ganzen Körper erfüllt, in alle Verästelungen reicht, ein innerliches Aufatmen. Doch das währt nur ganz kurz, ein paar Sekunden. Dann ist es vorbei, und das Sehnen danach beginnt von neuem. Und es richtet sich auf uns, Gwen, auf dich und mich und Struan. Nenn es Mordlust.« Sophia holte Luft. Sie war nicht gut in diesen grundsätzlichen Analysen. »Aber um deine Frage zu beantworten: Die meisten Menschen tun das Falsche, wenn sie vor existenziellen Entscheidungen stehen und ihnen niemand dabei hilft. Sie versagen, ganz gleich, welche psychischen Störungen sie haben. Schon die Wahlmöglichkeit macht sie schwach. Das habe ich als Therapeutin gelernt.«

»Folgt nicht jeder Mensch einem moralischen Kompass?«, wandte Gwen ein.

»Das ist nur ein Konsens, damit die Gesellschaft nicht auseinanderbricht, ein frommer Wunsch. Im Zweifelsfall nimmt die Mehrheit den abschüssigen Weg, der ins

Verderben führt. Überlebenswille? Hat sich im Zuge der Evolution erledigt, wir brauchen ihn nicht mehr, haben ihn längst verlernt.«

»Heißt das, Pris kann gar nichts dafür, dass sie uns nacheinander umbringt?«

»Man ist nicht sein ganzes Leben lang Opfer. Pris kann sich entscheiden, sie hat einen freien Willen. Nur entscheidet sie sich stets aufs Neue dafür, ihrem Wahn nachzugeben.«

»Sie könnte also jederzeit aufhören?«, fragte Gwen.

»Ja. Aber das wird sie nicht tun. Ihre Rachsucht ist stärker. Sie möchte es zu Ende bringen.«

»In der Hoffnung, dadurch Frieden zu finden?«

»Das treibt uns alle an, nicht wahr?«

54

Der Regen hatte aufgehört. Sie bugsierten das Kajak nach draußen und trugen es zum Lagerhaus. Struan wartete am Eingang und überprüfte, ob alles da war, was sie brauchten. Gwen packte einen Rucksack mit Proviant, den sie vorerst Sophia gab. Dann zeigte ihr Struan, wie man das Kajak schulterte. Es wog über zwanzig Kilo, war aber relativ leicht zu transportieren. Allerdings musste Gwen gleichzeitig Struan stützen, er ging wieder in der Mitte zwischen den beiden Frauen. Sein Castverband war noch nicht ganz fest, doch sie wollten nicht länger warten. Inzwischen humpelte er recht geschickt auf einem Bein.

Gemeinsam nahmen sie den Weg zum Leuchtturm. Sie beeilten sich für den Fall, dass sie beobachtet wurden und Pris merkte, was sie vorhatten. Das Gefühl, ihr endlich einen Schritt voraus zu sein, beflügelte sie. Als Gwen sich einmal umdrehte und zu den ausgebrannten Autos zurückblickte, sah sie, wie sich die Farnwedel dahinter bewegten. Eine Gestalt trat aus dem Gebüsch und schaute in ihre Richtung.

Von weitem konnte man sie für einen Mann halten, einen Soldaten, schlank, etwa mittelgroß, größer als Hollie. Sie trug einen dunkelgrünen Tarnanzug, eine Weste mit allerlei Taschen und eine schwarze Wollmütze – die sie abnahm, worauf lange, dunkle Haare zum Vorschein kamen. Sie hatte eine Machete in der Hand und ließ sie an der Seite locker herunterhängen.

Pris, da war sich Gwen sicher. Als hätte das fortgesetzte Reden über das Phantom dazu geführt, dass es sich materialisierte. Seltsamerweise empfand Gwen Erleichterung. Endlich zeigte sich ihr Gegner. Die Entfernung betrug etwa zweihundert Meter. Pris konnte sie mühelos einholen, wenn sie wollte. Doch sie blieb einfach stehen. Langsam hob sie die Machete wie zum Gruß und senkte sie wieder.

Gwen machte die anderen darauf aufmerksam. Sie hielten umständlich an und drehten sich um.

Pris war verschwunden.

»Glaubt mir, gerade war sie noch da.«

»Und jetzt ist sie wieder weg«, sagte Struan. »Will uns wohl Angst einjagen.«

»Das ist ihr geglückt.« Sophia zog die Stirn in Falten.
»Würde mich nicht wundern, wenn das Cottage verwanzt ist«, meinte Gwen. »Dann hat sie unsere Unterhaltung mitgekriegt und weiß, dass wir sie für den Killer halten. Gibt also keinen Grund mehr für sie, sich vor uns zu verstecken.«

»Weiter!« Struan schüttelte ihre Arme ab und belastete das gebrochene Bein. Er schrie kurz auf, als ihn der Schmerz durchzuckte, und ging probeweise ein paar Schritte. Beim Auftreten tat es jedes Mal weh, als würde jemand einen Nagel in den Knochen treiben, aber der Verband hielt. »Los jetzt, wir dürfen keine Zeit verlieren.«

Sie kamen deutlich schneller voran. Es ging zwar bergauf, aber der mit kurzem Gras bewachsene Weg war gut zu bewältigen. Innerhalb von zehn Minuten erreichten sie Cragged Point.

Von dem Kliff aus konnten sie fast die gesamte Halbinsel überblicken. Es hatte ein wenig aufgeklart, die Aussicht war beeindruckend. Culls Cove erstreckte sich keilförmig nach Norden, man konnte sogar den Damm erkennen – der wie erwartet unter Wasser stand. Vom Ärmelkanal rollten immer noch Wellenberge in die Bucht aufgrund der vorherrschenden Strömung und des hohen Wasserstands, den der Sturm verursacht hatte. Segelboote, wie sie in diesen Gewässern sporadisch unterwegs waren und die Küste entlangfuhren, waren nicht zu sehen. Der Sturm, erst vor kurzem abgeflaut, hielt sie wohl immer noch in ihren Häfen fest. Hin und wieder blinkte die Sonne durch die Wolken. Das Cottage wirkte wie ein Lokal für Ausflügler, wenn man die schwarzen Flecken der Autowracks ignorierte. Dagegen erstrahlte der Leuchtturm auf seinem Felssporn in reinem, blendendem Weiß.

Ein gewundener Pfad führte von Cragged Point zu dem Grat hinunter, den sie als Letztes überwinden mussten. Riesige Findlinge versperrten die Sicht und erzwangen Spitzkehren. Wenigstens gab es an vielen Stellen natürliche Stufen, so dass Struan mit Sophias Hilfe einigermaßen zurechtkam. Gwen hatte jedoch ihre liebe Mühe mit dem Kajak, das sich immer wieder zwischen den Felsen verkeilte. Sie schwitzte, und der Revolver malträtierte ihr Steißbein.

Schließlich ließen sie das steinerne Labyrinth hinter sich. Sie bogen um einen von Gelbflechten überzogenen Findling, kamen zu einem Gittertor, das von zwei Betonpfeilern flankiert war, und schnappten vor Schreck nach Luft.

Ein Schild wies darauf hin, dass der Leuchtturm für die Öffentlichkeit gesperrt war, Zutritt nur für autorisiertes Personal. Sophia hatte den Schlüssel schon in der Hand, das war nicht das Problem.

Das Problem war Meena. Sie hing mit weit ausgestreckten Gliedmaßen am Tor, nackt, fahlhäutig, übersät von blutigen Kratzern und Schrammen. Ihre Hand- und Fußgelenke waren an den Gitterstäben fixiert, ihre Oberschenkel, die Hüfte, auch ihr dürrer Hals. Die Luftröhre war mit einem besonders dicken Kabelbinder abgeschnürt. Er schnitt in das tote Fleisch wie ein Seidenband, das die Frauen im neunzehnten Jahrhundert als Schmuck trugen. Unter der Leiche befand sich eine Urinpfütze.

Sophia übergab sich. Gwen ließ das Kajak fallen und kam näher, gefolgt von Struan, der unverständliche, hasserfüllte Worte murmelte. Eine großflächige Verletzung lief quer über die Ansätze von Meenas knabenhaften Brüsten. Buchstaben waren dort tief eingeritzt, das Blut war über den Bauch bis zum Schambein herabgeronnen. Die Machete.

»LOVE«, stand da.

Gwen zwang sich, logisch zu denken. »Meena liebte Hollie. Soll das die Strafe sein?«

»Diese Kreuzigungssymbolik«, wunderte sich Struan. »War sie nicht Muslimin?«

»Nein, sie war Christin, zumindest auf dem Papier. Ihr Vater ist übergetreten, hat sie mir mal erzählt. Damit sie keine gesellschaftlichen Nachteile hat.«

Er holte ein Klappmesser aus der Hosentasche und begann, Meena abzuschneiden. Gwen half ihm dabei. Der Körper war noch leichter, als sie angenommen hatten. Sie legten ihn zwischen die Felsen, wo er ein wenig geschützt war.

Sophia hatte sich gefangen. Sie öffnete das Gittertor. »Pris muss Meena hierhergebracht haben, während wir uns auf dem Rückweg vom Steinbruch befanden. Oder als wir im Lagerhaus waren. Sie scheint immer genau zu wissen, was wir als Nächstes tun.«

»Hoffen wir, dass sie das Kajak nicht auf der Rechnung hat.« Struan spähte den Weg hoch, den sie gekommen waren. »Zumindest haben wir einen kleinen Vorteil. Pris ist hinter uns. Sie kann uns auf dem Weg hierher nicht überholt haben.«

»Seht zu, dass ihr von Culls Cove verschwindet«, sagte Gwen. »Wenn ich die Mistratte zur Hölle schicke, stört ihr nur.«

55

Der Pfad war schmal, zu beiden Seiten fielen die Felswände fast senkrecht ab, in der Tiefe schäumte und brodelte es. An die fünfzig Meter ging es da hinunter, einen Sturz würde kein Mensch überleben. An manchen Stellen musste man regelrecht balancieren. Gwen zog das Kajak hinter sich her und achtete darauf, dass es auf dem steinigen Untergrund keinen Schaden nahm. Die Verbitterung über Meenas Tod half ihnen, den Grat hinter sich bringen.

Noch ein kurzes Stück über zerklüftetes, leicht ansteigendes Gelände, mit tiefen Rinnen und Spalten abseits des Weges, aus denen sich Koniferen emporwanden. Dann gelangten sie an ihr Ziel.

Der Leuchtturm erhob sich über ihnen wie ein Monument aus anderen Zeiten. Er wirkte wie eingeschraubt in seinen wuchtigen, ockerfarbenen Sockel und verjüngte sich zur Spitze hin. Der eigentliche Turm und das gusseiserne Lampenhaus waren weiß gestrichen. Gwen setzte das Kajak ab. »Das wär erst mal geschafft.«

Sie machten eine weitere Entdeckung. Vor dem Eingang lagen Handys und Smartphones, mit zertrümmerten Gehäusen und gesplitterten Displays. Auch die Akkus fehlten. Die Geräte schienen schon eine ganze Weile der Witterung ausgesetzt zu sein. Pris musste sie aus dem Cottage entwendet und hierhergebracht haben, vermutlich eine ihrer ersten Maßnahmen.

»Keine Rettung, heißt das wohl«, sagte Struan. »Lasst alle Hoffnung fahren.«

Gwen räumte den Elektronikmüll in den Rucksack. »Meint ihr, dass Pris auch *im* Leuchtturm war?«

»Sieht nicht so aus. Das Schloss ist schwer zu knacken, es scheint ziemlich neu zu sein, vermutlich wurde es von den Leuchtturmbetreibern vor ein oder zwei Jahren ersetzt. Mit herkömmlichen Dietrichen richtet man da nichts aus.« Struan tastete nach Unebenheiten auf der Metalloberfläche, die auf den Gebrauch von Einbruchswerkzeug hindeuteten. »Was meinst du, Gwen? Du bist doch Expertin.«

»Nur bei alten Autos«, gab sie zurück und probierte ein Lächeln. »Aber ich glaube nicht, dass hier gleich alles in die Luft geht. Wäre viel zu einfach, oder?«

»Werden wir gleich sehen.« Sophia sperrte die massive Stahltür mit einem Sicherheitsschlüssel auf und gab Gwen das ganze Schüsselbund. Sie ging hinein und machte Licht. Keine Gefahr. »Ich bin hier nur einmal drin gewesen, nachdem John Culls Cove gekauft hat. In jedem Frühjahr kommt ein Team von Trinity House vorbei und erledigt irgendwelche Wartungsarbeiten. Die fluchen immer wegen des beschwerlichen Weges.«

Sie schauten sich im Inneren um. Der kahle, kreisförmige Raum maß ungefähr sieben Meter im Durchmesser. Eine stählerne Wendeltreppe führte zum Leuchtfeuer hoch. Der Generator und zusätzliche Batterien waren in einem abgetrennten Käfig untergebracht. Links vom Eingang standen ein Holztisch mit Schreibutensilien und mehreren Kladden sowie zwei Stühle. Ein Funkgerät, auf das Gwen heimlich gehofft hatte, gab es schon lange nicht mehr, da die gesamte Anlage automatisiert war. Wenigstens lag eine alte Ledertasche auf dem Tisch, die ein Fernglas enthielt. Das konnte noch nützlich sein.

An der Wand daneben befand sich ein modernes Kontrollpult, es war wohl nachträglich installiert worden. Struan studierte die Schalter. »Jeder Leuchtturm hat ein charakteristisches Lichtsignal, eine bestimmte Blinkfrequenz. Ich stelle es jetzt auf Blitzfeuer. Drei Blitze, Pause, drei Blitze und so weiter, das kommt einem SOS-Ruf am nächsten. Vielleicht fällt das der Küstenwache oder sonst jemandem auf.« Er machte sich an den Reglern zu schaffen. »Kannst es ja später noch überprüfen, Gwen. Irgendwo gibt es sicher eine Betriebsanleitung.«

»Wir hätten gleich hierherkommen sollen«, sagte Sophia. »Nachdem wir Tims Leiche entdeckt haben.«

»Darüber zu lamentieren hilft uns jetzt nicht weiter, wir müssen runter zur Anlegestelle.« Struan wandte sich zum Gehen. »Oder möchtest du bleiben? Überleg's dir, ich denke, dass ich es auch allein zu Fuß nach Pelham schaffe.« Er klopfte auf den Castverband. »Das Ding ist bombenfest.«

»Nie im Leben, ich begleite dich.«

»Der Leuchtturm wirkt uneinnehmbar. Den kann man nicht eben mal in die Luft jagen. Aber er hat einen Schwachpunkt: die Tür. Ein paar Sprengsätze an Schloss und Angeln, und Pris dringt hier mühelos ein.«

»Und was soll ich dann tun?«, fragte Gwen.

»Wenn's hart auf hart kommt – steig zur Plattform hoch, die dürfte nur über eine Luke zu erreichen sein. Warte dort mit dem Revolver im Anschlag, auf kurzer Distanz erwischst du sie vielleicht.«

»Ich soll mich da oben in die Enge treiben lassen?«

»Du kannst dich auch draußen zwischen den Felsen verstecken. Tut mir leid, einen besseren Rat habe ich nicht.«

Struan schaute weg, als Gwen seinen Blick suchte.

Er wusste genau, wie gering ihre Chancen waren. Trotzdem machte er sich davon und ließ sie zurück. Als Kanonenfutter.

Pris trug einen Tarnanzug. Der war in einem Armyshop oder im Internet leicht zu beschaffen. Sie mochte aber auch wirklich bei den Streitkräften gedient haben. Vielleicht hatte sie sogar Kampfeinsätze hinter sich, im Irak zu Beispiel oder in Afghanistan. Dann verfügte sie über eine militärische Ausbildung und über Erfahrung im Feld, das würde ihre bisherige Vorgehensweise erklären. Was sollte Gwen gegen so jemanden ausrichten, der darauf trainiert war, bei einem Hinterhalt potenzielle Angreifer auszumanövrieren und sie zu neutralisieren? Der offenbar eine kriegstaugliche Ausrüstung besaß? Pris wäre nicht der erste Soldat, der mit einem Dachschaden zu den Truppen ging und um einiges verdrehter wieder ausschied. Die Fähigkeit, Leute zu töten, gab's zur Abfindung gratis obendrauf.

»Du hältst mich für einen Feigling, stimmt's?« Struan nickte. »Das bin ich wohl, letzten Endes. Die Umstände machen mich dazu.«

Die Umstände ... Sollte sie ihn auffordern, den Plan mit dem Kajak aufzugeben und der Gefahr gemeinsam entgegenzutreten?

»Ihr liefert mich Pris aus«, sagte sie, nur, um es gesagt zu haben.

»Weil du am stärksten von uns allen bist.«

»Pris ist stärker.«

»Lass sie nicht stärker sein.« Er hob den Kopf. »Lass sie nicht gewinnen.«

Etwas in seinen Augen ließ sie einen Moment innehalten. War das Mitleid? Davon gab es viele Formen, es musste nichts Schlechtes sein. Mitleid konnte echte Zuneigung beinhalten. Trauer um verpasste Chancen. Fürsorge für einen geliebten Menschen, den man in aussichtsloser Lage wusste und für den man mehr empfand, als man sich eingestand.

Oder es war nur ein schlechtes Gewissen.

Gwen ging nach draußen.

56

Ein Blick zum Grat. Pris war nirgends zu sehen.

Gwen sperrte die Eingangstür ab und schulterte erneut das Kajak. Die Anlegestelle befand sich an der südlichen Seite des Leuchtturms, dem offenen Meer zugewandt, während die langgezogene Bucht im Norden lag. Auf dieser vor Wind und Wellen geschützten Seite gab es jedoch nur eine steil abfallende Felswand, die direkt im Wasser endete, ohne einen Streifen Strand. Für Boote war die Stelle ungeeignet.

Um in die Bucht und weiter zum Festland zu gelangen, musste man erst den Felssporn umfahren, auf dem sie gerade standen und der wie ein knotiger Finger nach Westen wies. Er hatte fast die gleiche Höhe wie Cragged Point, etwa sechzig Meter. Seine Ausläufer ragten wie die Zahnreihen eines ausgestorbenen Reptils aus den Wellen hervor.

Sophia und Struan legten ihre Neoprenanzüge an.

Grobe, vom Meerwasser angenagte Steinstufen führten steil nach unten. Der Weg machte ein paar Knicke, Gwen tat sich schwer, mit dem Kajak nicht das Gleichgewicht zu verlieren. Sophia und Struan sicherten sie von unten und gingen ihr nach Möglichkeit zur Hand. Der Abstieg war der bei weitem schwierigste Teil dieser Tour. Struan stöhnte hin und wieder laut auf, wenn er das gebrochene Bein zu stark belastete. Schritt für Schritt tasteten sie sich nach unten.

Endlich erreichten sie den Anleger, der nicht mehr war

als ein von Algen bewachsener Betonquader mit einer rostigen Metallöse. Sie gaben acht, dass sie auf dem glitschigen Untergrund nicht ausrutschten. Von dem Betonquader ging es noch ein paar Stufen zu einem halbkreisförmigen, natürlichen Pool hinunter, der fast vollgelaufen war. Vielleicht, mutmaßte Struan, hatten frühere Leuchtturmwärter hier gefischt oder mit einem kleinen Boot Hummerreusen an Land gebracht. Anders könne er sich die Existenz dieses Anlegers nicht erklären.

»Und ganz früher haben die Wikinger ihre Gefangenen in den Pool geworfen und gewartet, was passiert.« Gwen deutete auf einen Krebs, der zwischen den Steinen verschwand. Sie brachte das Kajak in Position, hielt es am Heck fest und ließ Struan einsteigen. Er befestigte die Spritzdecke und setzte seinen Helm auf.

Sophia glitt neben ihm ins Wasser. »Mann, ist das kalt!« Sie rang nach Atem und ruderte wild mit den Armen.

»Immer in Bewegung bleiben! Du gewöhnst dich daran.« Er stieß sich mit dem Paddel ab. »Halt dich am besten an der Lasche am Heck fest.«

Sie griff danach. »Hab ich.«

»Und schrei, so laut du kannst, wenn du den Anschluss verlierst.« Struan war sichtlich in seinem Element. Mit ein paar kräftigen Schlägen kam er von dem Anleger frei, ließ den Pool hinter sich und gelangte in bewegteres Wasser. Beim höchsten Stand der Flut würden die Brecher herandonnern und das Kajak gegen die Felsen schmettern, doch momentan schaukelte es nur wild umher. Sophia prustete und spuckte aus. Sie konzentrierte sich auf ihren Beinschlag und half mit einem Arm nach.

»Viel Glück«, rief Gwen und winkte.

»Halt durch«, antwortete Struan. »Wir bringen Hilfe.«

Nach anfänglichen Schwierigkeiten stimmten die beiden sich aufeinander ab und kamen gut voran. Als sie die Spitze des Felssporns erreichten, wurde es kabbelig, weil sich die Wellen überlagerten. Doch Struan glich die Strudel und wechselnden Strömungen mit dem Paddel aus. Sophia blieb dran.

Gwen kehrte zum Leuchtturm zurück, schloss von innen ab und rückte den Tisch vor die Tür. Das Fernglas hängte sie sich um den Hals. Dann stieg sie die Wendeltreppe zur Aussichtsplattform hoch. Die Luke war mit einem Riegel gesichert. Sie schob den Metallstift beiseite, kletterte ins Freie – und schlug die Hand vor die Augen.

Das Leuchtfeuer, daran hatte sie nicht gedacht. Eine Weile sah sie nur Sternchen. Sie erhob sich und blickte Richtung Bucht. Schon besser. Sie durfte nur nicht in die ringförmig angeordneten Linsen schauen, schon gar nicht direkt, zum Glück hatte sie sich unwillkürlich weggedreht. Die Dinger waren so leuchtstark, dass es einem die Netzhaut wegschmurgelte wie nichts. Aus den Augenwinkeln warf sie einen Blick auf die Lichtanlage und die komplizierte, fragile Optik, beschützt von zentimeterdickem Glas. An der Technik schien sich seit Jahrzehnten kaum etwas geändert zu haben. Wahrscheinlich war es noch die Originalausstattung.

Dann hielt sie Ausschau. Von hier oben konnte sie den Kurs erkennen, den sich Struan vorgenommen hatte. Vorbei an der Bucht – unter Vermeidung der Brandungswellen in Ufernähe, die mit der steigenden Flut wuchsen. Hinter dem Bootshaus lag ein weiteres kleines Cap. Es musste umrundet werden, um zu dem letzten

Stück zwischen Culls Cove und dem Festland zu gelangen, das normalerweise von dem Damm überbrückt wurde.

Der Wind blies auf der Aussichtsplattform viel heftiger als am Boden. Gwen hielt sich am Geländer fest, die Haare schlangen sich um ihren Schädel. Sie wischte sie weg und hob das Fernglas. Das Ding war zwar alt, erfüllte aber seinen Zweck. Struan und Sophia kamen in Sicht.

Aus der Ferne waren die Wassertiefen gut zu unterscheiden. Hellgrau am Saum des Strandes, dann dunkelgrau und schließlich schwarzblau weiter draußen.

Struan kämpfte gegen die Strömung an, das war deutlich zu sehen. Sophia hielt nicht mehr so gut mit, sie klammerte sich an das Heck des Kajaks. Inzwischen mussten die beiden eine knappe Meile zurückgelegt haben.

Dann passierte es. Struan sank vornüber, das Paddel glitt ihm aus den Händen und trieb ab. Mit Verzögerung hörte man einen Schuss.

Sophia schien etwas zu rufen. Sie schwamm längsseits und redete auf Struan ein. Plötzlich explodierte ihr Kopf. Wieder ein Knall. Gwen sah es durch das Fernglas haargenau, jedes Detail. Sophias Schädeldecke wurde regelrecht wegsprengt. Das Wasser färbte sich rot.

Weitere Schüsse. Gwen warf sich zu Boden. Ein Scharfschützengewehr. Sie hatte es geahnt.

Zwei Männer: der, den wir »Daddy« nennen mussten, und sein Freund, der immer mit dem Motorrad kam und die Tabletten für Mom dabeihatte. Sie brauchten eine Weile, um in Stimmung zu kommen, erzählten einander Geschichten von ihrer Zeit in

Amerika, als sie jünger gewesen waren und noch genug Geld in der Tasche gehabt hatten. Wie beschissen sie es fanden, nicht nach Irland zurückkehren zu können, und dass die Kohle knapper und knapper wurde. Dass man in London wieder mal ein Zeichen setzen musste. Wir lauschten auf das Klirren der Flaschen und die Pausen, als nichts geredet wurde und man nur Schniefen und Rotzen hörte. Dann suchten wir das Weite, machten Spaziergänge zu den Klippen oder zu den Minen, spielten Verstecken. Bis sie uns eines Tages folgten und fanden. Das war, als wir nicht mehr Mädchen sein durften. Als sich inmitten der Dunkelheit noch größere Dunkelheiten auftaten. Als wir zum ersten Mal starben, getrennt voneinander, auf unterschiedliche Weise, denn in der schwer zugänglichen Felsspalte hatte nur eine von uns Platz. Jahre später hofften wir, die Vergangenheit überlisten zu können, indem wir sie im *Dark House* nachstellten. Die Rollen waren genauso verteilt wie damals auf Culls Cove, zwei Männer und wir beide. Es lief besser, als wir angenommen hatten. Wir behielten die Kontrolle, etwas kam in Gang. Doch es gab noch einen Zuschauer, jemanden, der seine Aufgabe nicht erfüllte. Der es nicht durchzog. Das war unverzeihlich.

Gwen suchte mit dem Fernglas nach der Schützin. Schließlich bekam sie Pris ins Visier. Sie lag am Rand des Kliffs und zielte immer noch Richtung Bucht, ideales Schussfeld. Lange Patronenhülsen lagen auf dem steinigen Untergrund verstreut.

Der Gewehrlauf wanderte hin und her, mit ihm das Zielfernrohr. Ging sie von einer Flucht zu dritt aus? Dann musste sie annehmen, dass Gwen sich noch irgendwo im Wasser befand, eventuell sogar getaucht war. Oder wollte sie einfach nur sichergehen, getroffen zu haben?

Es dauerte eine Ewigkeit, bis sie sich vergewissert zu haben schien: keine weitere Schwimmerin, Zielobjekte ausgeschaltet.

Der Lauf schwenkte zum Leuchtturm herum.

Gwen kroch rückwärts zur Luke und kletterte die Stiege hinunter, mit einer Hand umklammerte sie das Fernglas. Auf der Wendeltreppe verharrte sie.

Kaltblütig erschossen. Das passte nicht ins Muster. Pris war bislang immer relativ nah rangegangen – abgesehen von dem Giftmord an John, das war wohl ihre Version von Gnade gewesen. Jetzt hatte sie zu einem ultimativen Mittel gegriffen, dem Tod aus der Ferne, aus reiner Notwendigkeit, wie anzunehmen war. Machte vermutlich weniger Spaß, als Leute zu kreuzigen.

Dann hörte Gwen es krachen und klirren. Über ihr schlugen Kugeln ein, Querschläger prallten mit einem hohen, singenden Ton von der Plattform ab. Was sollte denn das? Versuchte Pris, das Leuchtfeuer außer Funktion zu setzen, wegen des SOS-Signals? Das Glas des Lampenhauses war bestimmt zentimeterdick, schließlich musste es schweren Stürmen standhalten.

Kurze Pause. Dann hörten sich die Einschläge anders an. Etwas zerbarst. Es wurde richtig laut.

Pris schien eine andere Munition zu benutzen, eine, die erheblich mehr Schaden anrichtete. Panzerbrechende Geschosse, davon hatte Gwen gelesen. So ein Scharfschützengewehr konnte eine Wirkung wie ein Geschütz entfalten – mit entsprechenden Patronen, die es sicher nicht beim Flintenhändler um die Ecke gab.

Sie hastete die Wendeltreppe hinunter. Auf dem Kontrollpult blinkten mehrere rote Leuchten. Das war's dann mit dem Hilferuf.

Der Beschuss hörte auf. Gwen hatte vier Detonationen gezählt. Da oben war bestimmt alles hinüber, Lichtanlage und Optik. Die Drehlinsen mussten in tausend Teile zersplittert sein.

Struan und Sophia waren tot. Sie hatten sich verkalkuliert. Gwen sank auf einen Stuhl. Wenn es auch einen Neoprenanzug für sie gegeben hätte, schwämme ihr lebloser Körper jetzt ebenso da draußen.

Ihr Blick fiel auf einen Schalter mit der Beschriftung »Nebelhorn«. Kurzerhand stellte sie das Ding an.

Ein tiefes, durchdringendes Tuten ertönte. Scheiße, war das laut! Gwen hielt sich die Ohren zu. Na ja, der Schall musste im Notfall weit reichen.

Damit machte sie auf sich aufmerksam. Egal, Pris konnte sich leicht ausrechnen, dass Gwen im Leuchtturm geblieben war. Schluss mit dem Versteckspiel. Warum nicht ein Statement abgeben? Komm und hol mich.

Plötzlich erstarb das Nebenhorn. Vermutlich hatte Pris den Lautsprecher mit einem gezielten Schuss zerstört.

Gut, dachte Gwen. Sie nahm den Revolver in die Hand. Strich über die Trommel und den kurzen Lauf. Von dem wusste Pris bestimmt nichts. Jetzt heißt es nur noch: du oder ich.

Ihr gingen die zehn Toten durch den Kopf, ihre Gesichter, als sie noch am Leben gewesen waren. Die Erinnerung an glücklichere Tage. Chancengleichheit, Umarmungen, verbindende Gedanken. Unwiederbringlich

Du hast meine Freunde umgebracht.

57

Pris war im Anmarsch, daran bestand kein Zweifel. Und sie hatte bestimmt alles dabei, was man für den letzten Akt benötigte. Nach diesen humorlosen Abschüssen wünschte sie sich vielleicht eine einfühlsame Gesprächspartnerin, möglichst lang bei Bewusstsein, falls sich das einrichten ließ. Gab es doch so viel zu sagen und zu erklären. Zu rechtfertigen? Möglicherweise auch das. Gwen würde die Psychoscheiße in Kauf nehmen für ein paar Antworten. Sie bezog mit dem Fernglas auf der Wendeltreppe Position, neben einem schießschartengroßen Fenster, so dass sie von außen nicht zu sehen war. Von dort konnte sie den Grat und Weg, der von Cragged Point herabführte, gut überblicken.

Sie saß in der Falle. Aber sie stellte sich vor, dass Pris genauso auf der Lauer lag und den Eingang des Leuchtturms mit dem Zielfernrohr beobachtete – um Gwen mit einem Schuss ins Bein oder in die Hüfte bewegungsunfähig zu machen, oder einfach nur, um zu sehen, ob sie herauskam und wohin sie sich wandte.

Minuten verstrichen, dann Stunden. Pris ließ sich Zeit. Da sie wusste, wo Gwen sich ungefähr aufhielt, schien sie keine Eile zu haben und sich den Luxus zu leisten, bis zum Einbruch der Dämmerung zu warten. Bei Dunkelheit zu töten war bestimmt verlockend für sie, vor allem, wenn sie ein Nachtsichtgerät besaß. Zu erleben, wie sich der Kreis schloss auf Culls Cove, dem Quell der Qual. Gwen hatte solche Alliterationen einst einstudiert, um als Anwältin vor Gericht Eindruck zu schinden. In England gehörte das dazu, dort waren Strafprozesse längst zu Shows herabgesunken. Und da Berlin alles nachahmte, was irgendwie international war, fielen solch rhetorische Kabinettstückchen dort auf zunehmend fruchtbaren Boden, sprich: die Richter ließen sich davon beeindrucken. Bevor Gwens Zulassung flöten gegangen war, hatte sie in der Hauptverhandlung stets einen Spickzettel dabeigehabt. Quell der Qual. Schatten der Schuld. Kam gut an in poesielosen Zeiten.

Was einem alles durch den Kopf ging. Nichtigkeiten, Erinnerungsfetzen, Ausschuss des Stückwerks, das ihr Leben war. Momente, in denen sie kindlichen Stolz auf ihren zunehmend lückenhaften Verstand empfand, hatte es seit dem Studium nur noch selten gegeben. Der Alkohol war ein lehrreicher Begleiter. Er machte einem klar, wie flüchtig und auslöschbar alles war.

Wieder und wieder suchte Gwen mit dem Fernglas die Gegend ab. Ihre Augen tränten, gelegentlich trank sie einen Schluck Wasser aus einer Plastikflasche, die sie im Rucksack mitgenommen hatte. Die defekten Handys kamen ihr in den Sinn. Sie holte ihr eigenes heraus und betrachtete das tote, zersprungene Display. Eigentlich hatte sie das Ding noch nie leiden können. Sie war damit ins Internet gegangen, zum Telefonieren hatte sie es kaum benutzt. Wen sollte sie schon anrufen?

Allein in ständiger Wachsamkeit – so schlecht war das gar nicht. Keine Verletzten mehr, um die man sich kümmern musste, keine widerstreitenden Taktiken, keine gegenseitigen Vorwürfe, Launen, Verdachtsmomente. Keine Fremdbestimmtheit. All das hatte sie gelähmt, immer schon. Wenn man seinem Schicksal entgegensah, ob auf einem gottverlassenen Felsen in Dorset oder am Hinterausgang einer Berliner Säuferbar, gab es nichts, was einem Rückhalt gewährte. Aber auch keine Verpflichtungen.

Dann, es mochte auf acht Uhr zugehen, die Sonne war bereits untergegangen, bemerkte sie etwas in dem Felsenlabyrinth oberhalb des Tores.

Eine geduckte Gestalt, das Gesicht mit Tarnfarbe beschmiert, huschte zwischen den Findlingen hindurch. Genau an der richtigen Stelle.

Ausnahmsweise war das Wetter eine Hilfe. Der Mond stand rund und fast voll am Himmel, die Wolken der vergangenen Tage hatten sich verzogen. Gutes Licht für jemanden, der nur sechs Kugeln im Lauf hatte.

Gwen legte das Fernglas weg, sprang die Wendeltreppe hinunter, öffnete die Tür und schob sich auf dem Bauch liegend nach draußen. Dann zog sie die Tür fast zu. Fieberhaft krabbelte sie vom Eingang weg.

Den Ort, wo sie in Deckung ging, hatte sie in den vergangenen Stunden ausgewählt. Eine Kuhle hinter einer hüfthohen, gezackten Felsformation. Dort konnte sie den Revolver aufsetzen und zielen. Mit etwas Glück hatte Pris den Eingang des Leuchtturms nicht im Auge behalten, während sie den Weg zum Grat hinuntergestiegen war, wegen der Sichtbehinderung durch die Findlinge. Gwen würde ihr einen gebührenden Empfang bereiten. Ein Streifen Mondlicht fiel auf die angelehnte Tür, um die Einladung abzurunden.

Eine Falle war eine Falle.

Es dauerte eine Weile, bis die ersten Geräusche zu hören waren, schwer auszumachen aufgrund des Meeresrauschens und der Wellen, die in der Tiefe gegen die

Klippen donnerten. Inzwischen hatte die Flut ihren Höchststand erreicht.

Kleine Steine knirschten unter Armeestiefeln.

Gwen kauerte sich hin und rührte sich nicht. Sie konnte förmlich spüren, wie Pris die Lage einschätzte. Sich vorsichtig näherte. Wartete. Langsam weiterging. Hatte sie das Nachtsichtgerät aufgesetzt? Oder meinte sie, besser ohne klarzukommen?

Nur keinen Blick riskieren. Flach atmen. Der Hahn des Revolvers war schon seit langem gespannt wegen des verräterischen Klickens.

Schnelle Schritte, an Gwens Versteck vorbei. Pris rannte zum Eingang und brachte das offene Gelände zwischen den Felsen und dem Leuchtturm hinter sich. Es war nicht weit, fünf oder sechs Meter. Wenn sie die Tür mit der Schulter aufstoßen und hineinstürmen würde, war die Gelegenheit vorbei.

Gwen erhob sich halb und richtete die Waffe aus. Sollte sie der Killerin in den Rücken schießen?

Doch Pris presste sich gegen den Sockel neben dem Eingang und nestelte an ihren Brusttaschen herum. Dadurch bot sie ein gutes Ziel. Sie holte einen zylindrischen Gegenstand hervor. Handgranate? Tränengas? Hatte sie bemerkt, dass die Tür nur angelehnt war? In der anderen Hand hielt sie ein Sturmgewehr.

Der erste Schuss traf sie in den Bauch. Pris wurde gegen den Sockel gedrückt, ein ungläubiger Blick, soweit das zu erkennen war, dann sank sie auf die Knie.

Gwen verfluchte den Rückstoß und legte erneut an.

Zu hoch. Die Kugel prallte von der Mauer ab.

Der nächste Versuch glückte. Pris' Schulter wurde herumgerissen, sie fiel zu Boden. Ein paar Schüsse lösten sich aus dem Gewehr und strichen über Gwens Kopf hinweg.

Sie ging wieder in Deckung und wartete. Horchte nach einem Lebenszeichen.

Nichts. Kein Stöhnen, Röcheln. Keine allerletzten Worte, voller Hass in den Nachthimmel geschrien.

Schließlich stand Gwen auf.

Pris war weg.

58

Die Tür des Leuchtturms stand offen. Gwen näherte sich von der Seite, den Revolver im Anschlag. Nur noch drei Schuss übrig.

An der Stelle, wo Pris gestanden hatte, war – nichts. Kein Blut auf dem Boden, kein Fleck auf der hellen Wand. Bei der Durchschlagskraft der Magnum auf dieser kurzen Distanz mussten sich die Geschosse doch wie Butter durch den Körper gebohrt haben und hinten wieder ausgetreten sein, wunderte sich Gwen. Und das musste Spuren hinterlassen haben.

Es sei denn, Pris trug eine kugelsichere Weste.

Schöne Scheiße. Darauf hätte sie schon früher kommen können, angesichts des Waffenarsenals, das dieser Freak mit sich herumschleppte.

Allerdings waren die Kugeln mit einer ungeheuren Wucht aufgeprallt und hatten Pris zumindest vorübergehend außer Gefecht gesetzt. Ein paar gebrochene Rippen vielleicht oder innere Verletzungen?

Gwen schob sich näher an den Eingang heran. Sie zog ihre Regenjacke aus und warf sie vor der Tür in die Luft.

Eine Sturmgewehrsalve fräste große Brocken aus dem Türstock und den Bodenplatten, Steinsplitter flogen ihr um die Ohren.

Schießen ging also noch.

Die Einschläge lagen ziemlich tief, überlegte Gwen. Vermutlich war Pris ein Stück weit die Wendeltreppe hochgestiegen, um einen guten Schusswinkel zu haben.

Dann betrug die Entfernung zwischen ihnen jetzt etwa zehn Meter. Gwen kam unmöglich an sie heran, selbst wenn sie sich in einem selbstmörderischen Akt nach drinnen warf: Dort war es viel dunkler als draußen, sie würde ihr Ziel nicht erkennen.

Sie lehnte sich gegen den Leuchtturmsockel. Zeit zu reden?

»Was hab ich dir eigentlich getan, Pris?«

Wieder ging das Gewehr los. Die Eine-Frau-Armee schien etwas nervös zu sein. Gwen hörte, wie das Magazin gewechselt wurde.

»Das bringt Hollie auch nicht zurück. Was machst du, wenn das hier vorbei ist? Jagst du dir zur Feier des Tages eine Kugel in den Kopf?«

Stille. War das ein Keuchen? Vielleicht hatte der Revolver doch etwas ausgerichtet.

Sie musste Pris reizen, provozieren, zu einer Unbedachtheit verleiten. Verwundete begingen Fehler.

»Oder fängst du mit den hunderttausend Euro von Tim ein neues Leben an, wenn du sie ausgebuddelt hast?«

Schweigen. Wahrscheinlich dachte sie, das Geld stünde ihr zu. Noch wahrscheinlicher machte sie sich gar nichts daraus.

»Als ob es das jetzt noch für dich gäbe. Ein Leben.«

Immer noch keine Reaktion. Das Offensichtliche auszusprechen verfing wohl nicht.

»Hollies Abschiedsbrief in dem Arbeitszimmer, das warst du, stimmt's? Du hast ihn dort deponiert, damit wir ihn finden. Warum nur?«

Pris atmete schwer.

»Ehrlich gesagt frage ich mich, ob der Brief überhaupt echt ist. Du und Hollie, ihr hattet sicher eine ähnliche Schrift. Was wolltest du mit dieser Fälschung bezwecken? Uns weismachen, dass Hollie Selbstmord begangen hat? Dich reinwaschen, bevor du uns alle umbringst?«

»Was … soll das … heißen?«, kam es mit gepresster Stimme aus der Dunkelheit.

»Du hast Hollie getötet, nicht wahr? Deine eigene Schwester. Aber warum muss *ich* jetzt dafür büßen, zehn Jahre später? Verrat mir das mal.«

Das Sturmgewehr bellte wieder los. Gwen spürte die Projektile von innen gegen die Wand prallen, an der sie lehnte. Weiter so, Pris. Irgendwann geht sogar dir die Munition aus.

Doch sie verschwendete nur ein paar Patronen. Das Echo der Schüsse verhallte. »Hollie hat das … von sich aus getan. Ihr Experiment … im Dark House, es misslang. Das war der Grund. Sie fühlte sich schuldig.« Das Sprechen schien Pris Schmerzen zu bereiten. »Wegen früher.«

Jetzt hieß es, gemein zu sein. »Weil *sie* Daddys Liebling gewesen war und nicht du?«, fragte Gwen.

Pris schwieg. Oder murmelte sie etwas? Redete sie leise mit sich selbst, seit Jahren schon, Jahrzehnten? Irgendwann glaubt man dem Widerhall der eigenen Stimme. Sie klingt am überzeugendsten von allen. Und was sie einem einflüstert, beginnt zu existieren.

»Es war genau anders herum!«, rief sie schließlich. »*Ich* … hab alles abgekriegt. Die waren zu zweit, Waffenbrüder, so heißt das bei der IRA. Untergetaucht in der Provinz, auf Abruf für … Sondereinsätze. Er hieß Seymour. Unseren richtigen Vater kannten wir gar nicht.«

Wieder dieses Murmeln, das nur schwach zu hören war, verstärkt durch die Leuchtturmwände. »Hollie kam davon. Sie hat sich versteckt, hinten im Steinbruch, wo sie uns aufgespürt haben. So fing es an. Hollie hat sich gedrückt, obwohl … obwohl sie mir hätte helfen können, sie war … ganz nah bei mir. Und ganz weit weg. Aber das verstehst du nicht. Es geht dich auch gar nichts an.« Pris machte eine Pause, langsam schien sie sich zu erholen. »Ich hab den Brief bei Johns Sachen gefunden und auf den Schreibtisch gelegt, damit ihr ein bisschen was begreift.« Sie lachte hämisch. »Damit ihr nicht unwissend sterbt.«

Zwei Schwestern. Die ältere war durch die Hölle gegangen, und die jüngere hatte es miterlebt. Gwen versuchte, ein gewisses Verständnis aufzubringen. Vielleicht hatte sich die Konstellation wiederholt. Konnte man da von geteiltem Leid sprechen? Oder von parallelen Alpträumen, die sich niemals berührten?

»Wie alt wart ihr damals?«

»Alt genug«, stieß Pris hervor. »Zumindest ich. Er hat gedroht, eine von uns umzubringen, wenn wir etwas verraten. Auch später, nachdem wir von Culls Cove weggegangen waren und unseren Nachnamen von Seymour in Cavendish geändert hatten. Der lange Arm der IRA. Wir haben das geglaubt.«

»Und was ist vor zehn Jahren falsch gelaufen?«, hakte Gwen nach. »Du warst doch dabei im Dark House.«

»Hollie nannte es Therapie. Ein Rollenspiel. Ich sollte mich um Tim und Struan ›kümmern‹, so hat sie es ausgedrückt. In deinen Augen ist das sicher pervers. War es aber gar nicht. Ich meine, die konnten mir nichts anhaben, die waren mir ausgeliefert. Irres Gefühl, das kann ich dir versichern. Erleichternd irgendwie. Es stieß … eine Tür auf. Die beiden haben es genossen, sogar die Schmerzen. Kastrationsängste, mal ein bisschen anders.«

»Ist ja grauenvoll, was du da erzählst. Tut mir wirklich …«

»Aber im Dark House«, fuhr Pris fort, »da sollte Hollie nicht als Zuhörerin davonkommen. Sie sollte endlich den Preis bezahlen, ihren Anteil übernehmen. Knowles sollte sie vergewaltigen, nachdem ich mit Tim und Struan fertig war, und zwar unter Schmerzen, da durfte nicht die Spur von Begehren im Spiel sein, auf keiner Seite. So hatten wir das vereinbart. Sonst hätte ich bei diesem Mummenschanz gar nicht erst mitgemacht.«

Puh. Vergewaltigung durch den Menschen, der Hollie am meisten bedeutete. Was für ein verkorkstes Vorhaben, dachte Gwen. Eine Kopfgeburt sondergleichen, quasi die Krönung all der fragwürdigen Dark-House-Experimente – falls es stimmte, was Pris da von sich gab. Identifikation mit dem Aggressor, der Professor hatte das mal in einer Vorlesung behandelt. Betroffene übernahmen die Handlungsweisen ihrer Peiniger zum Schutz des eigenen psychischen Systems. Auf Pris hätte es wohl einen therapeutischen Effekt haben sollen, als sie mit Tim und Struan im Dunkeln anstellte, was sie wollte. Aber Hollies »Anteil« war so ein rückwirkendes Auge-um-Auge-Ding. Was hatte sie sich bloß dabei gedacht? Die Liebe zu ihrem Mentor für das Seelenheil ihrer Schwester zu opfern …

»Knowles hat sich geweigert«, sagte Gwen. »War es so?«

»Aus sentimentalen Gründen. Er konnte es nicht, nicht mit Gewalt und was so dazugehört. Er hat's versucht, aber dann fing er an zu heulen und zu jammern, es war ekelhaft. Knowles hat den ganzen Plan über den Haufen geworfen. Einen Plan, den der große Wissenschaftler bestimmt mit ausgebrütet hat, nach seinen eigenen Methoden: Menschen unter Druck setzen, um sie zu befreien. Doch für den letzten Schritt war er zu schwach.«

»Ist ihm kaum vorzuwerfen, oder?«

»Das war nicht der Deal! Ich wollte nur, dass Hollie in meiner Gegenwart litt. Dass sie es am eigenen Leibe erfuhr, ein einziges Mal.«

»Alte Wunden heilen, indem man sie aufreißt und neue hinzufügt – daraus kann unmöglich etwas Gutes entstehen.«

»Es hätte mir geholfen. Ganz sicher hätte es das.« Pris klang zunehmend verletzlich. Sie zeigte eine Form von Einsicht, gab Erklärungen ab. Was war mit dieser Frau los? Sie hatte zehn Menschen getötet und unterhielt sich mit Gwen plötzlich wie mit einer alten Freundin. Hing das mit den Revolvertreffern zusammen? Zum ersten Mal trat ihr jemand auf ihrem eigenen Feld, dem der Waffen, entgegen und fragte sie nach Dingen, die sie wahrscheinlich lange Zeit unter Verschluss gehalten hatte. Gehütet hatte.

»Ich hab dir was mitgebracht!«, schrie Pris plötzlich.

Ein Rascheln und Flattern war zu hören. Gwen wagte es nicht nachzusehen. Sie packte den Griff des Revolvers fester. So einfach ließ sie sich nicht einlullen.

Ein Stück Papier fiel auf die Türschwelle. Gwen griff danach, reflexartig. Nichts passierte, kein Beschuss. Ihre Hand wurde nicht von einer Gewehrkugel zertrümmert.

Es war wohl eine von Knowles' verlorengegangenen Karteikarten. Das Krankheitsbild von Carol war darauf beschrieben, auf wenig schmeichelhafte Weise. Im Mondschein versuchte Gwen die Einträge zu entziffern. Carol schien von ihren Komplexen aufgefressen worden zu sein und sie mit Karriereambitionen kompensiert zu haben. Na, das war nichts Neues.

Im Leuchtturm ging das Licht an.

59

»Willst du nicht reinkommen?«, rief Pris.

»Du tötest mich.«

»Ich werde keinen einzigen Schuss mehr abgeben. Versprochen, Hand aufs Herz.«

»Wer könnte dir trauen?«

»Ich hab noch nie gelogen. Und heute fang ich bestimmt nicht damit an.« Die Stimme kam von weit oben.

Gwen riskierte es. Sie steckte den Kopf durch die Türöffnung.

Überall im Inneren des Leuchtturms lagen Karteikarten umher. Anscheinend hatte Pris sie von der Wendeltreppe herabregnen lassen. Außerdem waren da jede Menge Patronenhülsen und, direkt unter der Wendeltreppe, eine leere Einwegspritze. Hatte sie sich Morphium gegen die Schmerzen verabreicht? Oder Amphetamine, um sich aufzuputschen und bei Kräften zu bleiben?

Nur von Pris war nichts zu sehen. Sie musste zur Plattform hochgestiegen sein.

Auf dem Tisch stand eine Flasche Whisky. Ungeöffnet, wie Gwen mit einem geübten Blick registrierte. Sie hatte absichtlich keinen Alkohol in den Rucksack gepackt, um klar im Kopf zu bleiben. Aber inzwischen würde sie fast alles für einen langen, erlösenden Schluck geben. Sie schob sich ins Innere.

»Unterhalten wir uns doch weiter«, fuhr Pris fort. »Reden wir über dich, über Gwen, die Waise. Psychisch labiler Vater, Mutter an Krebs gestorben, als du mit dem Studium anfingst. Nach einer vielversprechenden Laufbahn als Rechtsanwältin … abgestürzt, oder wie man es nennen mag. Ich habe Erkundigungen eingezogen.«

»Über jeden von uns, nehme ich an.«

»Natürlich. Man muss seine Feinde kennen.«

»Ich bin nicht dein Feind«, gab Gwen zurück.

»Aber du willst mich doch tot sehen. Das war gut gezielt vorhin, Respekt.«

»Ich bin nicht verantwortlich für das, was im Dark House geschah. Ich und die anderen, wir wurden instrumentalisiert.«

»Ihr wart Teil der damaligen Nacht, und ihr wart Zeugen dieses Wochenendes. Manchmal ist es am besten, nur Leichen zurückzulassen.«

»Das heißt, gegen mich persönlich hast du gar nichts?« Gwen konnte es nicht fassen.

»Ja. Bei Tim und Struan verhielt es sich anders, weil sie den Sex damals vielleicht ein bisschen genossen haben, das entging mir nicht. Und Meena nahm mir Hollie weg. Der Rest hatte überwiegend … Pech? Falsche Zeit, falsche Freunde.«

»Knowles war dein eigentliches Ziel.«

»Genau. Dafür musste alles stimmen.«

Gwen fixierte die Whiskyflasche. Pris hatte ihr versichert, nicht zu schießen. Was immer davon zu halten war. Es schien ihr zu gefallen, den Spieß umzudrehen und die Gesprächsführung an sich zu reißen.

»Was meinst du, wie lange ich darauf hingearbeitet habe, das hier vorzubereiten? Mein eigenes Dark House zu kreieren? Ihr alle zusammen mit Knowles an diesem schicksalsträchtigen Ort. Den John von mir gekauft hat, auf Anraten von Knowles. Ein Makler hat das Geschäft in meinem Auftrag angebahnt, ich durfte ja nicht als die in Erscheinung treten, die ich bin, niemand durfte Verdacht schöpfen. Und es mussten erst ein paar Jahre vergehen, bevor ich Knowles die Idee einer Wiedersehensfeier schmackhaft machen konnte. Dafür bin ich extra nach Australien geflogen. Ich bat ihn, geheim zu halten, dass ich als Überraschungsgast dazustoßen würde – um ein für alle Mal reinen Tisch zu machen. Und er hat's geschluckt wie ein Verdurstender. Seine Psychospielchen haben ihm wohl gefehlt. Deswegen hat er zusammen mit John seinen Tod an der Bucht inszeniert. Um noch eins draufzusetzen, nehme ich an. Hat nicht ganz hingehauen.«

»Culls Cove gehörte dir?«, fragte Gwen.

»In Pelham dachten die Leute, Seymour sei der Vorbesitzer, schließlich war er mit Mom verheiratet. Auch John und Knowles gingen davon aus. Mir konnte das nur recht sein. Aber in Wirklichkeit besaß Mom die Häuser und das Grundstück. Und ich war die alleinige Erbin.«

»Und was ist mit diesem Seymour und deiner Mom passiert?«

»Tot – wie deine Eltern. Wir haben viele Gemeinsamkeiten, du und ich. Scheint Sinn zu ergeben, dass wir als Letzte übrig geblieben sind.«

»Wie starben sie?« Eigentlich war Gwen nicht länger an einer Führung durch Pris' schauderhafte Welt interessiert, aber sie schien in Redelaune zu sein, und vielleicht kamen ihr ja Skrupel, je länger sie miteinander sprachen. Es war eine dünne Hoffnung, wie sie wahrscheinlich jeder Delinquent vor der Exekution hegte: Dass der Henker menschliche Regungen zeigte.

Eine Pause entstand. Gwen musste an die Machete denken. Kurz und schmerzlos würde es nicht werden.

»Ich habe sie besucht. Nacheinander, es hat eine Weile gedauert, bis ich an sie rankam.« Pris' Stimme veränderte sich, sie wurde tiefer, emotionsloser. »Seymour war in eine psychiatrische Klinik in Surrey eingewiesen worden, Drogenentzug, Aggressionstherapie, was sich die Gesellschaft so einfallen lässt, um Monster zu kurieren. Ihnen noch eine zweite Chance zu geben. Es war ein schmuckes Anwesen im Grünen, ehemaliges Herrenhaus. Neben der geschlossenen Abteilung lag ein stillgelegter Flügel, bei der Renovierung war dem National Health Service wohl das Geld ausgegangen. Dort fand ich Geräte aus der guten alten Zeit, für Elektroschocks, die hatten keine Sicherheitssperren, lag früher alles im Ermessen des behandelnden Arztes. Das Problem war nur die Stromversorgung. Ich musste ein paar Leitungen anzapfen, Kabel verlegen. Das ist das Erste, was man vor einem Einsatz im Mittleren Osten beigebracht bekommt: Wo kriegt man genügend Saft her fürs elektronische Equipment, wenn man von der Truppe abgeschnitten ist? Hauptsache, die Computer funktionieren.«

Mittlerer Osten? Gwen wollte schon einhaken, doch Pris erzählte weiter. Unterbrich nie einen Killer, wenn er dir seine Morde gesteht.

»Jedenfalls verbrachten wir eine erfüllende Nacht. Wundversorgung und Reanimation waren lästig, aber das kannte ich ja alles schon. Den Geruch nach verschmortem Fleisch, nach nackter Panik, die richtige Dosierung der Medikamente. Ein Harnröhrenkatheter aus Metall sieht aus wie ein kleiner Degen. Man braucht

Fingerspitzengefühl, um das Ding reinzukriegen. Und die kleine Priscilla war so furchtbar ungeschickt! Sie hat sich von ihren Gefühlen überwältigen lassen und drehte den Strom voll auf. Dumme Priscilla, sie musste sich anderen Körperteilen zuwenden, das hatte sie davon! Finger, Zehen, Enddarm. Empfindliche Stellen. Wo sie selbst den wahren Schmerz kennengelernt hatte. Es war eine Form der Reduktion. Irgendwann blieb nur noch der Kopf übrig. Eine Lähmung der Stimmbänder macht einen Knebel überflüssig, alles zeichnet sich in den Augen ab. Man liest in ihnen, den kleinen Spiegeln der Seele, sucht nach einem Funken Reue. Und findet nur diese jämmerliche Todesangst. Bis die Augäpfel zu kochen beginnen.«

Pris seufzte. »Ich stelle mir oft vor, wie ich es noch länger hätte hinauszögern können. Ob ich etwas falsch gemacht habe. Doch im Großen und Ganzen war es wohl … angemessen. Hab seine Überreste im Wald verscharrt. Aus der Klapse türmen andauernd Leute und werden nie mehr gesehen.«

Man. Ich. Es. Die kleine Priscilla. Mit Identitäten schien Pris großzügig umzugehen.

Gwen hatte sich näher an die Whiskyflasche herangeschoben. Sie entfernte die Metallkapsel und zog den Korken heraus. Roch probeweise – und trank gegen all das an, was noch kommen mochte.

»Er richtete meine Mom schrecklich zu, seit Hollie und ich aus dem Haus waren und wir Ende der neunziger Jahre den Absprung aufs College geschafft hatten. Anfangs hielt er sich noch zurück, war oft im Ausland, vor allem in Osteuropa, vermutlich wegen irgendwelcher Waffendeals für die IRA. Mom nahm einen Job als

Kassiererin in einem Supermarkt in Pelham an, obwohl sie früher mal Politik studiert hat – kaum zu glauben, oder? Sie ging zur Suchthilfe und wurde clean. Damals telefonierten wir sogar einige Male, ich hab sie immer im Auge behalten, im Gegensatz zu Hollie, die Mom einfach aus ihrem Leben tilgte und auf der Uni behauptete, sie kenne ihre wirklichen Eltern nicht und sei in einer Pflegefamilie aufgewachsen. Vorwürfe machte ich ihr keine – ich wollte es von ihr selbst hören. Aber da war nichts, keine … Erkenntnis. Vielleicht ahnte sie damals, was sie einst getan oder im Cracknebel unterlassen hatte. Aber sie weigerte sich, darüber zu sprechen – ihre Last zu tragen. Sie blockte ab, wahrscheinlich aus Angst, daran zu zerbrechen. Aus eingebildeter Ohnmacht. Und aus Scham. Scham macht Mitläufer trotzig, das war schon immer so, hilft ihnen dabei, das Gehirn zu versiegeln und ausschließlich an sich selbst zu denken.«

Pris hielt inne. Seit sie von ihrer Mutter sprach, gab sie alles erstaunlich strukturiert wieder, Ergebnis eines langen Prozesses. Versuche, zu verstehen. Gwen ertappte sich bei einer Anwandlung von Mitgefühl. Sie nahm noch einen Schluck.

»Dann tauchte Seymour wieder auf, nach einer Verhaftungswelle in Frankreich und Nordirland, der er knapp entronnen sein musste. Zwischen ihm und Mom wurde es schlimmer als zuvor, Drogen und Prügel, eine unwiderstehliche Kombination. Die Telefonate hörten auf. Immerhin rief sie in einem klaren Moment die Polizei und zeigte ihn endlich an, wegen Körperverletzung. Der Fall ging durch die Zeitungen als Beispiel für außergewöhnliche häusliche Gewalt. Culls Cove gehörte

Mom noch, aber das Geld, das ihre Familie ihr hinterlassen hatte, war längst weg, Jahr für Jahr aufgebraucht, versickert. Ich fand sie in einer Sozialstation für Demenzkranke, die keine Angehörigen haben und nicht mehr für sich selbst sorgen können. 2007 müsste das gewesen sein. Sie konnte sich nicht mehr erinnern, ob sie überhaupt *jemand* gewesen war, geschweige denn an mich, eines ihrer ... Kinder? Hab ihr 'ne Überdosis verpasst, das fiel nicht weiter auf. Ich erbte Culls Cove und konnte es an John verkaufen.«

Gwen schwieg und überließ es dem Whisky, sie zu wärmen. Was für eine Erleichterung, das brennende Zeug durch die Kehle rinnen zu lassen.

»Dann gab es natürlich noch Seymours Freund. Hab ihn in Maryland erwischt, bei einer IRA-Mission an der Chesapeake Bay, während der Blue-Crab-Saison. Die Viecher waren ganz wild auf ihn. Eine Reminiszenz an die Höhlen unten in der Bucht. Passend irgendwie.«

»Da hast du ja ganze Arbeit geleistet. Gerechtigkeit hergestellt.«

»Diese Erinnerungen möchte ich nicht missen.«

»Bist du jetzt fertig? Oder hast du was vergessen?«

»Warum so ironisch?«, fragte Pris. Ihr Ton wurde schärfer. »Ich glaube kaum, dass du in der Position dafür bist.«

Gwen nahm ihren Mut zusammen. »*Mein* Vater hat die IRA bekämpft, die Real IRA, wie sie sich nennt, seit ihr nur noch Terroristen angehören. Ich wünschte, er hätte mehr von den Seymours dieser Welt erwischt, bevor er es nicht mehr ertrug. Und meine Mutter hat sich liebevoll um mich gekümmert. Sie war alles andere als dement, bis zuletzt, bis die Tumore sie auffraßen, hat sie immer an meine Zukunft gedacht und nur das Beste für mich gewollt. Und ich habe sie enttäuscht. Wir haben *keine* Gemeinsamkeiten, Pris, hörst du? Wir sind so verschieden wie Feuer und Wasser!«

Keine Antwort. Gwen setzte die Whiskyflasche ein weiteres Mal an. Manchmal, wenn sie in der entsprechenden Stimmung war, schmeckte es wie beim ersten Mal. Ein bisschen eklig, aber rund und voll. Voller falscher Versprechungen.

»Was ist los?«, fuhr sie fort. »Hat's dir die Sprache verschlagen? Zählen hier nur Morde? Folter? Eine üble Kindheit? Ist das ein Wettbewerb, wer im Laufe seines Lebens am meisten Leid angehäuft hat? Dann wäre Meena ganz gut im Rennen gewesen. Wo ist sie, soll sie uns Gesellschaft leisten? Ach ja, geht leider nicht. Du hast sie umgebracht.«

Am oberen Ende der Wendeltreppe rührte sich nichts. Gwen war es leid. Schluss, egal, was noch ungesagt geblieben war. Am Ende brachte sie noch Verständnis für ihre Mörderin auf. Es musste einen Ausweg geben.

Sie steckte den Revolver in den Hosenbund und ging nach draußen. Nahm die Flasche mit. Wenn sie jetzt einfach zum Cottage zurückrannte, konnte Pris sie nur mit dem Gewehr stoppen. Hielt sie sich an ihr Versprechen, nicht zu schießen? Was machte sie da oben? Hatte sie das Reden erschöpft, diese merkwürdig eloquente Auskotzerei? Oder machten sich ihre Prellungen bemerkbar, die sie von Gwens Kugeln davongetragen haben musste?

Die Dunkelheit war wohltuend im Vergleich zu dem kalten Licht im Leuchtturm. Ein paar Sterne blinkten, die See war verhältnismäßig ruhig. Der Weg zum Felsengrat lag direkt vor ihr. Sie musste sich nur noch einen letzten Ruck geben. Der Whisky machte sie leichter – oder schwerer? Sie warf noch einen Blick zum Rand der Klippe, die zur Bucht hin steil abfiel. Selbstmord? Eher nicht, solange es …

Etwas traf sie an der Schläfe.

60

Gwen ging zu Boden und landete auf dem Bauch. Ein Stiefel grub sich zwischen ihre Schulterblätter. Sie wurde entwaffnet. Der Revolver landete irgendwo zwischen den Felsen.

Benommen richtete sie sich auf. Alles drehte sich. Eine Gestalt im Kampfanzug stand vor ihr, Pris. Die Weste hatte sie bereits abgelegt. Sie zog ihre Feldbluse aus, darunter trug sie ein Trägertop. Feste Muskeln wurden sichtbar, täglich gestählt. Ihr Gesicht wirkte wie eine unbewegliche Maske, die Backenknochen traten hervor. Demonstrativ ließ sie ihr Sturmgewehr fallen. War das ein Bergsteigerseil, das von der Spitze des Leuchtturms herabbaumelte?

Ein Faustschlag landete in Gwens Bauch. Ihr blieb die Luft weg, sie knickte ein, ruderte mit den Armen, versuchte, irgendetwas in die Finger zu bekommen. Vergebens.

Pris begann, ihr ungeschütztes Gesicht zu bearbeiten, rasend schnell, Gwen blieb keine Zeit zu reagieren. Es fühlte sich an, als würde der Kiefer explodieren. Feuchte Geräusche, als ihr Nasenbein den Geist aufgab und die Lippen aufplatzten. Sie sank auf die Knie und spuckte einen Zahn aus. Schluckte einen weiteren runter, bekam einen Tritt in die Rippen. Kippte nach hinten.

Und wurde an ihrer Regenjacke wieder hochgezogen.

»Nicht so schnell.« Pris rammte ihr das Knie zwischen die Beine. Gwen krümmte sich zusammen und blieb wimmernd liegen.

Um sie zu töten, brauchte Pris kein Gewehr. Das konnte sie auch mit bloßen Händen bewerkstelligen. Oder mit der Machete, die sie genießerisch aus der Scheide an ihrem Gürtel zog.

»Bereit für den schmerzhaften Teil?«

Die Klinge schimmerte im Mondlicht.

Gwen machte in die Hose, unfähig, sich zu bewegen. Fäkaliengeruch hüllte sie ein. Nein, es gab keinen Ausweg, nicht, wenn man schon in der eigenen Scheiße lag. Sie konnte nur noch reden. Obwohl es unglaublich schwerfiel.

»Du … warst … im Krieg. Richtig?«

Pris drehte Gwen mit dem Stiefel auf den Rücken. Die Machete wanderte wie ein Pendel hin und her. Tippte sie am Ohr an.

»Sergeant Priscilla Cavendish. Oder Lieutenant?« Gwens Worte blubberten mit einer klumpigen Ladung Blut hervor.

»Corporal. Versuch nicht, mir zu schmeicheln.«

»Schön, dann … Corporal. Wo warst du im Einsatz?«

»Im Irak. Drei verdammte Jahre.«

»Und da hast du all das gelernt.«

»Gewiss.«

»Kein Studium?«

»Abgebrochen.«

Gwen schrie auf. Ein Schnitt zog sich quer über ihre Wange. Es fühlte sich wie ein rot glühender Riss an. Sie legte die Hand darauf und drehte sich weg.

»Schau mich an!«, befahl Pris. »Na los, ich will deine Augen sehen.«

Widerstrebend gehorchte sie. Der Schnitt brannte entsetzlich.

»Ich hab das Gleiche gemacht wie du, Jura. Allerdings nicht in Bristol, dahin schaffte es nur Hollie. Für mich blieb Southampton, ebenfalls mit Stipendium. Was ein Wunder war, denn wir schafften das College nur mit Ach und Krach, wegen der Lernrückstände. Aber wir hatten beide was auf dem Kasten, mehr als ihr alle zusammen.«

»Southampton ist eine angesehene Uni.«

»Jura war nicht mein Weg. Zu umständlich, wenn du verstehst.« Pris ging in die Hocke. »Nicht ehrlich genug.«

»Was hast du im Irak erlebt?«

Die Machete schlitzte Gwens andere Wange auf. Sie schlug die Hände vors Gesicht und drehte sich wieder weg. Vor Schmerz fing sie an zu schluchzen, krallte sich in Geröll und Gras – und berührte dabei … eine Flasche?

»Wir fuhren im Konvoi, bildeten die Nachhut, in einem leicht gepanzerten Landrover. Dann ging die Autobombe hoch, am Straßenrand, irgendwo in Basra. Ich hab als Einzige überlebt.«

Die Spitze der Machete fuhr mahnend über Gwens Handrücken.

Gwen nahm die Hände wieder herunter. »Und weiter?«, keuchte sie. Das Blut lief ihr über Wangen und Hals, tropfte auf ihre Jacke.

»Bin in Gefangenschaft geraten. Eine Frau mit Gewehr, das war ein Feiertag für diese kleinen Scheißer. Haben's mir richtig besorgt, volles Programm. Aber das war nicht das Problem, nicht, wenn du dich etwas entgegenkommend zeigst, gerade so viel, dass sie dich nicht als Wegwerfware betrachten. Bisschen stöhnen, bisschen nachhelfen, keinesfalls direkt ins Gesicht sehen.

Dann haben sie nur ihren Spaß mit dir und fügen dir keine lebensgefährlichen Verletzungen zu.«

»Oh Mann, ist das übel«, sagte Gwen.

»Als so ein Turbanträger von der Kommandoebene eintraf, änderte sich der Plan. Sie steckten mich in Dunkelhaft, haben mit Enthauptung gedroht.« Pris spuckte aus. »Jeden Tag zerrten sie mich aus meinem Erdloch und machten ein Video von mir, mit einem Krummschwert im Nacken, vor angetretener Mannschaft, dazu diese dämliche Schreierei. Es ging darum, Guantanamo-Gefangene freizupressen.« Sie zuckte mit den Schultern. »Als mich der SAS rausgehauen hat, haben wir alle niedergemetzelt, zumindest die unteren Chargen. Kannst dir ja vorstellen, was mit dem Krummschwerttypen passierte.«

Gwen konnte sich viel mehr vorstellen als einen verstümmelten Al-Qaida-Kämpfer. Allmählich begriff sie. Der Krieg und die Entführung hatten Pris radikalisiert, sie von ihren Gefühlen abgetrennt, entmenschlicht. Die Dunkelhaft als groteske Steigerung des früheren Missbrauchs. Dark Houses, wohin man blickte, nur allzu real. Sophia hatte von Erlebnissen gesprochen, die Traumatisierungen verstärkten. Darum handelte es sich hier. Pris hatte in der Gefangenschaft eine weitere Grenze überschritten. Das war der eigentliche Grund für die Morde auf Culls Cove. Pris tötete nicht, sie richtete hin. Und sprach die Urteile selbst, nach Gutdünken. »Was hast du nach dem Irak gemacht?«, fragte sie schließlich.

»Die Army hat mich ausgemustert«, antwortete Pris. »Ich hab noch ein paar Jahre bei einem privaten Sicherheitsunternehmen drangehängt, erst wieder im Irak, dann in Afghanistan. Dann kam ich nach England zurück, mit reichlich Geld auf der hohen Kante. Hin und wieder werde ich für einen neuen Einsatz gebucht. Finanziell bin ich gut gestellt, die hunderttausend Euro von Tim brauche ich gar nicht anzurühren.«

»Und Seymour, seinen Freund und deine Mom? Hast du die zwischendurch erledigt?«

»Stimmt.«

»Und danach musste es irgendwie weitergehen. Du hast dir dieses Rachedrama in den Kopf gesetzt, weil es ja noch Hollies Tod gab, der vergolten werden musste.« Gwen setzte sich auf. »Du hast dir ein Motiv zurechtgezimmert, mangels Krieg. Aber in Wirklichkeit willst du Culls Cove zerstören, mit Mann und Maus, in der Hoffnung, dadurch würde sich irgendetwas ... erfüllen? Was wird das sein, Pris? Ich sage es dir: deine Eifersucht. Du hattest niemals Freunde, hast dich eingemauert, dafür braucht man kein Hellseher zu sein. Aber Hollie hatte Freunde. Sie hatte uns, im Guten wie im Schlechten, wir haben sie akzeptiert, wie sie war. Wir liebten sie, Meena sogar über alle Maßen. Das ist es, was du nicht ertragen kannst. Du stehst allein. Sie war es nicht.«

Pris nickte. Sie trat einen Schritt zurück und hob die Machete. »Kommen wir zum Ende.«

Gwen tastete nach der Whiskyflasche und bekam den Hals zu fassen. »Hast du dir mal überlegt, wer dein richtiger Vater war?«

»Was?«

»Dein Vater. Was weißt du über ihn?«

Pris erstarrte. »Er starb bei einem Verkehrsunfall, als Hollie und ich noch Babys waren. Hat unsere Mom uns erzählt.«

»Glaubst du ihr?«

Die Nachtluft war relativ warm, doch Pris schien es zu frösteln. »Was willst du damit andeuten?«

»Hollie und du, ihr habt beide Stipendien erhalten. Das war doch keine Selbstverständlichkeit, wenn man bedenkt, was auf Culls Cove los war …«

»Wir haben gepaukt auf dem Weg zur Schule. Wir haben uns durchgebissen.« Es klang störrisch.

Gwen ließ es heraus. »Und wenn Knowles euch gefördert hat? Wenn er aus der Ferne eine schützende Hand über euch hielt, damit ihr einen guten Studienplatz bekamt?« Sie machte eine künstliche Pause. »Wenn er sich verantwortlich fühlte, nachdem er eure Mom vor mehr als zwanzig Jahren verlassen hatte. Das wäre … eine Erklärung.«

Pris starrte sie an, die Muskeln bis in die letzten Fasern gespannt.

»Hat er sich dir offenbart?«, setzte Gwen hinzu. Es war nur eine Vermutung, aber sie musste ihr Nahrung geben. »Hast du ihm zugehört in dem Stollen unter der Erde? Durfte er überhaupt etwas sagen, bevor du ihn mit Klebeband zum Schweigen gebracht hast?«

Pris schüttelte den Kopf.

»Dann hast du deinen eigenen Vater zu Tode gefoltert.«

Verblüffung. Entsetzen. Abgelöst von Argwohn: Konnte das wirklich sein?

»Weißt du, was Knowles sagte, als er gestern in Pelham eintraf? Ich kann mich sogar an den genauen Wortlaut erinnern.« Gwen machte eine Pause und fragte sich, warum sie die Szene im Gedächtnis behalten hatte. Musste am Whisky liegen. Er löschte nicht nur wahllos aus. Manchmal brachte er etwas unvermittelt zurück.

»Raus damit!«

»Es sind immer die schwierigsten Kinder, für die wir am meisten Verständnis aufbringen.«

»Du lügst!«, stieß Pris hervor. »Das hast du gerade erfunden!«

»Er stand auf dem Bahnsteig und sprach mit John. Über unabgeschlossene Fälle. Ich kam dazu, und wir wechselten das Thema.«

»Aber ...«

»Er wusste doch, dass du nach Culls Cove kommst. Oder nicht?«

»Ja.« Pris betrachtete die Machete und sah dabei zu, wie sie ihr aus der Hand glitt. »Er wusste so viel.«

Gwen sprang auf und zog ihr die Flasche über den Schädel, mit beiden Händen, so fest sie konnte. Es gab ein dumpfes, fleischiges Geräusch, Pris schwankte und fiel vornüber. Gwen stürzte ebenfalls, die Flasche kullerte weg.

Schwer atmend versuchte sie, einen Gedanken zu fassen. Die Schläge und Schnittwunden forderten ihren Tribut. Ihre Gliedmaßen fühlten sich wie Gummi an. Neben ihr lallte Pris irgendetwas, sie kam schon wieder zu sich und hielt sich den Kopf. Einen Zweikampf auf Leben und Tod würde Gwen nicht überstehen. Diese verdammte Soldatin brach ihr einfach das Genick. Oder schlitzte ihr die Kehle auf. Ohne eine Waffe hatte sie gegen Pris keine Chance.

Die Klippe war der letzte Ausweg. Sie kroch an den Rand und schaute hinunter. Nur wenig Mondlicht drang in die Tiefe. Weiße, sich ständig verändernde Gischtflecken waren zu erkennen, die Brandung klatschte gegen die Felswand. Es hörte sich an wie ein Betonmischer, der Zement auskippt. Aufgrund des einsetzenden Ebbstroms hatten die Wellen wohl ihre unbändige Gewalt verloren.

Die Höhe war schwer zu schätzen. Gwen stand auf. Als sie im Leuchtturm auf Pris gewartet hatte, war es ihr so vorgekommen, als befände sie sich auf dem Dach eines Hochhauses, einem der Twin Tower von Berlin-Treptow, die lagen auch direkt am Wasser. Vor Jahren hatte sie dort mal einen Termin gehabt. Sechzig Meter, hatte der Anwaltskollege gemeint. Kein Wolkenkratzer, aber es reichte locker, um auf der Spree nur einen roten Klecks zu hinterlassen.

»Tu es nicht.« Stöhnend kam Pris wieder auf die Beine. »Was hat Knowles sonst noch gesagt?«

Gwen zog ihre Jacke aus. Sie ging ein Stück zur Seite, nahm Anlauf und sprang.

61

Die Kante, auf der sie landete, war höchstens zwanzig Zentimeter breit. Sie federte mit den Beinen ab und klammerte sich mit aller Kraft an einen vorspringenden Stein. Der Zug in den Fingern war mörderisch. Wütend schrie sie auf – und fand einen sicheren Stand.

Gwen konnte nur wenig sehen. Sie musste sich ganz auf ihren Tastsinn verlassen. Ihre Füße suchten nach dem nächsten Tritt, ihre Hände krallten sich in Risse und Spalten. Es klappte.

Meter für Meter kletterte sie nach unten. Achtete vor allem auf feste Griffe. Plötzlich brach eine schmale Stufe aus. Ihre Füße verloren den Halt, irrten über das Gestein. Entdeckten wieder einen Tritt.

Es war viel Glück dabei. Und ein eiserner Wille. Sie schaffte es, die Energie, die ihr die Todesangst verlieh, in innere Ruhe umzuwandeln. Niemals ans Abstürzen denken. Es vollkommen ausschließen, aus dem Kopf verbannen. Nur am Fels klebend hinabsteigen, sich hinabschieben. Methodisch.

Sie erreichte einen schräg abfallenden Absatz. Den konnte sie ein Stück weit wie eine Stiege benutzen, einigermaßen gefahrlos. Sie sah nach oben.

Pris folgte ihr. Dabei stellte sie sich verdammt geschickt an.

Weiter. Am Ende des Absatzes wartete wieder das Ungewisse. Gwen rutschte mehr, als dass sie kletterte. Hielt sich an einem kleinen Strauch fest, schürfte sich die linke Handfläche auf. Plötzlich gaben die Wurzeln des Scheißdings nach, ihre Fingernägel kratzten über den nackten Fels. Fanden den nächsten Griff.

Eine senkrechte Rinne bot eine Zeitlang Halt. Gwen musste sich lang machen, sich dehnen und strecken. Ihre Arme taten weh, als hingen tonnenschwere Gewichte daran.

Dann, mit einer Fußspitze auf einem winzigen Vorsprung, ging es nicht weiter. Keine Tritte mehr, die Felswand kragte über, darunter befand sich nur Leere.

Pris war bereits wenige Meter über ihr. Sie schnaufte vor Anstrengung. Hin und wieder rieselten Steinchen herab.

Wenigstens hielt sie den Mund.

Gwen drehte sich, so weit sie konnte, und blickte nach unten.

Die Gischt war ein wenig näher gekommen. Kirchturmhöhe? Kam auf die Kirche an.

Sie stieß sich ab, mit den Füßen voran.

Versteifte sich. Versuchte, die Sekunden mitzuzählen.

Einundzwanzig, zweiundzwanzig. Wie lange –

Der Aufprall stauchte ihren Körper zusammen. Aber sie bemerkte es kaum, als sie die bretterharte Oberfläche durchstieß und tief ins Wasser hineinfuhr. Schlagartig wurde ihr die Luft aus den Lungen gepresst.

Schwärze. Aus.

Da war – gar nichts.

Abwesenheit.

Nicht einmal Schmerzen. Jemand hatte die Klappe des Lebens zugeschlagen.

Gwen schien sich weit draußen zu befinden. Oder weit unten, in eine zähflüssige Schicht absinkend, wo kein einziger, noch so dünner Lichtstrahl mehr hinreichte.

Die Kälte brachte sie wieder zu Bewusstsein. Es war, als krampften sich die Organe zusammen und würden gleichzeitig bersten.

Kein bisschen Luft.

Ihre Beine machten irgendwas, dann ihre Arme. Viel Wasser um sie herum. Und Druck. Druck von überallher und in ihr drin.

Kein Entkommen.

Zeit verging. Für einen Moment begriff sie, was es hieß, völlig allein zu sein. Man schwebte vor sich hin, ohne Berührungen, richtungslos, blind. Von allem abgeschnitten und doch … ganz bei sich. Wer auch immer das war.

Sie tauchte auf.

Sog die Luft ein.

Machte Schwimmbewegungen. Wellen schwappten über sie hinweg, schaukelten sie sanft hin und her. Sie schluckte Salzwasser und spuckte es aus. Ihre Fuß- und Kniegelenke fühlten sich taub an.

In der Ferne sah sie, wie sich die Küstenlinie vom helleren Nachthimmel abhob. Sie drehte sich um. Über ihr ragten die Klippen auf, nass glitzernde Felswände, kein rettendes Ufer. Ihre Orientierung kehrte zurück.

Etwas Schweres plumpste vor ihr ins Wasser.

Pris war nicht abzuschütteln.

62

Irgendwo lagen diese Höhlen, von denen John erzählt hatte. Aufgrund der Tide waren sie aber bestimmt vollgelaufen. Nein, das konnte sie vergessen. Sie musste ein gutes Stück schwimmen, um den Teil der Bucht zu erreichen, wo der Strand begann. Erst mal an Land.

Ohne dass sie von hinten gepackt und ertränkt wurde.

Kraulen konnte sie schon als Kind ganz ordentlich. Ihr langer, schlanker Körper lag flach auf dem Wasser. Wenn nur die Kälte und die Erschöpfung nicht wären, die alles daransetzten, ihre Gliedmaßen zu lähmen. Um einen Rhythmus zu finden, ließ sie ein paar Erinnerungen an sich heran.

Gwen hatte immer gedacht, sie liebe das Meer. Den Bristol Channel, der Wales von Südengland trennte, hatte sie geliebt, vor allem, wenn sie mit den anderen an die Küste von Exmoor gefahren war und weiter an die Sandstrände von Woolacombe, zum Atlantik. Struan hatte dort gesurft, sogar im tiefsten Winter, weil dann die Wellen am besten waren. Wild, doch so nah an der Zivilisation. In Berlin hatte sie das Meer dann vermisst, in dieser Stadt voller Menschen, die keine Gezeiten kannten und nicht wussten, dass der Himmel erst dann seine Anziehungskraft entfaltet, wenn er an eine endlose Wasserfläche stößt. Den Horizont.

Zug um Zug näherte sie sich dem Ufer. Kein Horizont, nur Wellenkämme. Auf Culls Cove hatte sich ihre Einstellung verändert. Hier schränkte das Meer sie ein, hielt sie fest. Lieferte sie ihrem Schicksal aus. Und verlangte ihr alles ab, wie ein launischer Lover, der genau wusste, dass sie in ihn verschossen war, und sich keinen Deut darum scherte. Davon hatte es viele gegeben. Aber zu etwas Festem, das länger als ein, zwei Monate hielt, hatte es nie gereicht. Ein, zwei Tage waren eher die Regel gewesen. Seit einiger Zeit nicht einmal mehr das. Blowjobs für Fremde, um sie auszunehmen, waren der einzige Sex, den sie sich gestattete. An Liebe verlor sie keinen Gedanken. Struan – da war etwas in ihr erwacht. Aber er hatte sie abgewiesen. War bis zuletzt davongelaufen, vor seiner Vergangenheit bei der Polizei, vor der Familie, die er gegründet hatte, vor sich selbst. Bis er nur noch an Flucht gedacht hatte. Wenn einen die Überlebensinstinkte erst einmal voll und ganz beherrschten, konnte nichts anderes mehr gedeihen. Dann war es zu spät für etwas Verletzliches, Gewagtes.

Was sie Pris vorwarf – dass sie keine Freunde besaß –, hatte am Ende auf die meisten von ihnen zugetroffen. Sophia, Carol, Roddy, Tim, Meena – sie alle waren mit den Jahren zu Einzelgängern geworden, die nur noch an sich selbst gedacht hatten. Vielleicht war es bei Lewis und Bell ein wenig anders gewesen, und bei John. Aber im Grunde hatte die Freunde von früher nur noch ihr gegenseitiges Misstrauen verbunden. Und die Bedrohung durch den Tod, gleichsam als letzte Klammer. Das stellte nichts Besonderes dar, überall dort draußen ging es so zu, rigider denn je. Die Idee einer kleinen, verschworenen Gemeinschaft, mit Impulsen aus den unterschiedlichsten Interessensgebieten und Fachrichtungen, mit der Bereitschaft, völlig neue, unter Umständen riskante Erfahrungen zu machen, existierte nur noch *en masse*, als Internet-Netzwerk oder dergleichen. Dadurch erledigte sie sich von selbst.

Gwen spürte Boden unter ihren Füßen. Sie schwamm noch ein Stück, dann watete sie wie auf Eiern den Kieselstrand hoch. Völlig ausgelaugt sank sie auf ein Bett rundlicher Steine. Gut fühlte sich das an. Ihre Oberschenkel waren so hart wie Granit.

Sie packte einen schweren, algenbedeckten Brocken und wandte sich dem Meer zu. Strich sich die Haare aus dem Gesicht. Wo war Pris? Ersoffen, hoffte sie, ohnmächtig geworden beim Eintauchen ins Wasser, Fischfutter. Vergangen.

Arme, die sich hoben und senkten – helle Striche in der Dunkelheit. Vielleicht fünfzig Meter weit draußen. Inzwischen leuchtete der Mond, als hätte man eine Deckenlampe angeknipst.

Soldaten waren stur. Mussten sie wohl sein, wenn sie sich für wen auch immer erschießen ließen.

Gwen ließ den Stein fallen. Sie entledigte sich ihrer Sneakers, streifte die nasse Jeans ab und stieg aus ihrem Slip, der zu einer Kotsammelstelle geworden war. Notdürftig säuberte sie sich. Das T-Shirt klebte auf ihrer Haut.

Die Luft war viel wärmer als die Wassertemperatur, ein angenehmer Hauch aus dem Süden nach dem Sturmtief. Trotzdem schlotterte Gwen am ganzen Körper. Wenigstens hatte das Salzwasser die Blutung der Schnittwunden gestillt.

Als Nächstes musste sie das Bootshaus erreichen, danach ein weiteres, längeres Stück schwimmen, bevor sie zum Festland kam. Obwohl sie schon jetzt am Rande ihrer Kräfte war.

Ihr graute davor. Aber wen interessierte das? Pris. Die würde sich ins Fäustchen lachen in der Annahme, dass ihre Beute schwächer und schwächer wurde.

Gwen zog Hose und Sneakers wieder an und lief los. Sprang über Steine und Algenbüschel. Sie kam nur langsam voran und knickte immer wieder um, hatte Mühe, das Gleichgewicht zu halten.

Sie hielt sich nah an der Wasserlinie in der Hoffnung, dass der Untergrund dort leichter zu bewältigen war und die Kiesel kleiner wurden. Doch dann bemerkte sie etwas, was ihr den Mut nahm.

Struans dunkelrotes Kajak. Es war wohl an Land getrieben worden, nachdem seine Leiche herausgeglitten und untergegangen war. »Du kommst hier nicht weg«, schien das zu bedeuten, »und wenn du dich noch so sehr anstrengst. Du bist gestrandet.«

Gwen schaute über die Schulter zurück. Pris blieb ihr auf den Fersen. Im Wasser war sie langsamer gewesen, an Land wurde sie schneller, mit ihren schweren Stiefeln war sie im Vorteil. Sie schrie etwas.

Es klang nach Rache.

63

Noch hundert Meter im Mondschein. Keine Gelegenheit, sich hinter einem größeren Felsbrocken zu verstecken und Pris aufzulauern. Sie hinterrücks zu erschlagen. Vielleicht fand sich im Bootshaus etwas, womit ihr beizukommen war. Ein Stück Fiberglas aus dem Wrack der Jolle. Irgendein Werkzeug, das sich als Waffe einsetzen ließ oder mit dem man die Tür verrammeln konnte.

Schritte hinter ihr, verursacht von den Sohlen ihrer Verfolgerin auf den Kieseln, schwer und mahlend, als würden Ketten gegeneinanderschlagen. Gwen erreichte den Punkt, an dem der Weg von Cragged Point auf den Strand traf. Ihn jetzt noch hochzusteigen war ein Ding der Unmöglichkeit. Bei jedem Schritt gaben ihre Knie nach, ihre Lungen drohten zu platzen. Pris würde sie mit Leichtigkeit einholen.

Weiter auf dem Strand. Brandungszungen leckten über die glitschigen Steine. Die Sturmflut hatte allerlei Unrat angeschwemmt, haufenweise Algen, eine Plastikboje. Die Tür des Bootshauses war schon ganz nah. Noch ein paar weit ausgreifende Schritte …

Gwen kam ins Stolpern und fiel ins seichte Wasser. Sie kämpfte sich wieder hoch. Schlug erneut hin.

Pris hielt ihr Fußgelenk fest. »Bleib … endlich … stehen!«, stieß sie auf dem Boden liegend hervor.

Gwen drehte sich um und versuchte, nach Pris zu treten.

»Lass das, ich tu dir nichts!«, protestierte sie.

Gwen strampelte wie wahnsinnig, erwischte Pris' Finger, den Oberarm, ohne Erfolg. Es war, als hätte sich eine stählerne Schelle um ihren Knochen geschlossen.

»Hör doch mal zu!«

»Bleib mir vom Leib!« Gwen warf eine Handvoll Kies und Sand nach ihr. Dann rollte eine Welle heran und erwischte sie beide.

Die Dünung war nur noch schwach, aber es genügte, dass sich Pris' Griff lockerte. Gwen kam frei und sprang auf die Füße. Hob einen großen Stein auf. »Keinen Schritt weiter! Ich schlag dich zu Brei!«

Pris richtete sich langsam auf. Sie standen einander gegenüber. Ihr Gesicht wurde sichtbar. Das linke Auge fehlte. Stattdessen klaffte da ein Loch.

»Du hast mich hübscher gemacht.«

Gwen wich zurück. Hatte *sie* das angerichtet? Mit dem schweren, kantigen Boden der Whiskyflasche?

Der Rückstrom der Welle zerrte an ihren Beinen.

»Ich mach dir keinen Vorwurf«, sagte Pris. »So was kommt vor bei einem Kampf. War mir eine Lehre.«

»Tut mir leid«, gab Gwen reflexartig zurück. Und um sich zu wappnen gegen das, was ihr jetzt wohl bevorstand.

»Du hast meine Frage nicht beantwortet.«

»Wie? Welche Frage?«

»Was hat Frederic sonst noch gesagt? Über irgendwelche Kinder.« Halbherzig wies sie mit dem Zeigefinger auf ihre Brust. »Vielleicht über mich?«

Gwen nickte. Okay. Es ließ Pris keine Ruhe, es nagte an ihr. Dass Knowles ihr Vater gewesen sei, möglicherweise auch Hollies. Pris wollte Gewissheit. Plötzlich hieß es sogar »Frederic«. Natürlich musste diese Wendung äußerst unwahrscheinlich auf sie wirken, an den Haaren herbeigezogen. Warum hatte sich Knowles nie erklärt? Doch es konnte auch auf perfide Weise wahr sein. Und es mochte Gründe für eine jahrzehntelange Geheimhaltung geben.

»Warum sollte ich es dir verraten?«, probierte es Gwen. »Du bringst mich so oder so um.«

»Sag mir, was du weißt. Dann kannst du gehen.«

»Ach wirklich?«

»Verständige nicht die Polizei, zumindest nicht gleich. Gib mir etwas Zeit. Flieg nach Deutschland zurück.« Sie ließ die Worte wirken. »Das ist mein Angebot.«

Gwen kapierte allmählich, was sie ausgelöst hatte. Oben auf der Klippe hatte sie Pris etwas unerwartet Wertvolles in Aussicht gestellt, einer psychotischen Killerin, die reihenweise Menschen getötet hatte und nicht die geringsten Skrupel kannte, ihre überbordenden, blindwütigen, Unschuldige einschließenden Rachegelüste zu befriedigen. Sie hatte etwas geschürt, was vor undenklich langer Zeit erloschen war: Hoffnung auf andere Erinnerungen. Dass Pris einen Vater gehabt hatte, der ihr kein Leid zugefügt, der sich nicht an ihr vergangen, der ihre Mutter nicht in die Drogensucht getrieben hatte. Der im Dark House einen verdeckten Versuch unternommen hatte, etwas an Hollie und Pris wiedergutzumachen, im Zuge einer schonungslosen Konfrontationstherapie. Der vielleicht, mit viel Glück, an die Stelle des Mannes aus ihren Alpträumen trat, den Streifen Klebeband von seinem Mund nahm und seiner Tochter enthüllte, wozu er zeit seines Lebens nie den Mut aufgebracht hatte. Weil er zum Schweigen überredet, gerichtlich verpflichtet, vielleicht sogar erpresst worden war? Oder weil er sich aus seinen Verpflichtungen davongestohlen hatte?

All das musste Pris jetzt durch den Kopf gehen. Sie erlaubte einem Flämmchen, ihre Dunkelheit zu erhellen. Und sie wollte es wachsen sehen.

Eine trügerische, verzweifelte Hoffnung. Gwen konnte Pris beim besten Willen nicht geben, was sie von ihr verlangte. Knowles hatte *nie* etwas in dieser Richtung erwähnt, zumindest nicht ihr gegenüber.

»Wusste es Hollie?«, fasste Pris nach, weil Gwen nichts erwiderte. »Hat er sie eingeweiht, zum Beispiel vor der Nacht im Dark House?« Sie erschrak. Schlug die Hand vor den Mund. »Dann hätte ich ihn ja dazu gezwungen, mit seiner eigenen Tochter ... Dann wäre ich nicht besser gewesen als ... Was hab ich getan?«

Sie blickte zu Boden, beobachtete stumm, wie das Wasser über ihre Stiefel schwappte und kleine Strudel bildete. »Ich hab zu viel von ihm verlangt. Wir hätten es dabei belassen sollen, den Missbrauch mit Tim und Struan nachzuspielen, danach Gespräche, so wie Frederic es vorschlug, erst zu zweit, dann zu dritt, gemeinsam, einvernehmlich, der verloren geglaubte Vater mit seinen Töchtern. Dann wäre die Zeit reif gewesen, mit der Wahrheit herauszurücken. So oder so ähnlich musste sein Plan ausgesehen haben. Und ich habe ihn zunichtegemacht.« Sie hämmerte mit den Fäusten gegen ihren Schädel. »Wer konnte das ahnen?«

Sollte Gwen lügen? Sich etwas ausdenken, um mit dem Leben davonzukommen? Dass Knowles gewisse Andeutungen gemacht hätte und so weiter?

»Ich kann dir nicht helfen.« Sie schüttelte den Kopf und drehte sich um.

»Denk nach!« Pris folgte ihr. »Frederic hat euch gestern bestimmt für das Wochenende instruiert. Ließ er nichts durchblicken? Wie hat er sich ausgedrückt?«

Gwen ging zum Bootshaus. Dann starb sie eben dort. Oder Pris hatte ein Einsehen – und verschwand, wie ein böser Geist.

»In dem Stollen. Er … er wollte mir etwas sagen. Ich hab das unterbunden.« Pris tastete nach Gwens Schulter. Ihre Finger glitten ab.

Gwen öffnete die Tür und trat ein. Sie riss die Augen auf – und warf sich zu Boden.

64

Struan zog den Zünder. Die Signalrakete schoss aus der Hülse und bohrte sich in Pris' ungeschützten Bauch. Sie kam ins Taumeln und griff nach dem fauchenden Ding, als sei sie von einem wilden Tier angefallen worden und wollte es verscheuchen. Struan schickte eine zweite Rakete hinterher.

Pris brach auf der Türschwelle zusammen. Die beiden Treibsätze fraßen sich in ihren Körper. Dann entzündeten sich die Leuchtkugeln und setzten Fleisch und Eingeweide in Brand, blendend hell und rot wie der Sonnenuntergang nach einem langen, nicht enden wollenden Tag. Sie wälzte sich auf den Bodenplanken hin und her. Rauch hüllte sie ein. Ihre Schreie, anfangs noch gellend und voller Zorn und Angst, wurden leiser. Hörten auf.

Struan lag am Boden, unter einer Leiche. Lewis. Er musste ihn als Deckung benutzt haben für den Fall, dass Pris bewaffnet war.

Gwen schob den Körper beiseite, er fiel in die Vertiefung, wo sich das Wrack des Segelboots befand. Dann beugte sie sich über Struan.

»Ich ... will dich sehen.« Er deutete auf eine Campinglampe, die an einem Haken an der Wand hing. Sie schaltete sie ein.

Von vorn sah das Einschussloch in seiner Brust harmlos aus. Von hinten nicht. Alles war voller Blut.

»Hab die Raketen in der Jolle gefunden. Die sind

wasserfest.« Husten. »Eure Stimmen haben mich aufgeweckt.« Ein dümmliches Kichern. »Wär sonst gestorben, das hatte ich eigentlich vor.«

Sie legte sich seitlich hin und lehnte seinen Kopf gegen ihren Schoß, damit er sie sehen konnte.

Er biss sich auf die Lippen. »Aber ich wusste, dass du kommst. Dass ich noch eine zweite Chance kriege.«

Gwen nahm seine Hand. »Wofür denn?«

»Wir hätten's miteinander versuchen können.« Struan würgte etwas Schwarzes hervor. »Fällt mir reichlich spät ein, oder?«

»Unter normalen Umständen …«, begann sie.

»Was?«

»Schau uns doch an. Wir sind übrig geblieben, per Zufall. Niemand denkt da an mehr.«

»Ich schon. Gerade dann.« Er fuhr ihr über die Wangen. »Was ist mit deinem Gesicht passiert?«

»Das war sie.« Gwen wies zu dem qualmenden Haufen an der Tür, hin und wieder schlug eine Flamme hoch.

»Dafür sollte ich dieses Scheusal noch einmal …« Ihm versagte der Atem.

»Pris … Ich kenne jetzt ihre Vergangenheit. Vielleicht hätten wir etwas tun können, erst für Hollie und dann auch für sie. Wenn wir im Dark House nicht weggeschaut hätten.«

»Da war es dunkel.«

»Umso deutlicher hätten wir es erkennen müssen. Weißt du, was ich denke? Knowles hat gehofft, dass wir das Ganze als eine Art Orgie abtun, freie Liebe, wie bei den Hippies, und dass wir uns danach alle vertragen. Dass wir Pris in unseren Kreis aufnehmen und über uns hinauswachsen, auf eine zutiefst … menschliche Weise.

Er glaubte an die Macht des Kollektivs. Stattdessen sind wir in Argwohn auseinandergegangen, jeder für sich. Wir waren keine richtigen Freunde.«

Struan hustete wieder, seine Hände verkrampften sich. »Wenn du das sagst …« Er hielt sich an ihr fest. Schloss die Augen.

Sie küsste ihn, solange es ging. Bis das Gefühl aus seinen Lippen wich.

65

Die Wand des Bootshauses war in Brand geraten. Nach und nach ging alles in Flammen auf.

Gwen sah eine Weile zu, ignorierte die Rauchentwicklung. Dann stand sie auf und nahm die Campinglampe vom Haken. Vor der offen stehenden Tür, die inzwischen ein einziger Feuerbogen war, hielt sie inne. Nur mit einem gewagten Sprung konnte sie nach draußen gelangen, über den verkohlten, schmorenden, von Blasen und Hautfetzen bedeckten Haufen hinweg, der von Pris geblieben war.

Sie schaute genauer hin.

Etwas öffnete sich in diesem … Schädelding?

Ihr Mund. Man konnte Zähne erkennen.

Heisere, schwer verständliche Laute. »Pass … auf.«

Pass auf dich auf? Sei vorsichtig? Alles Gute?

Gwen legte einen Finger auf die verbrannten Lippen. »Schlaf, wenn du kannst.«

Sie schaffte es ins Freie und fand einen Platz, wo sie das Feuer beobachten konnte. Von außen war das Holz zwar den Witterungseinflüssen ausgesetzt, aber es war mit wasserfestem Öl und Harz eingelassen, dadurch brannte es wie Zunder. Binnen kurzem wurde das Bootshaus zu einer riesigen Fackel. Die Flammen schossen hoch auf und verloren sich im Nachthimmel.

Gwen überlegte. Sollte sie sich zum Cottage oder zum Lagerhaus hochschleppen und zusammen mit den Leichen auf Rettung warten?

Nein, dort brachte sie nichts und niemand mehr hin.

Keinen überflüssigen Schritt wollte sie auf Culls Cove mehr machen.

Sie beschloss zu schwimmen. Das letzte Stück zum Festland zurück.

Mit Hilfe der Lampe suchte sie nach einer geeigneten Stelle, von der aus es nicht mehr so weit war. Der Damm kam in Sicht, ein Orientierungspunkt.

Sie ließ die Lampe als zusätzliche Markierung auf den Steinen stehen. Streifte die Schuhe ab, die waren hinderlich. Watete ins Wasser. Holte Luft und warf sich in die Fluten.

Nach den ersten Kraulzügen spürte Gwen die Kälte nicht mehr. Sie versuchte, gleichmäßig zu atmen, möglichst wenig Kraft aufzuwenden, den Schwung der Arme zu nutzen, den Instinkten der Beine zu vertrauen.

Es ging ganz gut. Relativ dicht an der Uferlinie entlang, im Seichten, damit der Ebbstrom, der weiter draußen viel stärker sein musste, sie nicht ins Meer hinauszog. Nur an ihr Ziel denken, nach und nach schien es tatsächlich ein bisschen näher zu kommen. Sie glich die Strömung aus, hielt mehr nach rechts, wo das Ufer wieder steiler und unbegehbar wirkte. Schließlich fiel es zum Damm hin ab. Sie passierte ein Riff, das auf der Seeseite lag. In seinem Schutz wurde das Wasser kurzzeitig ruhiger. Bloß nicht ausruhen.

Dann blickte sie nach oben. Ein Licht war da, es blinkte.

Schließlich hörte sie es. Rotorengeräusche.

Ein Hubschrauber der Küstenwache. Sah wohl nach dem Rechten wegen des erloschenen Leuchtturmsignals.

Oder er war gerade in der Nähe gewesen und hatte den Brand bemerkt.

Suchscheinwerfer wurden eingeschaltet und bestrichen das Bootshaus.

Gwen winkte. Schrie. Wusste: Es hatte keinen Sinn. Der Pilot konnte sie nicht sehen, dafür war sie schon zu weit von dem Feuer entfernt.

Nach ein paar Minuten flog der Hubschrauber weiter Richtung Leuchtturm.

Sie hatte den Damm fast erreicht, konnte die Wellenbrecher aus Beton erkennen. Immer wieder tastete sie nach Boden unter ihren Füßen. Wurde dabei abgetrieben.

Hier war es tiefer. Der Ebbstrom gewann an Kraft.

Sie schwamm weiter.

Atmete.

Lebte noch.

Wir haben das *Dark House* nie verlassen. Wir sind immer noch dort, benutzt, ohne es zu wissen, in ständige Erregung versetzt, damit wir uns nicht von der Stelle rühren, blind gemacht, damit wir nicht sehen, wer neben uns scheitert oder triumphiert oder im Hintergrund die Fäden zieht. Wir sind Gefangene, seit wir uns hineinlocken ließen. Wir erwarten zitternd, was als Nächstes kommt. Wen wir glücklich machen und wen wir enttäuschen dürfen. Wer uns einen Abglanz des wahren Lebens zeigt und wie das wohl aussehen mag. Ob es ein neuer Schmerz ist, den wir da erfahren, oder eine neue Form von Lust. Was uns bindet oder zerstört. Darauf warten wir. Auf etwas in uns, das einen Anfang macht. Wir warten.

66

Das leistungsstarke Nachtfernglas, das Hollie benutzte, war auf einem Stativ befestigt. Es stand direkt vor ihrem Zelt. Aufgeschreckt durch den Brand des Bootshauses, hielt sie wieder Ausschau.

Ein Schluck Kaffee.

War das nicht Gwen? Sie schwamm auf diese unterseeische Rinne zwischen Damm und Festland zu, die von den Einheimischen »The Race« genannt wurde. Alle Achtung.

Hollie verfolgte jede Bewegung. Es war so einfach gewesen, ein Mädchen, das ihre Statur hatte, zu einer Bahnfahrt nach Bath zu überreden. Vorher auszusteigen und mit ihr einen nächtlichen Spaziergang entlang der Gleise zu machen. Wenn ein wenig Liebe in Aussicht stand, ließen viele junge Leute ihre Bedenken fahren. Ein entschlossener Stoß, als der Zug kam. Der Leiche ihren Ausweis und das Ticket unterschieben. Von der Bildfläche verschwinden.

Ein Leben, das der Beobachtung gewidmet war. Wie damals aus dieser Felsspalte heraus. Unvergessen. Sie hatte es verstanden, sich zu entziehen, auch später. Pris bekam alles ab. Dark House als letzter Versuch, der sich ewig benachteiligt fühlenden Schwester etwas Gutes zu tun. Gefühle vorzutäuschen – damit ließ sich am besten leben.

Als ihr Tod amtlich war – bei einem so offensichtlichen Selbstmord wurde kein DNA-Abgleich gemacht –, hatte sich die Gelegenheit für ein Relaunch ergeben. Eine fiktive Identität annehmen. Sich unsichtbar machen vor der Welt, die sich weiterdrehte in der immer gleichen Richtung.

Mit High-Tech-Observation ließ sich viel mehr Geld verdienen als mit akademischem Blabla. Man blieb unabhängig, konnte sich die Aufträge aussuchen. Hollie stand sogar bei der Regierung unter Vertrag.

Es gab so viele Vorteile, wenn man gestorben war.

Zuschauerin sein. Sich fragen, was wohl genau auf Culls Cove geschehen war. Rückschlüsse ziehen aus dem Verhalten der Überlebenden und der Abwesenheit der Toten. Unmöglich, alles aus der Ferne mitzubekommen, trotz der Kameras, die Pris überall verteilt hatte und die leicht anzuzapfen waren. Die Leerstellen mit Spekulationen füllen, wie bei einer Fernsehserie.

Gwen schien es als Einzige geschafft zu haben, sich gegen Pris zu behaupten. Sie hielt sich gut. »The Race« machte seinem Ruf heute keine Ehre. Musste an der Sturmflut liegen, die brachte den Tidenhub durcheinander.

Doch Meeresströmungen waren unberechenbar.

Was, wenn Gwen wider Erwarten das Festland erreichte?

Hollie würde ihr folgen.

Sie waren alte Freunde.

WOLFRAM FLEISCHHAUER

SCHWEIGEND STEHT DER WALD

ROMAN

Es ist kein Zufall, dass es die Forststudentin Anja Grimm zu einem Praktikum in den tiefsten Wald Deutschlands verschlägt: Dort, im Bayerischen Wald, hat sie als Kind Urlaub gemacht, und dort verschwand vor zwanzig Jahren ihr Vater auf einer Wanderung. Bei den Dorfbewohnern läuten die Alarmglocken: Was hat die junge Frau hier zu suchen, nach so langer Zeit? Und was, wenn sie etwas findet – etwas Dunkleres, als jeder Fremde ahnen kann?

»Das ist einmalig in Deutschland: Wolfram Fleischhauer gelingt in jedem Buch der Spagat zwischen Spannung und ambitioniertem Gesellschaftsroman.«

Gunnar Blank, Bücher

DROEMER

ANDREAS FÖHR

WOLFSSCHLUCHT

KRIMINALROMAN

Ende April am Tegernsee. Die Kripo Miesbach unter Leitung von Kommissar Wallner ermittelt in gleich zwei mysteriösen Fällen: Ein Bestattungsunternehmer versinkt mitsamt seinem Leichenwagen in der Mangfall, während gleichzeitig eine junge Frau verschwindet. Ihr Wagen wird kurz darauf in der abgelegenen Wolfsschlucht gefunden, aufgespießt von einem Maibaum. Im Lauf der Ermittlungen stellt sich heraus, dass beide Ereignisse auf eigenartige Weise zusammenhängen – und dass bei beiden Wallners anarcho-bayerischer Kollege Leonhardt Kreuthner seine Finger im Spiel hat, dem ein scheinbar genialer Plan aus dem Ruder gelaufen ist.

»Mit Kreuthner hat Andreas Föhr einen der vitalsten Ermittler erfunden, die es gerade in der Spannungsliteratur gibt.«

WDR

KNAUR